www.bbulmedia.com

내
아내라는
여자는

STORY

ROMANCE

DAHYANG

내 아내라는 여자는

박은하 장편 소설

C O N T E N T S

프롤로그

<이혼을 전제로 한 합의서>

1. 기간은 3년으로 한다.

2. 부정행위를 하지 않는다.

3. 의무를 다한다.

4. 성행위는 양측 합의하에만 가능하다.

5. 아이는 갖지 않는다. 만약 생길 경우 모든 권리는 남자 측이 갖는다.

6. 기간 연장은 양측의 합의하에 이루어진다.

7. 만약 위 조항 중 하나라도 어길 시에는 상대가 원하는 조건대로 배상한다.

주 골자는 7가지 조항뿐이었지만 아래 빼곡히 적힌 세부 조항은 세밀함 그 자체였다. 특정 사실 또는 법률관계에 관한 증거를 보전하고 공적으로 증명하기 위한 행위 공증이 이루어졌다.

양식에 맞게 준비된 계약서를 읽은 그녀가 마지막 칸의 서명란을 뚫어지게 응시하고 있었다. 부부간 각서는 공증을 받더라도 효력이 없지만, 이건 이혼을 전제로 한 합의서라 예외에 해당한다는 걸 그녀는 알고 있었다. 양측이 대동한 입 무겁고 몸값 비싼 변호사들이 어련히 알아서 했겠지만, 서희는 묵묵히 제 할 일을 다하고 있었다.

어찌 되었든 3년간 누군가의 아내로 살아야 한다는 건 생각보다 힘들고 귀찮은 일임이 틀림없을 것이다. 더구나 찔러도 피 한 방울 나오지 않을 것 같은 이강민이 남편이니 더더욱. 이 계약서는 사실상 족쇄나 다름없었다.

고개를 드니 날카로운 인상의 그가 이맛살을 찌푸리고 있었다. 시간이 지체된 것이 못내 못마땅한 표정이었다. 하지만 서희는 서두를 이유가 없었다. 인생을 저당 잡히는 중요한 계약서를 대충 읽고 사인할 수 없지 않은가. 의문이 생기면 콕 짚어 질문했고 충분히 납득하고 나서야 고개를 끄덕였다.

아이큐와 이큐가 160이 넘는다는 그에 비해 한없이 부족하겠지만, 그녀 또한 한때는 의사를 꿈꾸던 재원이었다. 계약서를 꼼꼼히 읽고 판단할 정도의 머리는 있었다. 그가 손목시계를 흘깃대며 초조해하든 말든 계약 당사자인 그녀는 평정을 유지하고 있었다.

하루가 24시간이 아니라 28시간이라면 좋겠지만, 불행히도 눈코 뜰 새 없이 바쁜 그는 오늘 하루만은 그녀에게 시간을 할애할 의무가 있었다. 그는 결국 스케줄 하나를 포기했는지 휴대폰을 꺼내 비서에게 짧게 지시 사항을 내렸다. 전화를 끊은 뒤에야 다소 여유를 되찾은 그가 소파에 몸을 기대었다.

"검토는 다 한 건가?"

"아직이요."

"……새삼스럽지만, 최 사장님을 닮았군."

"그런 소리 많이 들어요."

서희의 부친인 최명렬은 재계의 이단아라 불리는 인물로 서희를 이곳에 앉아 있게 한 장본인이었다. 약속은 칼같이 지키고 무슨 일이 있어도 배신하지 않으며 서희의 엄마가 죽은 뒤에도 재혼하지 않은 기인이기도 했다.

무언가 말을 하려 입을 열었다가 도로 다문 강민은 소파 등받이에 몸을 기댄 채 다리를 꼬고 손깍지를 꼈다. 오만함이 몸에 밴 건방진 자세에도 그녀는 눈길 한 번 주지 않았다.

"커피 드릴까요?"

짓누르는 압박감과 침묵을 견디다 못한 변호사 박지웅이 말을 꺼내자 그가 못 이기는 척 고개를 끄덕였다.

"부탁해요."

"네. 잠시만 기다리세요."

변호사 사무실은 꽤 큰 편이었다. 그가 앉아 있는 가죽 소파 또한 질감과 색감으로 미루어 볼 때 수백을 호가할 게 분명해 보였다.

오늘을 위해 며칠 전부터 직원을 닦달해 소파를 포함한 사무실 전체를 청소한 걸 그가 알아주기나 할는지. 이강민이 워낙 유명한 거물이기 때문도 하지만 깔끔한 걸 선호하기로 소문난 그의 취향을 맞추기 위해서였다.

강민은 변호사가 건네준 커피를 홀짝이며 여자를 관찰하고 있었다. 여자는 여전히 계약서를 꼼꼼하게 읽어 보고 있었다. 덕분에 경제 차관과의 약속 시간을 뒤로 미룰 수밖에 없었다.

'젠장, 두 시간이면 충분하다 생각했는데.'

기분이 상하기도 했지만 어떤 면에선 믿음이 가기도 했다. 최서희는 처음 만남부터 보기 좋게 예상을 빗나갔던 여자였다. 자연스레 강민은 두 사람이 처음 만났던 그날을 떠올렸다.

인연이란 예기치 않은 곳에서 시작되기도 한다. 그들처럼.

이강민, 그의 인생에는 지금까지 티끌만 한 오점도 없었다. 하고 싶은 일을 했고, 갖고 싶은 것을 가졌고, 하면 된다는 자신감으로 충만한 젊은이였다. 결혼도 그런 맥락이었다. 그가 도달할 위치는 아직도 갈 길이 멀었는데, 주위에서는 그를 가만두지 않았다.

여자가 아쉬운 건 아니었다. 손 내밀면 당장 옷을 벗는 여자가 지천이었다. 돈으로 안 되는 것도 없었다. 하지만 부모님은 결혼을 해서 가정을 꾸려야 진짜 어른이 되는 거라며 하루가 멀다 하고 맞선을 종용했고, 해외 바이어들도 그가 혼자인 걸 알게 되면 어떻게든 누군가와 연결시켜 주지 못해 안달이었다.

앞으로 3년, 3년간은 누구의 방해도 받지 않고 그룹을 정상에 올려놓으리라. 그의 목표는 오로지 그거 하나였다.

그런데 명목뿐인 아내에게 자꾸만 신경이 쓰인다. 귀찮다. 하지만 거슬린다. 짜증 난다. 그녀의 호수같이 잔잔한 평온을 깨뜨리고 부숴 버리고 싶은 충동이 하루에도 열두 번씩 불쑥불쑥 치민다. 가끔은 목을 졸라 버리고 싶다. 그럼 살려 달라 매달릴 테니까. 살 이유를 찾을 테니까. 그에게만 집중하고 한눈팔지 않을 테니까.

까다롭게 골랐다. 곁에 두기 적당하고, 버려도 부담스럽지 않은 여자로. 그런데 무늬만 아내인 이 여자가 사람을 미치고 환장하게 만든다. 보이지 않으면 미친놈처럼 찾아다니게 한다.

최서희, 아슬아슬한 난간 위에 서서 균형을 잡고 있던 그녀가 위태롭게 흔들린다.

사랑하는 사람을 위한 명목으로 누군가를 희생시킨다면 그건 과연 정당한 일일까. 내 일이 아닌 남의 일이라면 쉽게 답할 수 있겠지만, 그게 아니라면 그땐 어떻게 해야 할까.

그를 찾다 지쳐 쓰러져 잠들기 일쑤였다. 시간은 어김없이 흘러 나이를 먹어도 여전히 갈피를 잡지 못하고 헤매며 마음이 만든 감옥에 갇혀 있었다.

웃고 있어도 슬퍼 보이던 얼굴에 매번 가슴이 죄였다. 그래서 더 웃게 만들고 싶었다.

하얀 가슴에 찍힌 낙인처럼 그의 존재가 지워지지 않아 어둠

속을 헤매듯 자취를 찾았다. 하지만 마치 처음부터 존재하지 않았던 사람처럼 그렇게 지워졌다. 나라도 기억해야지, 그가 살아 있었다는 걸. 여기 바로 이 자리에.

비가 내리는 날이면 말없이 우산을 내밀던 깊고 깊은 속내를 가진 사람, 추운 날 차가 없어 미안하다며 제 목도리를 양보하던 미소마저 슬픈 그런 사람이 있었다. 바로 여기 이곳에, 내 가슴에.

그댄 지금 어디에…….

1

그랜드 하얏트 로비 라운지 커피숍은 남산에 위치하고 있었다. 신선한 바람과 남산의 풍광을 즐길 수 있는 커피숍으로 유명했다. 유리창을 통해 따스한 햇볕이 커피숍 안을 채웠고 피아니스트가 아름다운 클래식 음악을 멋들어지게 연주했다.

서희가 주차장에 주차를 하고 막 1층에 들어섰을 때, 휴대폰이 울렸다.

"방금 도착했어요. 걱정 마세요. 약은 챙겨 드셨죠? 10분 전이에요. 바쁜 사람이니 늦는 걸 좋아하지 않을 거라고 하셨잖아요."

아버지의 걱정이 끊임없이 이어졌다. 걱정도 병이라 늦지 않아야 한다, 잘할 거라 믿는다는 등의 말을 흘려들으면서도 서희는 성실하게 대답했다. 전화를 끊고 나서야 깊은 한숨이 그녀의 입술 사이로 빠져나왔다.

늦지 않게 나선 탓에 20분 정도 여유가 있었다. 제법 더운 날씨에도 에어컨 바람을 싫어해 켜지 않고 운전했더니 이마에 땀이 맺혀 있었다. 몸이 땀으로 젖은 것 같아 씻고 싶었다.

약속 장소로 이곳을 택한 건 서울의 중간에 위치한다는 점과 몇 번 와 본 적이 있어 길을 헤매는 실수를 하지 않아도 된다는 점 때문이었다.

그녀는 1층 안쪽에 위치한 화장실 안으로 들어갔다. 가볍게 손을 씻은 그녀가 고개를 들어 거울을 바라보았다. 그 앞에 비친 제 모습이 영 낯설었다. 평소보다 두터운 화장은 잡티 하나 보이지 않을 만큼 완벽했고 척 봐도 명품인 게 분명한 가방과 원피스로 치장한 그녀가 거기 있었다.

"네. 그렇군요. 아…… 그러세요. 좋네요……. 하."

조신한 몸가짐으로 연습했던 말을 앵무새처럼 외우던 그녀 입에서 실소가 흘러나왔다. 이게 무슨 짓인지. 내가 왜 이 자리에 나와 있는 건지. 현실감이 없어 꼭 이상한 나라의 앨리스가 된 기분이었다.

멍하니 세면대 앞에 서 있던 그녀는 앙칼진 여자의 목소리에 현실로 되돌아왔다.

"아, 정말 짜증 나 죽겠네! 이거 왜 이러는 건데! 안 그래도 바빠 죽겠는데 관리를 어떻게 하는 거야!"

옆 세면대에 선 여자가 물이 나오지 않는지 씩씩대며 잔뜩 화를 내고 있었다. 수도꼭지 앞에서 짜증을 내던 여자는 양해도 구하지 않고 서희를 거의 밀치다시피 해 자리를 차지했다. 화가 날

법도 했지만 그녀는 그저 웃고만 있었다.

여자가 손을 대고 있을 땐 잠잠하던 수도꼭지의 물은 서희가 손을 내밀자마자 졸졸 흘러나왔다. 수도꼭지의 민감한 센서는 손을 대고 몇 초 기다려야 정상적으로 작동했다. 하지만 한국에서 '빨리빨리' 라는 말을 가장 먼저 배운다는 외국인의 우스갯소리처럼 기다림에 익숙하지 않은 사람들은 자주 실수를 저지르고 답답함에 화를 냈다. 지금처럼.

"아, 알았다니까요! 몇 번을 말해, 도착했다니까! 그리고 30분 정도 좀 늦으면 어때? 남자가 그것도 못 기다려? 됐어, 됐다고. 엄만 왜 또 그 얘기를 들먹여?"

듣지 않으려 해도 그녀와 상황이 비슷해 보여 신경이 쓰였다. 아마 토요일 오후인 지금 커피숍 안엔 맞선을 보는 남녀가 절반일 거다. 그녀 역시 그중 한 사람이 될 예정이었으니까.

30분이라, 많이 늦었는데 가 봐야 하지 않나? 서희는 손목시계를 보고 약속 시간 정각임을 확인했다.

"그게 왜 내 탓이야? 이강민인지, 이강철인지 하는 그 남자가 비정상이지. 고작 30분 늦었다고 가 버려? 코리안 타임도 모른대? 내가 얼마나 신경 쓰고 갔는데 바람을 맞히냐고! 한 달 전 생각하면 아직도 천불 나, 흥! 그때 내가 입은 손해가 얼만 줄 알아? 마사지 숍이랑 네일 아트 비용에, 그 전날 친구들이 보트 타러 가자는 것도 다 취소했는데! 아우, 짜증 나! 알았다고! 지금 나 간다잖아!"

전화를 끊은 여자는 잽싸게 화장을 고친 후 옷매무새를 다듬더니 문을 열고 밖으로 나갔다.

'이강민……?'

오늘 서희가 맞선을 보기로 한 상대 남자의 이름이었다.

여자의 이야기를 정리하면 그녀는 이강민과 한 달 전 맞선을 보기로 했던 상대로, 그날 30분 늦어 그를 만나지도 못하고 퇴짜를 맞았던 모양이었다. 듣던 대로 시간을 황금같이 사용하는 사람인가 보다. 그 점은 높이 사 줄 만했다. 부친인 최명렬 사장도 약속을 칼같이 지키기로 유명하신 분이었으니까. 아버지는 내 시간이 소중한 만큼 남의 시간도 소중하다고 가르치셨다.

긴장해서 경직됐던 몸이 조금은 유연해지고 느슨하게 풀렸다. 맞선이 처음인 그녀와는 달리 그는 이미 수많은 맞선을 경험한 남자였다. 그녀는 그가 만나는 수많은 맞선 상대 중 하나일 뿐이니 어색하지 않을 것이고 자연스레 리드해 줄 것이라고 생각했다.

"……아버지."

긴 한숨이 내쉬어졌다. 맞선이라니……. 이 웃기지도 않은 상황을 선택한 건 그녀 자신이었다. 누가 등을 떠민 것도 아니었고 결혼하라 종용한 것도 아니었다. 회사가 어려워져 도움이 필요해 팔려 가는 막장 이야기도 아니었다.

아버지에게 그녀 외에 자식이 하나만 더 있었더라도, 그녀를 키우는 것에 평생을 바치지만 않으셨더라도 이 자리에 나오지 않았을 것이다.

아버지는 담낭암이었다. 발견했을 땐 이미 전이가 진행된 후라 손쓸 도리가 없었다. 조금만 더 빨리 발견했더라면. 아니, 명색이 의사 가운을 입었던 그녀가 조금이라도 아버지에게 신경 썼더라면…….

'구역질, 체중 감소를 동반한 피로, 아마 통증 횟수도 늘어날 겁니다. 담낭암이 진행이 더뎌 갑자기 발견되는 경우가 허다한 이유로 완치가 어려운 질병입니다. 부친의 경우 암의 위치가 절제하기 어려운 부분에 있어 현재로선 방사선 치료와 항암 치료를 병행하시는 게 최선입니다. 워낙 완치가 어려운 병이니 보호자분이 인내심을 가지시고 환자분을 지속적으로 관리해 주실 필요가 있습니다.'

주치의의 당부와 설명을 들으며 그동안 안일했던 자신을 되돌아보고 후회했다. 아버지에게 무슨 짓을 한 건지……. 기다려 주고 참아 주었기에 믿고 괜찮겠지 하며 버려두었다. 그랬던 결과가 비보가 되어 그녀를 괴롭게 했다.

강요 한 번 받은 적 없었다. 공부 열심히 하라는 말조차 하지 않으셨다. 네가 원하는 인생을 살라는 말, 부끄럽지 않게 최선을 다하라는 말이 전부였다. 부친의 사업을 잇지 않고 의대를 선택했을 때도, 나이를 먹어 가며 초조해하신다는 걸 눈치챘지만 애써 외면했을 때도, 레지던트 과정도 그만두고 3년 동안 미친 듯 그 사람을 찾아 헤맬 때도 부친은 그저 묵묵히 참고 그녀를 지켜봐 주었다.

1차 수술 후, 요양 중에 한 통의 전화가 걸려 왔다. 부친이 오수에 빠져 있었기에 그녀가 전화를 대신 받았던 게 화근이었다. 웬만한 집안은 모조리 꿰뚫고 있다는 공 여사는 그녀가 최 사장의 딸 최서희임을 알고 끈덕지게 졸라 대기 시작했다.

'아유, 한 번만 만나 보라니까요. 만나 보고 아니면 그만인 거지. 인연이 억지로 되는 것도 아닌데. 호호. 좋은 게 좋은 거 아니에요? 최 사장님이 따님 예쁘고 똑똑하다고 얼마나 자랑하셨다고요. 얼굴 한번 보여 줘요, 효도하는 셈 치고.'

효도……. 효도라는 말에 울컥하고 아래에서 감정이 치고 올라왔다.

'아버지가 그러셨어요? 제 자랑을요?'

'네. 세상에, 그 깐깐하고 완고한 분이 자식 자랑 하실 땐 얼굴에 빛이 나시더라니까요.'

'그럼…… 한번 만나 볼게요.'

그녀는 충동적인 감정으로 실언을 했다고 후회했지만 아버지는 눈에 띄게 기뻐하셨다. 병으로 수척해진 얼굴에 환한 미소가 걸린 것을 보고 다시 한번 가슴이 메었다.

'공 여사가 네가 맞선을 보겠다고 했다더라. 정말이냐?'

'네…….'

'잘못 들었나 했는데, 허허허. 정말이란 말이지.'

'아버지.'

'가만있어 봐라, 그러면……. 아무 놈이나 만나게 할 수는 없고 제대로 된 놈으로 부탁을, 아니다, 내가 최고로…….'

허둥지둥하며 어쩔 줄 몰라 하시는 어린애 같은 모습에 차마 그냥 해 본 소리라는 말이 입 밖으로 나오지 않았다. 그 말이 목끝에 걸려 안으로 삼켜 들어갔다.

그래, 효도가 별건가. 아버지가 좋아하시면 그게 효도지. 결혼하는 것도 아니고 맞선 한번 보는 건데 그거 못 해 드릴까. 아버지만 기뻐하신다면 수십 번, 수백 번도 할 수 있었다.

'죄송해요. 그동안 속만 썩여 드리고…….'

부친을 뵐 낯이 없었다. 저 하나 행복하자고 하고 싶은 대로 하고 살았다. 누군 속이 썩어 문드러지는 줄도 모르고, 병이 깊어져 죽어 가는 줄도 모르고. 모든 게 제 탓 같았다. 병이란 마음에서 비롯된다는데 부친의 병의 원인 제공자가 저인 것만 같았다.

서희는 무거운 한숨을 내뱉으며 커피숍으로 향했다. 입구에 다다르자마자 낯익은 두 얼굴이 눈에 확 띄었다. 화장실에서 신경질을 부리던 여자와 서희의 맞선 상대 이강민이었다. 분위기가 좋아 보이진 않았다. 서희는 그들을 스쳐 안으로 들어가 자리를 잡았다.

이강민이야 검색창에 이름을 치면 얼굴을 볼 수 있는 유명인이었지만 그녀는 철저히 부친의 보호 아래서 자랐다. 강민이 먼저 그녀를 알아볼 일은 없었다. 그의 맞은편에는 그녀가 앉아야 옳았지만 이 흥미진진한 상황이 끝날 때까지 기다려 줄 여유는 있었다.

"……져."

"네?"

"꺼지라고."

"뭐…… 뭐라구요? 날 뭘로 보고!"

"내 시간을 낭비하는 건 한 달 전이나 지금이나 똑같군. 대체 손 사장님은 딸을 어떻게 교육시킨 거지?"

정면으로 마주 보이는 여자의 얼굴이 붉게 물들었다. 부르르 떠는 기다란 손가락이 물컵을 콱 움켜쥐는 모습도 시야에 잡혔다. 여자와 달리 그는 동요 없는 기색으로 어깨를 으쓱해 보였다.

"뿌리고 싶다면 마음대로 해. 하지만 각오하는 게 좋을 거야. 당한 일은 배로 갚아 주는 게 내 철칙이거든."

그에게 물을 뿌리려던 하얀 손이 컵을 쥔 채로 부들거렸다. 아마도 생각을 하고 있는 모양이었다. 순간의 욱하는 마음으로 그에게 물을 뿌리고 후폭풍을 감당할 자신이 있는지, 아닌지.

여자는 이윽고 쾅, 하는 소리를 내며 거칠게 물컵을 테이블 위에 내려놓았다. 어찌나 세게 컵을 내려놓았는지, 테이블을 덮고 있는 천에 물이 잔뜩 튀어 축축하게 젖어 버렸다. 여자의 얼굴은 여전히 붉으락푸르락했다. 그녀의 몸이 분노를 차마 숨기지 못하고 부들부들 떨리고 있었다.

"두고 봐요! 이대로 내가 가만있을 줄 알아요?"

“가만히 있든 말든 그건 당신 마음대로 하고, 자리 좀 비켜 주지. 다른 맞선 상대가 올 시간이 됐거든.”

“이…….”

그녀는 끝끝내 몸을 부들부들 떨다가 커피숍을 빠져나갔다. 아쉽게도 카펫에 묻혔지만 그녀가 신은 하이힐 소리가 제법 요란했을 것 같다. 강민은 입꼬리를 휘어 올리며 바람 빠지는 소리를 내어 웃었다. 그가 고개를 들었을 때, 또 다른 여자가 테이블 앞에 서 있는 게 시야에 들어왔다.

“최서희입니다.”

단아한 이미지의 그녀가 이름을 밝혔다. 이미지만큼이나 사근사근한 목소리였다. 그녀의 위아래를 훑어보며 스캔한 그가 건조한 목소리로 말을 뱉어 냈다.

“10분 늦으셨네요. 막 일어나려던 참…….”

“시트콤 구경 하느라 시간 가는 줄 몰랐어요.”

“…….”

“앉아도 될까요?”

강민이 고개를 끄덕이자 여자는 얌전한 몸가짐으로 자리에 앉았다. 그녀는 철저히 교육받은 여자처럼 행동했다. 그녀가 구경했다던 시트콤이 어떤 것인지 그는 모르지 않았다.

봐도 못 본 척, 들어도 못 들은 척한다 이건가?

죽을 시간도 없이 바쁜 요즘, 이런 자리에 나와 앉아 있어야 한다는 것 자체가 불쾌했다. 여자가 10분 이상 나타나지 않으면 미련 없이 일어나 나가려던 참이었다. 그런데, 나이가 어린데도 두

꺼운 화장을 한 여자가 그를 가로막고 서서 눈알을 부라리며 덤벼들었다. 적반하장도 유분수지.

물컵을 움켜쥘 때 경고성 멘트를 날려 주니 그래도 이성은 남아 있었는지 콧바람만 씩씩거리다 사라졌다. 배불뚝이처럼 배가 툭 튀어나온 욕심쟁이 두꺼비, 손 사장과 아주 꼭 닮은 유전자였다.

그 불쾌함이 가시기도 전에 나타난 여자가 그녀였다. 사진이 없어 얼굴도 몰랐지만 최명렬 사장의 딸이라는 말에 수락했다. 그녀가 최 사장의 절반이라도 닮아 있길 고대하며.

그런데…… 그런 광경을 봤으면, 최소한 궁금한 점은 물어봐야 하지 않나?

"시트콤에 대한 감상을 물어봐도 됩니까?"

"감상이 궁금하신 건가요, 아님 제가 묻지 않은 게 자존심 상하신 건가요?"

적어도 머리가 나쁜 여잔 아닌 게 분명했다. 그가 돌려서 물어본 이유를 정확히 간파했다. 성격대로라면 무시하거나 알아서 해석하라고 내버려 두겠지만 돌아가 혹여나 최 사장에게 말을 옮기기라도 한다면 모친에게 쓴소리를 들을 것이 뻔했다.

"오해하지 않았으면 합니다."

"걱정하지 마세요. 저도 보는 눈이 있으니까요."

묘하게 신경에 거슬리는 말투였다. 애인이 있는데도 억지로 나온 것 같지는 않은데 그의 눈에 들기 위해 아양을 떨지도 않고……. 게다가 확연히 느껴지는 이 거리감은 대체 뭐지? 기분이 상했다고나 할까, 자만심에 상처를 입었다고나 할까.

"시간 낭비 하지 맙시다. 내가 마음에 듭니까?"

당황할 법한데도 여자는 조용히 미소를 지을 뿐 답이 없었다.

"최서희 씨."

"죄송합니다."

여자의 목소리는 단호했다. 한마디로 거절당했다. 천하의 이강민이. 하!

"어디가 어떻게 마음에 들지 않습니까? 아니라더니 아까 일을 마음에 둔 겁니까?"

일종의 오기이자 심술이었다. 그녀를 난처하게 만들고 싶었다.

"오해는 이강민 씨가 하시는 것 같네요. 넘겨짚는 것이 버릇이신지는 모르겠지만, 저는 적어도 세 번은 만나야 그 사람을 판단할 자격이 있는 거라고 생각하거든요. 이강민 씨와는 오늘 처음 만났고 아주 잠깐 함께 있었을 뿐이에요. 대답하기 곤란한 질문을 하신 건 그쪽이라고 생각하는데요."

세 치 혀로는 이 여자를 당하지 못할 것 같다는 생각이 들었다. 어쨌거나 마음에 들지 않는다니, 일어나 나갈 일만 남은 것 같았다.

"그럼 볼일 끝난 것 같으니 이만 일어나죠."

"앉으세요."

"뭐라고요?"

"아직 제 잔이 비지 않았어요."

이제 막 나온 서희의 주스 잔은 당연히 비지 않은 상태였다. 그렇다고는 하지만, 대체 이건 무슨 경우지?

"여기까지 나오는 데 1시간, 나온다고 치장하는 데 1시간, 시트콤 감상하는 데 소비한 15분, 합산 2시간 15분 걸렸어요. 주스 한 잔 마실 때까지 기다려 달라고 요구할 권리 정돈 있다고 생각하는데요. 그렇게 생각하지 않으시면 그냥 가셔도 되고요."

그가 계산서에 뻗었던 손을 거두었다.

"시간에 집착하는 걸로 보아 최 사장님을 닮으셨나 봅니다."

남자는 억울한지 그녀의 속을 긁으려 했다. 하지만 서희는 그의 도발에 응하지 않았다.

"네, 닮았어요. 하지만 그런 이유보단 너무 일찍 일어나면 아버지가 걱정하시지 않을까 해서예요."

강민의 눈동자에 이해의 빛이 나타났다 사그라졌다. 서희의 말이 옳았다. 맞선이란 둘만의 약속이 아니라 집안끼리의 약속도 된다. 너무 일찍 일어나도, 너무 늦게 헤어져도 문제인 만남이었다. 그 점을 그녀가 꼬집어 준 것이다.

"……입장이 비슷한 것 같은데 아닙니까?"

"글쎄요. 이강민 씨 입장은 어떠신데요?"

밑져야 본전, 패를 던져 볼까? 그는 그녀가 자신이 의도한 바를 정확히 파악했다는 걸 눈치챘다. 어쩌면 이 짜증 나는 상황을 정리할 기회인지도…….

"최서희 씨, 자리를 옮기는 건 어떻습니까?"

"좋아요."

•

서희는 야경을 바라보며 혼자 앉아 있었다. 그와 자리를 옮긴 곳은 최상층의 바(bar)였다. 그녀는 그가 사라졌어도 쉬이 자리를 털고 일어나지 못했다.

누가 알게 된다면 미친 개소리고 웃기는 시트콤이라고 할 거다. 말로만 듣던 계약 결혼의 주인공이 최서희와 이강민이란다. 평범한 계약과 다른 점은 그도 그녀도 이후 대가 없이 깔끔히 헤어진다는 점이었다.

절대적으로 그녀 쪽이 손해인 계약이라는 건 알았다. 하지만 지금 그녀에게 절실한 건, 시간이었다. 부친이 건강을 되찾을 시간, 아버지를 행복하게 만들어 드릴 시간, 그 사람을 찾아다닐 수 있는 자유까지. 그가 그걸 제공하겠다는데, 이보다 이상적일 수 없었다.

강민은 그녀에게 계약 기간인 3년간의 자유 대신 명목뿐인 아내 역할을 요구했다. 그녀가 해야 할 일은 다소 명확했다. 서희는 자신이 본분을 잊지 않고 행동하기만 한다면 다른 간섭은 일절 받지 않기로 그에게서 약속을 받아 냈다. 두 사람의 계약 조건은 그게 전부였다.

남들도 하는데 내가 왜 못 해? 그의 그런 무모한 생각이 현실로 이루어졌다. 도전, 하면 이강민이다. 사업처럼 결혼도 그가 주도하고 밀어붙이면 만사형통이라 믿어 의심치 않았다. 마음에 들면 데리고 쭉 살면 되는 거고, 아니면 합의한 대로 이혼해 버리면 되는 거다. 뭐가 문제인가.

사실 그답지 않은 충동적인 결정이었다. 도박이었고 모험이었다. 과감한 편이라 알려진 그였지만 리스크를 여러 번 고려한 끝에 배팅했다. 하지만 그녀의 무엇을 보고 이런 제의를 한 것인지, 그 역시 제 의중을 알 수 없었다. 귀신에 홀린 것 같았다.

그는 늘 자심감에 차 있었고, 여잘 만족시킬 능력과 매력도 충분했다. 하지만 가진 건 쥐뿔도 없는 최서희라는 여자는 그에게 원하는 게 없었다. 아무것도.

그게 그를 미치게 한다. 초조하게 만든다.

❊

서희는 부친 최명렬과 마주하고 있었다. 아버지의 얼굴은 전보다 한결 나아진 것처럼 보였다.

"허허, 결혼이라고? 몇 번 봤다고 그런 결정을 해?"

"싫으세요? 맞선이란 게 그렇잖아요. 혹 이강민 씨가 마음에 드시지 않은 거라면……."

"그런 말이 아니다. 내가 널 아는데, 어련히 고심하고 결정했으려고."

"아버지도 약속하셔야 해요. 건강 되찾을 때까지 일 줄이시기로 한 거요. 아셨죠?"

"그거야 그렇지만……."

"그동안 저만 생각하고 이기적으로 군 거 죄송해요. 제가 조금 더 신경 썼더라면……."

서희는 급히 고개를 돌려 부친을 외면했다. 아버지의 병을 알고 나서는 하루에도 몇 번씩 이렇게 감정 제어가 되지 않았다.

명색이 의대를 수석으로 졸업해, 레지던트 과정을 순조로이 밟았던 그녀였다. 그런 그녀가 가장 가까운 혈육인 부친의 건강을 간과하다니. 이렇게 관심이 없어서야.

"난 괜찮다. 의료진들도 우수하고 요샌 기술이 많이 발전했으니. 네가 결혼해도……."

"아버지의 병을 감출 생각은 없어요."

"서희야."

"제가…… 알아서 해요. 아버진 빨리 나을 생각만 하시면 돼요. 아셨죠?"

오늘은 기뻐하시는 모습만 보고 싶었다. 레지던트 과정을 밟으면서 수많은 환자들을 보아 왔다. 육체적 고통만큼 심적 고통과 싸우는 환자들이 많았다. 긴병에 효자 없다고, 본인이 자식들에게 짐이 되지는 않을지 전전긍긍하는 환자들도 많았다. 입원비와 약값, 수술비 등 돈에서 온전히 자유로운 사람이 몇이나 될까. 그래도 그나마 그녀에게 다행인 건 돈에 구애받지 않고 부친의 병에만 신경 쓸 수 있다는 점이었다.

애정도 아이도 원하지 않는다. 강민이 미처 생각하지 못한 것까지 서희는 내다보고 준비하고 있었다. 결혼이 얼마나 복잡한 것인지, 돌아선다고 무 자르듯 잘라지지 않는 인연 중에 가장 질기고 독한 억겁의 인연이라는 걸 그가 알긴 하는지. 아마 강민은 짐작도 못 할 것이다.

'처음부터 줄 수 없는 건 요구하지 않는다.'

이보다 더 완벽할 수 없었다. 화병에 꽂아 둔 장식용 꽃, 그게 그가 원하는 아내상이었다. 서희는 그가 만족할 만큼 연기할 자신이 있었다.

모든 것이 다 결정되고 나서, 결혼식은 두 달 뒤로 잡혔다. 상견례에서 예식장 예약까지, 지체할 시간도 없이 논스톱으로 결정되었다. 초호화는 아니더라도 이강민의 결혼식인 탓에 세간의 관심을 모은 만큼 구색을 갖추어야 했다. 하지만 세상에 있는 일을 모두 제가 하는 것처럼 바쁜 척, 신랑은 코빼기도 보이지 않았다. 그의 비서실에서 걸려 온 전화 한 통이 전부였다.

아버지에게 양해를 구하고 밖으로 나온 그녀는 전화를 받았다. 비서는 그녀에게 대뜸 누군가의 전화번호와 이름을 알려 주었다.

웨딩플래너 이수정. 웨딩드레스, 혼수, 웨딩 촬영 상담, 신혼여행 자문 등 결혼과 관련된 모든 일을 기획, 관리할 수 있고 활발한 성격과 수준 높은 대화 능력을 갖춘 전문 베테랑이란다.

각오하고 있긴 했지만, 기분이 묘했다. 처음엔 무시당한 것 같아 화가 났고, 이성을 찾고 나니 실소를 금치 못했다.

'뭘 기대한 거지? 최서희, 이럴 줄 모르고 시작한 거야? 여왕 대접이라도 받을 줄 알았어? 너도 참 웃긴다.'

"알았어요, 그렇게 진행하죠. 그런데 남편에게 연락해야 할 중요한 상황이 생기면 어떻게 하죠? 바꿔 줄 수 있나요? 통화하고 싶은데."

— 오늘 미국으로 출국하셨어요. 연락 못 받으셨어요?

연락은 개뿔, 문자 한 줄도 남기지 않았다. 결혼식이 한 달도 채 남지 않았는데.

"그래요? 권한을 내게 넘기고 간 거라고 생각해도 되겠네요. 알았어요. 참, 이강민 씨 사이즈는 비서실에서 알고 있죠?"

— 네.

"내 쪽에서 준비할 수 있는 상황이 있고 아닌 것도 있을 거예요. 맞춤은 내가 알아서 결정할 테니, 나머진 비서실에서 이수정 씨에게 연락해야 할 거예요. 아아, 이미 연락을 취했겠네요."

계약 결혼을 실감하는 순간이었다. 서로 좋아해서 한 결혼이 아닌, 필요에 의해 마지못해 하는 남녀 간의 결합이 아름답지 않다는 걸 절감하며 서희는 피곤한 몸을 소파에 깊숙이 파묻었다. 예의를 갖추고 성의를 다해 임하려던 그녀가 우스워지는 순간이었다.

혼자 북 치고 장구 치고 할 필요가 없다 판단되자 결론은 하나로 귀결되었다. 그녀도 똑같이 움직이면 되는 것이다.

❊

"네?"

"진행하시라고요."

"저…… 하지만 신부님."

웨딩플래너 이수정이 다급한 목소리로 서희에게 말을 붙여 왔다. 웨딩플래너 경력 10년, 산전수전 다 겪은 그녀였지만 이런 경우는 살다 살다 처음이었다.

"그러지 마시고 신부님, 저와 함께 다니실 곳이 몇 군데나 돼요. 신랑님께서 제게 모든 일을 일임하셨습니다. 가격대는 상관하지 말고 모두 맞춰 드리라고도 하셨어요. 원하시는 모든 걸 가지실 수 있는데……."

"그래요?"

"네!"

수정은 정말 다급해 보였다. 모든 걸 쥘 수 있는 기회, 아름다운 웨딩드레스와 값비싼 보석. 여자라면 모두가 꿈꾸는 로망이 아닌가. 그런데 신부는 그녀에게 모든 걸 다 일임할 테니 알아서 하란다. 이 얼토당토않고 말도 안 되는 황당한 상황에 얼이 빠질 지경이었다.

"좋네요. 그럼 이렇게 하죠. 이수정 씨가 골라 사진으로 전송해요. 그럼 내가 선택할게요."

"네에?"

"요새 휴대폰 화질 좋던데. 사진이 힘들면 동영상으로 보내든가, 뭐 마음대로 해요. 난 상관없으니까."

"저, 웨딩드레스가 수백만 원에서 수천만 원대까지 다양한데, 어떤 브랜드를 선호하시는지 디자인은 어떤 걸 좋아하시는지……."

"브랜드 원하는 거 없어요. 디자인이야 뭐, 화려한 장식 없이 깔끔하면 되고요. 다른 건요?"

"그럼 반, 반지는요? 이건 절대적으로 신부님이 고르셔야 해요! 나중에 마음에 들지 않는다고 하시면 제가 무척 곤란해집니다."

"흠…… 말을 들어 보니 일리가 있긴 한데……."

"그렇죠? 신부님, 시간 내 주시면 감사하겠습니다."

"미안해요. 이강민 씨도 해외로 나갔고 나도 지방을 수시로 다녀야 하는 처지라 힘들겠어요. 보석은 다이아로 하죠. 시간도 절약할 겸 요즘 가장 잘나가는 예물 세트 세 종류로 압축해 전송해 주세요. 셋 중 하나로 결정할게요. 내 반지 사이즈는 12호예요."

"신부님……."

수정은 거의 혼이 빠져나갈 지경이었다. 신부에게 전부 맞추기만 하라며, 식장에서나 만날 신랑. 아무 관심 없다는 듯 초연한 유령 신부. 뭐 이런 조합이 다 있냔 말이다. 결혼하려면 웨딩드레스, 예복, 예물, 혼수품까지 얼마나 준비할 게 많은데 전부 믿고 맡길 테니 알아서 하라니. 웨딩드레스까지는 그렇다 치더라도 예물을 사진으로 전송하라는 신부는 살다 살다 처음이었다.

"신부님, 그러지 마시고 시간을 조금만 내 주시면……."

"이수정 씨, 나름 그 분야에선 최고라고 들었는데요?"

"네? 네…… 그거야……."

"이런 경우, 흔치 않을 거라는 거 알아요. 능력 한번 발휘해 봐요. 이수정 씨를 우연히 선택했다고는 생각지 않아요."

"아…… 네."

"그럼 수고하세요."

복잡하던 머리가 일시 개운해졌다. 제 몫이 아닌 것을 탐하는 마음을 내려 두니 비로소 자유스러워지는 기분이었다. '눈에는 눈 이에는 이' 같은 속 좁은 여자의 복수가 아니었다. 그가 이만큼 하니 나도 이만큼만 하겠다는 옹졸함도 아니었다. 차라리 그가 한국에 없다는 걸 감사하고 있었다. 하기 싫은 것, 받기 싫은 것을 강요받는 일만큼 고역인 것도 없을 테니까.

그러고 나서 며칠 지나지 않아 웨딩플래너로부터 연락이 왔다. 서희가 요구한 대로 예물과 드레스가 찍힌 사진이 전송되어 있었다. 이런 식으로 사진을 확인하고 선택만 하면 되는 스마트한 시대에 그녀는 살고 있었다.

그녀가 그나마 마음에 드는 예물과 드레스를 골라 답장을 보내자 이윽고 수정에게서 전화가 걸려 왔다.

— 신부님, 숍에서 드레스 가봉은 꼭 해야 한다고 합니다. 제발 부탁드려요.

"사이즈 알려 드렸잖아요."

— 네, 하지만 식전에 숍에서 꼭 한 번 입어 보고 가봉을 해야 한답니다. 참, 남편분께서도 그날 참석하신다고 해요.

제 딴엔 엄청 반길 거라 생각하고 내놓은 패였나 보다. 하지만 그녀는 이맛살이 절로 찌푸려졌다. 웨딩플래너도 알고 있는 그의 귀국을 그녀는 모르고 있었다는 사실이 우스웠다.

"귀찮…… 아뇨, 알았어요."

❀

그녀가 고른 건 다양한 디자인과 격조 높은 퀄리티를 자랑하는

프랑스 디자이너 뷔셀 베르나르가 만든 웨딩드레스였다. 사진으로 보고 대충 결정지었는데 나중에 알고 보니 드레스 가격이 어마어마했다.

웨딩숍은 강남 한복판에 자리하고 있었다.

서희가 가봉을 하겠다고 결심한 이유는 턱시도를 입은 그의 모습을 구경하고 싶어서였다. 외국 브랜드인 만큼 서양인 체구에 맞춰진 턱시도였다. 잘못 입으면 황제펭귄 같아 보일 위험한 그 옷. 일반 양복이 아닌 턱시도를 선택한 그 자체부터 마음에 들어 하지 않을 게 분명했다.

그녀에게 일한다는 그럴싸한 핑계를 대고 본인은 결혼 준비에서 쏙 빠져 알맹이만 챙겨 먹겠다는 도둑놈 심보를 가진 이강민. 그가 얄밉다는 생각이 하루에도 열두 번씩 불쑥불쑥 치밀었다.

하지만 그는 역시 그녀보다 한 수 위였다.

"다른 옷으로 하죠."

"뷔셀 베르나르가 만든 하나밖에 없는 턱시도예요. 신부님 드레스와 세트라니까요."

"마음에 들지 않습니다. 전 양복으로 하겠습니다."

"신부님……."

수정이 도움을 청하듯 서희를 쳐다보았다. 그에게 어울리지 않고 불편하니 다른 걸 입겠다고 말하는, 당당하다 못해 이기적인 그가 낯설지 않았다. 싫어도 좋은 척, 마음에 들지 않아도 인내하는 척하지 않아 차라리 편했다. 그녀도 찝찝한 건 싫었다.

"꼭 세트일 필요는 없지 않나요?"

"하지만……."

"저는 이 웨딩드레스가 마음에 들고 이강민 씨는 저 양복이 마음에 든다 하니, 서로 원하는 걸 입기로 해요."

"그…… 그럼 신부님, 신랑님 양복에 맞춘 다른 웨딩드레스를 고르시면 어떨까요? 가봉 전이니 지금 바꿔도……."

"번거롭게 뭐하러 그래요? 서둘러 주세요. 가 볼 곳이 있으니까."

"……."

귀국 후에도 정신이 없었다. 오죽하면 어머니가 하나뿐인 아들 얼굴 잊어버리겠다고 하셨을까.

결혼식이 한 달 후로 다가왔다. 꼭 와 달라는 웨딩플래너의 간곡한 부탁이 아니었다면 가봉이고 뭐고 싹 무시했을 것이다. 아니, 그 여자 최서희의 작태를 보고받았기에 낯짝을 한번 구경하고 싶어서라는 게 정확한 표현일 것이다.

비싼 명품만 골라 잇속을 챙겼다면 놀랄 것도, 새삼스러울 것도 없는 일이었다. 하지만 여자는 철저한 무관심으로 그에게 대항하고 있었다. 마치 이 결혼에서 내가 바라는 건 아무것도 없으니 넌 걱정 말라고 선전 포고라도 하는 듯했다.

'다이아와 웨딩드레스는 여자들의 로망 아닌가? 그걸 몇 분 만에 결정해? 그것도 사진 하나로?'

계약 결혼에 동의한 그 자체로도 평범하다고는 할 수 없지만, 그녀 또한 그 못지않은 괴짜 같았다.

웨딩드레스를 입은 최서희는 그가 기억하는 그녀의 모습보다 훨씬 청초하고 아름다웠다. 남자로서 저런 예쁜 여자가 제 아내가 된다는 것에 우쭐해지기도 했다. 하지만 어울리지 않게 펭귄이 된 거울 속의 자신은 못마땅했다.

유명 디자이너의 옷이면 다인가. 웃기는 이야기다. 체형에 맞고 편해야 명품인 것이지. 마음에 들지 않는 턱시도도 턱시도였지만, 흰 드레스를 입고 지루해 죽겠다는 표정으로 그에게 눈길 한 번 주지 않는 여자 또한 괘씸했다. 거슬렸다. 저 여자는 눈이 지나치게 높든지, 아주 삐었든지 둘 중 하나인 게 분명했다.

강민은 잔잔한 수면처럼 가라앉은 그녀에게 돌을 슬쩍 던져 보기로 결정했다.

"다른 옷으로 하죠."

"뷔셀 베르나르가 만든 하나밖에 없는 턱시도예요. 신부님 드레스와 세트라니까요."

그의 말에 드레스 숍 원장이 기절할 듯 놀라고 웨딩플래너는 거의 혼절할 모양새였지만 이윽고 여자의 입에서 나오는 말은 그까지 놀라게 만들었다.

'꼭 세트일 필요는 없지 않나요?' 라고? 하!

음식도 아니고 커플 잠옷도 아니니 물론 꼭 세트일 필요는 없었다. 하지만 그녀가 고른 웨딩드레스가 얼마짜린지 알고나 있는지 의문스러웠다. 더군다나 여자의 얼굴에선 그를 만나 반갑다거나, 아님 왜 이제야 나타난 거냐고 원망하는 기색이 손톱만큼도 없었다. 기분이 나빠지려 했다.

"시간 되면 식사라도 같이 하려고 했는데, 바쁜가?"

"네. 제가 먼저 끝날 것 같은데, 어쩌죠?"

"……."

"결혼식에서 봐요. 먼저 갈게요. 모두 수고하세요."

너 뭐냐. 대체 무슨 생물이냐. 죽고 싶어도 죽을 시간도 없이 바쁘게 살고 있는 내가 식사를 하자는데 감히 거절해?

뒤도 돌아보지 않고 유리문을 나서는 그녀의 등을 멍하니 바라보던 남은 사람들의 시선이 자연스레 강민에게로 향했다. 남겨 두고 가는 것에 익숙했고, 차갑게 뿌리치는 데 능숙했던 그로선 졸지에 엑스트라로 추락한 자신의 처지가 달갑지 않았다. 결국 그는 선택을 해야만 했다.

"……처음 그 옷으로 하죠. 브셀이든가, 브뤼셀이든가 하는 디자이너의 옷으로. 시간이 없으니."

도망치듯 드레스 숍을 나와 정처 없이 앞으로, 앞으로 걸음을 내딛던 그녀였다. 순백색의 드레스는 아름다웠지만 입은 순간 깨달아야 했다. 그게 제 옷이 아니라는 걸. 남의 옷을 잠시 빌려 입었다는 걸.

드레스를 입고 커튼을 젖혔을 때, 강민의 차갑게 품평하는 듯한 눈길이 전신을 훑어 내렸다. 오싹했다. 마치 제값을 하는지 못하는지 가격을 매기는 것 같아 옴짝달싹할 수 없었다. 부끄러움과 수치심을 동시에 느껴야 했다. 웃기지만 죄의식도 들었다.

'정말 이게 최선일까. 지금이라도 늦지 않았다면 되돌리는 게

좋지 않을까. 이건 미친 짓이 아닐까.'

그녀의 의지로 선택했고 책임져야 할 일이었지만 새로운 관계는 두려웠다. 아직은 물러설 수 있을 때, 아무것도 희생하지 않아도 될 때, 누구도 상처받지 않았을 때, 그만두어야 하지 않을까.

'부친을 위해서라는 핑계를 대고 난…… 어쩌면 도망치고 싶었던 건 아닐까. 포기하고 싶었던 건 아닐까.'

서희는 숨겨진 제 본심을 깨닫고 망연자실해졌다. 이강민, 그가 제공하는 편리함과 안락을 탐하는 자신이 역겨워졌다. 만약 조금이라도 호의를 보였더라면 지금쯤 그녀는 그와 마주 보며 식사를 하고 있었을 것이다. 기다림의 무게만큼 가벼운 결정을 하려던 의지의 무력함과 나약함에 절망했다.

이 정도밖에 안 되었는가. 영원을 약속하며 그를 심장이라 서슴지 않고 명명하던 세 치 혀를 잘라 버리고 싶었다. 지쳐서 잠시 정신이 나갔었나 보다. 만나지 못하여 그리움이 병이 되었나 보다. 그냥 아무 곳에나 날 내던지고 싶었나 보다.

'빌어먹을, 이게 아냐. 이건 아니라고!'

살얼음판, 현재 상황을 설명할 가장 적절한 단어였다.

*

매도 빨리 맞는 게 낫겠다는 생각에 그녀는 단단히 각오하고 전화를 걸었다. 미치지 않고서야 이런 일을 저지를 수 없었다. 섶을 지고 불 속으로 뛰어들려고 했다니, 폭염에 정신이 나갔던 게 틀림없다. 더 늦기 전에 제자리로 돌려놓아야 했다.

순백의 웨딩드레스를 입은 순간 무언가 잘못되어 가고 있다는 걸 인지했다. 너무 늦게 알았다. 어떻게 하면 피해를 최소화할 수 있을지 머리를 쥐어짜 보았지만 결론은 한 가지였다. 이대로 결혼할 수는 없었다.

고작 열흘. 코앞으로 다가온 결혼식에 서희는 더 이상 망설이고 있을 시간이 없었다. 변화구가 아닌 직구를 던질 때였다. 얼음처럼 차갑고 속을 알 수 없는 반반한 낯이 떠오르자 그녀는 저도 모르게 몸을 안으로 말듯 웅크렸다.

'그렇게 하자며 순순히 받아들일 남자는 분명 아니겠지. 그렇다고 설마 죽이기야 하겠어? 혹시 몰라, 어쩌면 얼씨구나 받아들일지도…….'

담대함으로 치자면 그녀를 따라갈 사람이 없었지만 지금 이 순간만은 피하고 싶을 만큼 두려웠다. 의대 진학 후 처음으로 해부실습을 했을 때도, 수술실 보조로 메스를 처음 잡았을 때도 설렘이 두려움을 앞섰는데……. 전화를 걸기 전 몇 번을 망설였는지 모른다.

신호가 가는 소리가 들리고, 이윽고 강민이 전화를 받았다.

— 뭡니까.

"바쁘신 줄은 알지만 용건이 있어서요."

— 10분 정도 시간 됩니다.

후우 하고 숨을 들이마셨다가 천천히 내뱉은 서희는 그에게 폭탄을 투하했다.

"중단했으면 해요."

— 뭐라고 했습니까.

"정확히 말할게요. 결혼, 없던 걸로 하고 싶어요. 제가 경솔했어요."

— …….

"이강민 씨?"

— 뭐가 어째요?

"살다 보면 그럴 수도 있잖아요. 피치 못할 사정이란 게……."

— 이봐요, 최서희 씨!

수화기 너머 고음의 카스트라토 같은 목소리가 고막을 찢듯 흘러들었다. 어느 정도 예상은 했지만 분노에 치를 떠는 그의 모습이 손에 잡힐 듯 생생했다.

"만나서 이야기해야 하지만 워낙 뵙기 힘들고 바쁘신 분이라 전화로 말할 수밖에 없었어요. 죄송해요, 자신이 없어요. 나답지 않게 즉흥적으로 결정한 걸 후회해요."

그가 침묵하는 시간이 5분도 되지 않건만 마치 영겁의 시간이 흘러가는 것 같았다. 만에 하나 그가 그녀 뺨을 휘갈긴대도 할 말이 없는 상황이었다. 그 정도는 각오하고 있었다.

— 만나죠. 6시경에 차를 보낼 테니 타고 나와요.

"그렇게까지……. 알겠어요."

그녀가 운전해 약속 장소로 가겠다는 말을 하려다 순순히 제안을 수락했다. 평이한 어조였지만 이를 악물고 억누르고 있는 분노를 감지했기 때문이었다. 단단히 각오하고 나가야겠다는 불길한 예감이 스멀스멀 스며들었다. 어쩌면 손해배상을 요구할지도 모른다. 후우. 무거운 한숨이 그녀의 입술 사이로 흘러나왔다.

강민은 맨 아래 서랍에서 보고서를 꺼내 훑어보고 있었다.

그 여자와 결혼 계약을 하기 전, 주변인들에 대해 샅샅이 조사를 마친 상태였다. 성장 배경뿐만 아니라 대학 졸업 학점까지 일목요연하게 정리되어 있었다. 멀쩡한 여자가 왜 그와 계약 결혼을 하려는지 아무런 의심도 없이, 3년 동안 아내라는 이름으로 곁에 머물 여자를 고를 정도로 미친놈은 아니었다.

레지던트 과정을 중단한 정확한 이유까진 알아내지 못했다. 하지만 말귀를 알아먹을 정도로 영리한 점, 들러붙지 않는 점, 깨끗한 뒷정리를 약속했다는 점, 등 여러 이점이 그녀를 선택한 이유였다.

'그런데…… 그만두자고? 장난해?'

이강민 인생에 단연코 오늘처럼 화가 난 적은 일찍이 없었다. 조그만 여자의 몸뚱이를 마구 흔들어 땅바닥에 패대기치고 싶었다. 오뉴월에 개 패듯 때려 주고 싶었다. 감히 그를 상대로 장난질을 쳐? 뭘 하지 말자고? 뭘 후회해? 하! 가만두지 않을 것이다.

최서희, 그를 미치고 환장하게 만드는 여자. 당장 그녀에게 달려가 어깨를 마구 흔들어 주고 싶었다. 그의 이성을 잃게 만들고, 세상을 악으로 치받쳐 벌겋게 달아오르게 만드는 유일무이한 존재가 바로 그녀였다.

화가 난 상태로 대응하면 손해라는 걸 익히 잘 아는 그로선 시간을 벌어야 했다. 이성이 감성을 밀어내고 그다워질 시간이 필요했다. 그래서 그녀에게 만날 시간을 알려 준 것이었다.

부친인 최명렬 사장의 담낭암 수술이 계약 결혼을 감행한 가장 직접적인 원인이겠지. 굳이 최서희가 말하지 않았어도 충분히 짐작하고도 남았다. 그녀는 의무와 죄책감에 계약 결혼을 하기로 결심했을 거고, 그는 무늬만 아내 역할을 할 인형이 필요했다. 서로 윈윈 아닌가? 갑자기 양심의 가책이라도 느꼈나? 개뿔, 말도 안 되는 소리다.

흔들리지 않는 무심한 눈빛으로 그를 관찰하던 여자였다. 무슨 대화라도 나누려 하면 '너는 짖어라 나는 들을 테니.' 라는 방관자의 입장을 취했다. 그뿐인가, 너와 길게 이야기하고 싶지 않다는 티도 팍팍 냈다.

골칫덩이에 어제 다르고 오늘 다른 변덕스럽고 멘탈이 약한 존재. 그가 생각하는 여자는 그런 개념이었다. 하지만 그녀만은 다를 거라는, 손톱만큼 형성되어 가던 믿음에 균열이 생기고 실망이 표면화되자 싸늘한 분노가 그를 지배하기 시작했다. 천하의 이강민이 쪼그만 여자 최서희에게 농락당하고 우롱당했다.

그는 숨을 깊이 들이마시며 당장이라도 폭발할 것 같은 분노를 다스렸다. 그러곤 주먹을 쥔 채 톡톡, 책상을 두드렸다.

그런 그의 모습이 하도 살벌해 회의 시간이 다 되어 재촉하려던 차 비서가 슬그머니 뒷걸음쳐 제자리로 돌아갔다. 이럴 땐 가만히 내버려 두는 게 최선이라는 걸 몸소 체험했던지라 다른 지시가 내려질 때까지 숨죽이는 수밖에 없었다. 고함을 지르며 일을 똑바로 하라고 질책하는 건 양반 축에 든다.

폭풍 전야처럼 깊고 어두운 눈빛, 사람 잡아먹을 듯 형형한 살기를 띤 눈빛이 되면 아무도 말릴 수 없었다. 그의 그런 모습을 본 건 오늘로 세 번째였다. 그를 밀어내려고 작당했던 주주 총회가 초토화되었던 첫 번째와 맞선으로 잠시 만남을 가졌던 장관의 딸 심이연이 회사로 찾아와 그에게 묵사발이 났던 두 번째를 상기하며 차 비서는 세 번째 분노의 대상인 서희의 명복을 진심으로 빌고 있었다.

인터폰이 울린 건 6시를 넘긴 시간이었다.

그녀는 로열호텔 1층에 도착해 안내에 따라 엘리베이터를 타고 올라가는 동안 별별 생각이 들었다. 호텔이라니, 설마……. 아니겠지. 폭력으로라도 자신을 저지하겠단 말일까? 녹음기라도 틀어야 하나? 동영상이라도 찍어야 해? 관두자. 죽기밖에 더하겠어? 그녀는 문 앞에서 마음을 다졌다. 호랑이 굴에 들어가는 토끼 심정이 바로 이럴 것이다.

"앉아요."

이미 그는 잔에 술을 가득 채워 마시는 중이었다.

"아뇨, 서 있을게요."

두렵지만 어차피 한 번은 겪어야 할 일이었다. 맨 정신으로 그와 상대하고 싶었다. 하지만 예상외로 그는 침착했고 여전히 냉정한 얼굴을 하고 예의를 갖추었다. 오히려 그게 더 미치도록 불안했다.

"결혼식이 열흘도 남지 않았다는 거, 알고 있습니까."

낮은 저음이 묵직하게 와 닿았다.

"네."

"계약 조항 숙지했던 걸로 아는데, 마음에 들지 않는 조항이라도 있는 겁니까?"

"아니에요. 밝힌 대로 자신이 없어서요. 제가 무책임하다는 거 인정합니다."

탁. 그가 마시던 술잔을 내려놓고 그녀와 시선을 맞췄다. 분노로 가득한 눈이 검게 일렁이고 있었다.

"그렇게 말하기엔 우린 너무 멀리 와 버렸습니다."

우리라는 단어에 그녀가 흠칫 몸을 사렸다. 이강민과 부부가 된다, 우리라는 이름으로 묶일 관계가 될 뻔했다는 게 실감이 났다. 난 대체 저 사람의 뭘 보고 결혼한다고 했을까. 침착한 모습으로 자신을 감추고 있었지만 그의 안에 분노가 끓어오르고 있음을 눈치챈 서희는 용어를 신중히 골라 사용했다. 그를 더 이상 자극하지 않아야 살아남을 수 있다는 걸 본능적으로 깨달았다.

"알아요, 잘 압니다. 죄송하다는 말씀, 드리고 싶어요. 만약 손해배상을 원하신다면……."

"손해배상이라고 했습니까? 돈으로 말인가요? 아님 다른 걸로?"

그의 싸늘한 눈빛이 서희의 전신을 위아래로 훑어 내렸다. 여자의 몸뚱이에 가격을 매기는 난잡하고 저급한 눈빛의 의미를 모를 정도로 그녀는 순진하지 않았다. 생각보다 쉽지 않겠다는 깨달음과 함께 예상치 못한 전개에 몸이 떨려 왔다. 목소리도 차츰차츰 작아졌다.

"화나신 거 알아요. 제가 백번 잘못한 것도 인정해요. 하지만 조금만 제 입장을 이해해 주시면 안 될까요. 정신이 어떻게 되었었나 봐요. 이런 마음으로는 결혼할 수 없다고 생각했기 때문에……. 절대 이강민 씨를 우롱하려고 벌인 일이 아니에요."

그녀는 절박했다. 두 번째 잔을 채우며 입을 다문 강민이 말을 아낄수록 초조해졌다. 차라리 너 뭐냐고, 너 따위가 날 가지고 놀았느냐고 소리라도 질러 주면 후련할 것 같은데, 이어지는 침묵은 불안과 공포를 가중시켰다.

"다시 한번 확인차 말하죠. 결정을 바꿀 생각은 전혀 없는 겁니까?"

"네, 죄송합니다."

서희가 고개를 푹 숙이며 되돌릴 의사가 없음을 피력하자 방의 공기가 급속도로 냉각되었다.

뚜벅뚜벅.

문 앞에 서 있던 서희는 다가오는 강민의 발자국 소리에 두 눈을 질끈 감았다. 그가 하려는 행동이 무엇이든 감내하리라 다짐하며 이를 악물었다. 신체적 위협을 가해도 맞아 줄 것이고 혹……그녀를 강제로 안으며 희롱한다고 해도 참아 내야 했다. 그의 자존심을 건드린 대가는 치러야 하니까.

뚜벅뚜벅. 발자국 소리가 점점 가까워졌다.

"최서희 씨."

강민이 그녀 이름을 음산하게 불렀다. 감았던 눈을 뜨자 몰랐던 이마 위의 작은 흉터까지 세세하게 보일 정도로 그의 얼굴이 코앞에 다가와 있었다. 저도 모르게 뒷걸음치는 서희를 따라 강민이 성큼 앞으로 걸음을 옮기며 한 음 한 음 똑바로 들어 새기라는 듯 천천히 잇새로 언어를 뱉어 냈다.

"시작도 합의했으니 끝낼 때도 합의해야 공평한 겁니다. 내가 이 거지 같은 상황을 정리할 때까지 입 다물길 바랍니다."

"그렇게 할게요. 그쪽에서 파혼 선언을 하세요. 상관없어요."

파혼을 누가 결정했느냐에 따라 후폭풍 강도가 다름을 알고 있었다. 서희가 파혼을 선언한 게 아니라 파혼당한 것이라고 알려져도 온갖 억측과 구설수에 오를 게 뻔했다. 이강민에게 무슨 문제가 있었다거나, 사실은 중대한 결함이 있었다거나, 사생활이 난잡했다는 등. 그렇게 되면 부친의 입장까지 곤란해지리라 짐작이 갔다. 소문이 잠잠해질 때까지 당분간 지방에 내려가 있어야 할지도 몰랐다.

"명심하세요. 아직 계약이 유효하다는 걸."

서희는 그가 그 단어를 무척 좋아하는 거 같다고 생각했다. 입만 벌렸다 하면 계약, 계약. 하지만 지금은 그녀가 을이었다. 완전한 을. 어떤 조건을 제시해도 피해보상 차원에서 들어줄 의무가 있었다.

"알겠어요."

번쩍.

순간 섬광처럼 스쳐 지나간 빛을 오인한 그녀였다. 그가 하라는 대로 하면 폭풍이 지나가리라, 멍청이처럼 그렇게 쉽게 생각했다. 부디 관대한 처분을 내려 주길 바라며 숨죽이고 있으면 되는 거라고. 그랬는데…….

2

기약 없는 그리움이 계속되었다. 시간이 얼마나 더 흘러야 만날 수 있을까. 영원할 것 같던 마음은 지치고 심장은 휴가를 원한다. 눈으로 보고 손으로 만지고 위안의 말도 듣고 싶은데 위로해줄 그는 어디 있는지도 알 수 없다.

짓누르는 현실의 무게 앞에 비겁하게 무릎 꿇었다. 내 탓만은 아니라는 변명을 뇌까리며 그렇게 비겁의 그늘 뒤로 양심을 숨겼다. 감각이 무뎌지고 슬픔이 바래 가고. 그렇게 난 살아가고 있다. 당신 없이 멀쩡하게.

산 사람은 어떻게든 산다는 말을 뼈저리게 공감하며 오늘도 별을 바라보고 내일도 숨을 쉰다. 하늘이 무너지고, 살던 세계가 어그러져 일어서지도 못할 것 같았는데 어느새 깨진 가슴은 아물었고 무심했던 시간은 빠르게 흘러갔다. 아름답게 핀 여름 꽃이 화려한 자태를 뽐내자 죽었던 생의 감각이 되살아난다.

하루하루가 흘러가고 있었다. 서희는 조용한 침묵이 불편했다. 약속대로 입을 다물고 있긴 했지만 이젠 정말 결혼식이 코앞이었다. 이쯤 되면 반응이 나오고 욕을 먹어야 정상인데 아무 일도 일어나지 않을 것처럼 조용했다. 거지 같은 상황을 정리할 때까지 기다려 달란 말은 빈말이 아니었던 것 같았는데. 대체 어쩌려고…….

이강민, 그의 속을 짐작조차 할 수 없었다. 겁박하듯 그녀를 몰아세우며 빛나던 눈빛이 기억에 생생했다. 먹이를 앞에 둔 하이에나가 목줄을 물어뜯을 것처럼 다가왔을 때 어지간한 배짱을 가진 그녀조차 뒷걸음쳤었다.

드르르르.

갑작스러운 진동 소리에 화들짝 놀란 서희가 휴대폰을 집어 들었다. 그녀가 가진 휴대폰 두 대 중, 잘 울리지 않는 한 대가 요란스럽게 진동하고 있었다. 통화 버튼을 누르려던 그녀의 손이 순간 멈칫했다. 설마……. 그녀는 아랫입술을 잘근 씹었다가 전화를 받았다.

"여보세요."

— 최서희 씨.

"네. 말씀하세요."

— 와 보셔야 할 것 같은데요.

"어딜……. 설마 시체 안치소는 아니죠?"

— 아닙니다. 인천 월미도입니다. 그분의 흔적을 찾았습니다.

가슴이 철렁 내려앉았다. 흔적이란다. 그를 드디어…….

사람이 살아 있다 사라졌는데 흔적조차 없었다. 자취 하나 없어 도리어 의문을 품기 시작했었다. 그를 찾는 간절한 마음은 어느새 집착이 되었고, 모든 것을 뒤로하고 그를 찾는 데에만 매진했다. 이성적으로 판단하건데, 그는 분명 살아 있다. 그래서 더 미련의 끈을 놓을 수가 없었다. 그녀의 미래이자 목표였던 의사의 길도 포기하고 미친 여자처럼 찾아 헤맨 게 벌써 3년이었다.

"바로 출발할게요."

가방, 돈, 그리고 준비할 게 뭐가 있더라. 뒤죽박죽된 머리로 우왕좌왕 방을 헤집다 잠시 멈춘 채 서희는 눈을 감았다. 침착해야 했다. 하지만 단단히 마음먹었던 것과 다르게 온몸이 떨려 왔다. 이번엔 뭔가 다를지도 모른다는 예감이 그녈 망설이게 했다.

강민은 2층 서재에서 아래를 내려다보고 있었다. 하루 이틀이 지나니 분기탱천했던 마음이 점차 사그라들고 그 자리에 차가운 이성이 들어차기 시작했다. 여자는 요물이라더니, 그 말이 맞았다. 얌전해 보이는 얼굴로 그의 속을 보란 듯이 뒤집어 놓았다. 어느 누구도 그를 이렇게 화나게 만든 적이 없었다.

'그래도 눈치는 있어서.'

만약 그때 서희가 한 마디만 더 했더라면, 거짓말 조금 보태서 목을 졸라 버렸을지도 모른다. 그러나 여자는 눈치 백 단이었다. 그가 분노한 기색을 보이자 꼬리를 바닥으로 내리더니 처분을 기다리는 죄인의 모습으로 숨을 삼켰다.

파혼 선언을 내가 해도 된다고 인심을 썼겠다? 그거론 부족하지. 내가 입을 피해가 얼마나 클지 알고 하는 소리인가? 그와 그녀의 계약은 잘못했다, 파기해 달라, 미안하다 말을 하면 깔끔하게 끝날 수 있는, 그런 간단한 일이 아니었다. 결혼이 이렇게 코앞으로 닥친 시점에, 그가 파혼했음을 알리기라도 한다면 실없는 사람으로 전락하는 건 물론이요, 완벽하게 쌓아 두었던 이미지에도 큰 타격을 입는다. 정말 시간이 없었다. 결정을 내려야 할 때였다.

똑똑.

그가 상념에 빠져 있을 때, 정적을 가르고 노크 소리가 들려왔다.

"강민아."

"네, 어머니. 들어오세요."

강민의 어머니, 윤 여사가 차와 다과를 올린 쟁반을 들고 그의 방으로 들어왔다.

"쉬엄쉬엄해라. 건강이 먼저야. 결혼 때문에 서두르는 거야 알고 있지만."

"……."

"바빠도 전화 자주 좀 하고."

"어머니."

"응?"

"저……."

강민은 운을 떼었다. 어머니께 꼭 말씀드려야 하는 일이 있었다. 하지만 무언가가 목에 걸린 듯 파혼하겠다는 말이 선뜻 입 밖으로 나오지 않았다. 윤 여사는 강민이 말하기를 잠자코 기다리다가 걱정스러운 듯한 얼굴로 그에게 물었다.

"왜? 혹시 새아가가 마련한 집이 마음에 들지 않는다던?"

"무슨 말씀이세요? 서희 씨가 뭐라 하던가요?"

"아니, 그런 건 아닌데……. 이상하잖니. 집에 대해선 말 한마디 하지 않으니 말이다."

"준비하느라 바빠 그렇겠죠."

"그래도 궁금할 텐데……."

"어머니께 일임한다고 했다면서요."

"그렇긴 하다만……."

웨딩드레스와 반지도 사진만으로 결정한 여잔데 집을 보긴 했을지 의문스러웠다. 하지만 강민은 차마 묻지 못했다.

"그 여자, 마음에 드세요?"

"네가 웬일이냐, 그런 걸 묻고. 네가 어련히 알아서 했으려고."

바로 그게 문제였다. 항상 알아서 해 왔고 정도에서 벗어난 적 없었고 뜻대로 되지 않은 적도 없었다. 하지만 그 여자와 관련된 일은 이야기가 달랐다. 더 이상 고민하며 미룰 문제도 아니었다.

"참, 사돈 되실 분 건강이 좋지 않다면서?"

"들으셨어요?"

"그래. 급하게 결혼 날짜를 잡은 것도 그 때문인 거지?"

"……네."

"회사 일에서도 뒤로 물러나려 한다더라. 이사진과 운영진에게 맡기겠지, 아마. 일중독이라는 말까지 듣던 분인데 안됐어. 너도 조심해라. 지금이야 젊으니까 건강의 소중함을 모르겠지만 관리 잘해야 돼."

"알겠습니다."

"늦었다, 얼른 자라."

"어머니."

"응?"

문 앞에 다다른 윤 여사를 부르는 강민의 목소리에 힘이 실려 있었다.

"……아닙니다. 주무세요."

타이밍을 놓쳤다. 결혼이 원점으로 되돌려졌다는 말을 할 기회도 놓쳐 버렸다. 그답지 않은 일이었다. 하고 싶은 말을 하지 못하고 망설인 일부터 3년짜리 계약 결혼을 잘 알지도 못하는 여자에게 제의한 것까지.

조건에 부합하는 완벽한 여자를 만나서였다고 단순하게 치부해 버리기엔 설명하지 못할 끌림이 분명 있었다. 인정한다. 그저 그런 끌림이 중요하지 않다고 생각하고 싶었을 뿐이다.

그는 아래층으로 내려가 어머니에게 사실을 밝힐 것인지 말 것인지, 선택의 기로에 서 있었다. 하지만 선뜻 발걸음이 떨어지지 않았다.

'최서희, 내 결정을 기다리겠다고는 했지만……. 호락호락한 여자가 아니라 바로 이야기할 줄 알았는데, 참는다? 대단한 인내심이군.'

입꼬리를 비스듬히 위로 올려 조소를 머금은 그의 눈동자에 위험한 빛이 어른거렸다.

관심을 표현하는 방식이 비뚤어진 게 딱 유치원 아이 수준이었다. 누군가에게 단 한 번도 거절당한 적 없었고 언제나 관심의 대상이었다. 모든 사람이 그에게 잘 보이지 못해 안달이었다. 그래서 차갑고 냉정한 그 여자의 행태가 비위에 거슬렸다.

그저 계약 결혼일 뿐이고 깔끔한 마무리를 원한다며 계약서를 쓰자고 한 건 강민이였음에도 불구하고, 그는 이미 끝난 것이나 다름없는 서희와의 인연의 고리를 잘라 내지 않고 있었다.

❀

"하아."

차고에 주차한 후 서희는 손바닥으로 얼굴을 쓸어내렸다. 몸이 천근만근이었다. 어서 올라가 쉬고 싶은 마음뿐이었다. 기대하고 달려간 것에 비하면 큰 소득은 없었다. 그래도 헛고생한 건 아니니까, 희망의 불씨가 남아 있으니까, 하고 스스로를 다독이며 안정을 찾으려 노력했다.

그런데…….

"한 수만 물러 달래도."

"승부는 정정당당해야 한다고 하셨잖습니까."

집에 들어선 그녀는 눈을 깜박거렸다. 피곤해서 헛것을 보는 거라고 생각했다. 자신의 부친과 이강민이 거실에서 바둑판을 펼쳐 놓고 바둑을 두는 모습이 현실일 리 없었다. 혹시나 하는 마음에 눈을 비벼 봤지만 두 사람의 모습은 사라지지 않고 도리어 선명했다. 서희는 입을 다물지 못하고 멍하니 현관 앞에 서 있었다.

"어허, 사람 깐깐하기는."

"하하하. 그럼 한 수만 물러 드리죠. 다음은 없는 겁니다."

"알겠네, 알겠다고."

이젠 환청까지 들렸다. 상대를 재촉하는 부친의 들뜬 목소리를 언제 마지막으로 들어 보았더라? 그래, 그녀가 의대 본과의 수석 졸업이 결정되었을 때였나?

낯설었지만 홍조 띤 부친의 모습이 수술 후 침대 위에 누워 있던 거무죽죽한 모습과 대조되어 그녀의 눈을 시리게 만들었다.

"아버……지."

"응? 으응, 서희 왔구나. 잠깐만 기다려라. 이 판이 아주 중요하거든."

최 사장은 검은 바둑돌을 엄지와 검지 사이에 넣어 굴리고 있었다. 강민과의 바둑에 집중해 심각한 고민에 빠졌다는 증거였다. 하지만 분명 부친은 즐거워하고 있었다. 생기가 넘쳐흘렀다. 저렇게 즐거워하는 부친의 모습을 본 건 정말로 오랜만이었다. 수술 이후 희미했던 그의 미소가 얼굴에 완연해 있었다.

부친을 웃게 한 건 강민이다. 그가 그녀만의 공간에 침입해 떡하니 존재감을 과시하고 있었다.

당황한 그녀가 자리에 못 박힌 듯 서 있자 자연스럽게 한마디 툭 던지는 강민의 목소리가 끝내 그녀를 기함하게 만들었다.

"이제 오는 겁니까? 식사라도 같이 하려고 전화했더니 아버님이 집으로 오라고 하셔서."

그가 자신을 바라보며 하는 말이 앞뒤 정황상 자연스러웠다. 정말로 결혼을 약속한 상대에게 하는 말처럼 느껴졌다. 바라보는 눈빛은 또 얼마나 부드러운지, 호텔에서 만났던 남자와 동일인이라는 게 도저히 믿겨지지 않았다. 꼭 얼굴만 같은 다른 사람처럼 보였다.

"당신이 여길 왜……."

"서희야, 결혼할 사람한테 그런 말이 어디 있냐. 내가 오라고 했다."

서늘하고 날 선 딸의 말투가 느껴진 건지 최 사장이 이강민을 옹호하고 나섰다. 서희는 입을 다물 수밖에 없었다.

"옷 갈아입고 내려와라. 참, 과일도 좀 내오고."

오랫동안 집안일을 봐 주신 아주머니는 이미 퇴근했나 보다. 그렇다면 저녁을 두 사람이 함께 먹었단 소리인가? 대체 왜?

"서희야."

재촉하는 부친의 목소리를 듣고서야 떨어지지 않는 두 발을 움직여 그녀가 방으로 향했다.

"아버……."

"그래그래, 알았다. 이 판만, 이 판이 마지막이다."

그녀가 귀가한 후 저 말만 벌써 세 번째였다.

"10시 넘었어요."

"벌써?"

벽시계를 확인한 최 사장이 아쉬움이 가득한 얼굴로 바둑돌을 주워 담기 시작했다.

"시간이 벌써 이렇게……. 미안하네. 피곤할 텐데."

"아닙니다, 아버님. 저도 즐거웠습니다. 시간이 나는 대로 자주 상대해 드리겠습니다."

미간이 찌푸려졌다. 자주라니? 그건, 우리가 다시 만날 일이 있다는 말로 들리는데. 이 사람 대체 왜 이러는 거지?

그녀는 쓰러질 것 같았다. 오늘 사용할 하루 에너지를 일찌감치 방전해 버린 탓인지 사고 회로가 멈췄다. 이를 악물고 가까스로 평정을 가장하는데 강민이 다시 한번 그녀를 기함하게 만들었다.

"죄송하지만 서희 씨 방 구경 좀 해도 될까요?"

"어? 그럼, 그럼. 당연히 궁금하겠지."

"아뇨!"

저도 모르게 날카로운 쇳소리가 흘러나오자 두 남자가 깜짝 놀라 그녀를 동시에 바라보았다.

"아니…… 방이 어질러져 있기도 하고 그래서……."

"하하, 전 자연스러운 모습이 보고 싶은 겁니다. 결혼 전인 지금, 어떻게 살고 있는지도 궁금하고. 안 됩니까?"

"안 되긴. 어서 올라가 봐라."

어떻게 하면 이 순간을 모면할까 궁리하던 그녀는 등을 떠밀다시피 하는 부친 때문에 그의 말을 거절하지 못했다. 게다가 등 뒤에서 들려오는 혼잣말이 그녀를 더 기막히게 만들었다.

"내가 주책없지. 젊은 사람들 함께 있고 싶어 하는 것도 모르고. 허허허."

"흐음, 예상한 대로 깔끔하네요."

턱에 손가락을 대고 품평하듯 방을 둘러보는 날카로운 눈과 날렵한 몸. 익히 알아 온 그의 모습이었다. 최 사장의 앞에서 보여줬던 모습과는 딴판이었다.

"이강민 씨."

"이 사진은 대학 졸업 사진입니까?"

"이보세요. 지금 뭐 하자는 거예요?"

"뭘 말입니까?"

"이강민 씨!"

"소리 낮춰요. 엿듣는 취미는 없으신 분 같지만 조심해야 하지 않습니까."

부글부글 사람 속을 뒤집는 데는 천재인 모양이다. 서희는 주먹을 꽉 쥐고 이를 악물었다. 그의 얼굴은 이해할 수 없을 정도로 태연해 보였다. 하지만 서희는 도무지 이 상황을 이해할 수 없었다. 이야기는 끝난 줄 알았는데, 이건 대체 무슨 상황인지. 그래, 좋다. 다 좋다 치자.

"좋아요. 다시 정중하게 묻죠. 왜 이러시는 거죠? 돌려 말하지 말고 원하는 걸 말해요."

"결혼, 예정대로 진행하기로 결정했습니다."

"……뭐라고요? 미친 거 아녜요?"

뻔뻔한 그의 말에 서희는 기가 막혀 말이 나오지 않았다.

"생각해 보니 굳이 결혼을 없던 걸로 할 이유가 없더군요. 자신이 없다는 최서희 씨의 한마디로 계약을 물리기에는 내가 입을 손해가 너무 크다는 결론이 났습니다."

미친 게 분명하다. 계약 다음으로 손해 이익을 운운하는 걸 보면. 정상인의 사고방식이라고는 도저히 생각할 수 없었다.

서희는 분노를 가라앉혔다. 하지만 평정을 가장해 뱉는 말은 미세하게 떨리고 있었다.

“이강민 씨. 당장은 손해겠지만 사업가라면 앞을 내다봐야죠. 싫다는 사람 억지로 옆에 묶어 두면 당신만 피곤해질 뿐이에요. 눈앞의 손해에 집착하는 쫌생이는 아닌 줄 알았는데요.”

쫌생이라는 도발에 이강민의 눈빛이 번득였다. 하지만 서희는 물러서지 않았다. 말도 안 되는 이 상황을 종료시키기 위해서라도 맞서 싸워야 했다. 이성에 호소하는 방법이 먹히지 않았으니, 자존심을 건드려서라도 그의 입으로 계약을 그만두자는 말을 들어야 했다.

호텔 방에서 그녀를 위협했던 남자의 눈동자가 불현듯 떠올랐다. 꽉 쥔 손 안이 땀으로 흠뻑 젖었지만 여전히 그녀는 눈에 힘을 주고 그를 똑바로 응시하고 있었다. 절박했다. 더는 물러설 곳도, 시간도 남아 있지 않았다.

“쫌생이라……. 내게 그런 단어를 내뱉는 사람은 당신뿐일 겁니다.”

“사과는 하지 않겠어요. 느낀 대로 말한 거니까.”

“하하하. 그럴수록 더더욱 최서희 씨가 마음에 드는데, 이거 어쩌죠?”

능청스러운 그의 말에 힘이 탁 풀렸다. 지금 그걸 말이라고 하는 거야? 서희는 욕이 나오려는 걸 겨우 참아 냈다. 그녀만의 장소였지만 밖에는 부친이 청각을 곤두세우고 계실지도 모르는 일이었다.

“원하는 걸 말하세요.”

애써 침착한 척 목소리를 죽여 소곤거리자 이강민이 미소를 띤다. 누구라도 홀릴 만한 근사한 미소였지만 그녀는 팔에 소름이 돋는 기이한 현상을 경험해야 했다.

“결혼.”

“……이보세요.”

말이 통하지 않는 상대다. 강민의 눈은 흔들림도 없이 잔잔했다. 작은 동요도 찾아볼 수 없었다. 그에 비해 서희는 심장이 쿵, 떨어지는 기분이었다. 그녀는 숨을 골라 한 자 한 자 또박또박 그에게 읊었다. 단호한 목소리였다.

“나가서 아버지께 이 결혼 못 하겠다고 제가 밝히죠.”

“그럴 수 있다면 그렇게 하든지. 서희 씨 마음대로.”

강수를 두는데도 그는 여전히 태연한 표정이었다. 직감으로 그가 이미 다른 대안을 세워 두었음을 눈치챈 서희는 불안에 휩싸였다.

“뭐죠? 당신 대체 뭘 어쩌려는 거예요? 설마 아버지 회사를 어떻게 하려는 건 아니죠? 당신이 손댄다고 당장 휘청거릴 만큼 부실한 기업 아니에요. 우습게 보지 말아요.”

“그렇게 생각했다면 날 한참 잘못 본 겁니다.”

뭐지? 대체 저 여유와 침착함은 어디에서 나오는 거지? 그녀가 먼저 파혼을 하기로 결정했다는 사실이 알려진다면 그에게도 좋을 것이 없었다. 하지만 그는 정말 아무렇지도 않아 보였다. 그의 당당한 태도에 점점 더 불안이 커져 갔다. 마음속으로 스멀스멀

어두운 먹구름이 몰려오는 것 같았다.

“당장 나가서 아버지께 말하고 오겠어요.”

“담낭암이라고 들었습니다.”

돌아서 방을 나가려던 서희의 고개가 강민 쪽으로 돌아갔다.

“그걸 어떻게…….”

“그건 중요하지 않고. 어때요, 다음 시나리오 들어 볼 생각 없습니까?”

강민이 돌아간 후에도 서희는 씻지도 않고 화장대에 앉아 넋을 놓고 있었다. 미동도 없이 그저 거울 속의 자신을 바라보았다.

그는 부친의 병을 정확히 알고 있었다. 그에게 알려지지 않도록 조심한다고 했는데, 역시 불가능한 일이었나 보다. 하지만 그걸 이용해 자신을 압박할 줄이야. 그의 말대로 그녀의 부친은 지금 절대적으로 휴식과 안정이 필요한 시기였다. 그는 정말 모든 걸 알고 있었다. 부친의 몸 상태뿐 아니라 다음 주주 총회에서 최 사장이 이사진과 실무진에게 사정을 설명하고 업무량을 분담할 예정이라는 것까지.

‘바쁘게 만들어 드릴까요? 지금보다 더?’

‘무슨 뜻이에요?’

‘최 사장님 성격에 회사가 현재 상태를 유지하지 못하고 흔들리는 걸 두고 보기만 하시진 않을 거라 생각하는데요. 서희 씨도 건강에는 스트레스가 가장 나쁘다는 거 알고 있지 않습니까.’

그녀의 말대로 최 사장의 회사는 아무리 강민이 장난을 친다 해도 섣불리 흔들리지 않을 만큼 탄탄한 기업이다. 하지만 문제는 부친의 남다른 책임감이었다. 일선에서 완전히 물러나 일을 내려 두었어도 보고는 받을 것이고, 회사를 완전히 잊고 지내지 않을 것이다. 회사는 그의 인생이었다.

건강을 되찾으려면 무엇보다 심신이 편해야 했다. 재발 가능성이 높은 담낭암은 수술 후 관리가 더더욱 중요했다. 그런 부친에게 회사 일로 받는 스트레스는 독이다. 이 점을 꼬집은 영악한 자가 바로 이강민이었다.

'사람 목숨 가지고 장난치는 거 아니에요.'

'의사가 아니라 그런지, 그 말이 별로 와 닿지 않는데.'

'당신, 후회할 거예요.'

'그럴지도. 하지만 후회는 내 몫입니다. 당신은 당신 몫만 걱정하면 돼요.'

수렁……. 깊은 늪에 빠진 그 끝없는 추락에 그녀는 망연자실하게 그 자리에 넋을 잃고 있었다. 억수 같은 비로 도랑물이 넘쳐 흥건하게 고인 물. 혼신의 힘을 다해 한 발짝씩 앞으로 걸어가려 하지만 바닥 모를 수렁에 발목이 잠기고 무릎이 잠기고 다시 가슴이 잠긴다. 숨이 막혔다.

그는 그녀를 쉽게 놓아주지 않을 것이다. 도망쳐도 기어이 찾아낼 것이다. 그가 끝을 내지 않는 이상, 그녀에겐 그의 폭주를 막을 방법도 재간도 없었다.

그녀는 절대 건드리지 말았어야 할 판도라의 상자를 열어 버린 것이다.

강민은 집에 돌아오자마자 재킷을 벗어 침대 위에 내던졌다. 이유를 알 수 없는 불쾌감을 떨치기가 힘들었다. 그는 입고 있던 옷을 훌훌 벗어 던지고 알몸으로 욕실로 향했다. 샤워기 수압을 최대로 올리자 거센 물줄기가 강민의 몸 위로 쏟아졌다. 피부가 붉게 달아오를 만큼 강한 수압에 정신이 번쩍 들 법한데도 그는 한참 동안 고스란히 강하게 때리는 물을 맞고 서 있었다.

냉정한 사업가인 이강민의 이미지는 대체 어디로 간 건지, 조그만 여자 하나가 그를 들었다 놨다 한다. 마음에 들지 않았다. 누군가의 영향을 받는다는 것도, 여자에게 휘둘리고 신경 쓰고 있다는 것도 모두 다.

처음엔 농락당한 기분에 분노가 치밀어 올라 제대로 된 사고를 하기가 힘들었다. 그 다음엔 이 여자가 분명 원하는 것이 있다는 생각이 들었다. 그렇지 않고선 저런 강수를 둘 리가 없었다. 그저 맹랑한 여자의 버릇을 고쳐 줄 심산이었다. 하지만 그 빌어먹을 여자는 진심으로 파혼을 원하고 있었다. 심지어 한술 더 떠 큰 인심이라도 베푸는 것처럼 그가 파혼을 한 것으로 하자고 하지 않았는가. 누가 누구에게 인심을 베풀고, 이래라저래라 하는 건지.

"후우."

그녀의 가장 큰 약점이 부친인 최명렬이라는 걸 알기에 움직였다. 방법을 정한 뒤로는 일사천리였다. 그동안 여러 사람들을 다루어 보았기 때문에 그녀 같은 타입은 강하게 밀어붙이는 것보다 약점을 공략하는 게 쉽다는 것을 알고 있었다.

이제 와 되돌리기엔 너무 멀리 와 버렸다. 아니, 사실은 그가 이 결혼이 정상적으로 진행되길 원하고 있었다. 그의 조건에 딱 맞는 이런 완벽한 이상형을 어디에서 다시 찾는단 말인가. 지금까지 공들인 시간이 아까워서라도 그렇게 할 수는 없었다.

'후회할지도 모른다라.'

필사적으로 그를 설득시키던 서희의 말이 생각났다. 머리를 털던 동작을 잠시 멈춘 그는 창가로 다가가 팔짱을 낀 채 아래를 내려다보았다.

그럴지도 모른다. 후회할 수도 있다. 여자는 그의 인생에 골칫덩이가 될 소지가 다분했다. 그럼에도 불구하고 그는 왜 망설이는 것일까. 이렇게 속 좁은 인간이었나.

그녀가 눈치 백 단에 머리 회전력이 우수하다는 점은 높이 산다. 바로 그런 점 때문에 계약 결혼을 결심했으니까. 하지만 갑작스레 변덕을 부리기 시작한 그녀가 영 마땅찮았다. 괴롭히고 곤란하게 만들고 울리고 싶어졌다.

제정신을 가진 여자라면 그를 거절할 리 없었다. 여태 그를 거절한 여자는 단 한 명도 보지 못했다. 하지만 그녀는 달랐다. 눈을 피하지 않고 똑바로 마주해 파혼이니, 뭐니 입을 나불거릴 땐…… 차라리 입을 막아 닥치게 하고픈 욕구가 치솟았다. 미치지 않고서야. 자신에게 그런 성적 취향이 있었던 건지 다시 되돌아볼 필요가 있었다.

어찌 되었건 그는 그녀에게 자신이 가진 카드를 모조리 내보였다. 선택은 그녀의 몫이었다. 주사위는 이미 던져진 지 오래였고, 강민은 이 게임에서 이길 자신이 있었다.

'자, 최서희. 이젠 어떻게 할 거지?'

*

입이 있어도 말을 못 하니 답답해 미칠 것 같지만 이미 시기를 놓쳐 버렸다. 그녀가 부른 재앙이었다. 다른 누구도 아닌 그녀의 탓이었다. 밀려오는 불안감에 서희는 두 팔을 교차해 제 몸을 감쌌다.

이강민을 선택한 건 최대의 실수였다. 할 수만 있다면 어떻게 해서라도 돌이키고 싶은, 치명적인 실수였다. 만약에라도 그녀가 그의 뜻을 거스르고 파혼을 강행하기라도 한다면…… 그 여파는 어마어마할 것이다. 아마 부친의 건강에도 적신호가 켜지겠지. 이강민, 그가 조용히 넘어가지 않을 것도 자명했다. 그녀를 잡아먹을 듯 노려보던 그 시퍼런 눈동자. 안광이 번쩍거릴 때엔 그녀를 통째로 아가리에 넣어 우그적우그적 씹어서 삼킬 것만 같았다.

서희는 무거운 한숨을 내쉬며 머릿속을 정리했다. 초조함에 물어뜯은 입술이 붉게 부어올라 있었다. 3년 후엔 부친의 병도 어느 정도 안정기를 찾을 터였다. 그렇다면…….

그녀는 망설임 끝에 전화를 걸었다.

“서희예요.”

— 무슨 일입니까?

“하죠, 결혼.”

— 잘 생각했어요.

“하지만 한 가지 확실히 해 둘 게 있어요.”

— 뭐죠?

“경호원이나 미행 붙이지 말아요. 질색이니까.”

— …….

“꼭 필요한 상황이라면 경호원은 내가 고용할게요.”

수화기 너머로 그의 어이없어하는 듯한 웃음소리가 들렸다. 그의 반응이 이해가 가지 않는 것도 아니었다. 최 사장이 하나뿐인 딸을 보호하는 데 소홀했을 리 없을 텐데, 그녀에겐 생활의 일부였을 경호원을 불편해한다? 개가 웃을 일이었다.

“계약서에 항목 추가해요. 난 확실한 게 좋거든요.”

그녀는 그의 반응에도 이렇다 할 말을 덧붙이지 않고 단호하게 말했다. 마땅치 않았지만 그녀는 완전히 그로기 상태였다. 그건 그도 별반 다르지 않았는지 서희의 말을 흔쾌히 받아들였다.

— 좋아요. 변호사에게 이야기해 두죠. 다른 할 말은?

“없어요.”

— 그럼 식장에서 만납시다.

“네.”

계약서에 쓰인 ‘용건만 간단히’라는 말을 실천이라도 하듯 강민이 일방적으로 전화를 끊자 적막이 찾아왔다. 경호원을 두면 제

약이 뒤따를 게 틀림없었다. 그녀의 일거수일투족이 그에게 보고된다면 그도 남자고 사람이니까 분통을 터뜨릴지도 모른다. 애정이 있고 없고의 문제가 아니었다.

'마지막이야, 이번이 마지막. 그러니까 나타나. 살아 있다면 내 눈앞에 나타나 줘, 제발.'

끝이 다가오고 있었다. 레지던트 과정을 그만두고 사람 구실을 제대로 못 한 지도 벌써 3년째였다. 아무리 그 사람을 찾기 위해서라지만 허송세월을 보낸 거나 다름없었다. 이제 더는 지체할 시간도, 기력도 없었다. 제자리로 돌아갈 시간이 임박해 오고 있었다.

여름이 가고 가을이 오듯 시간은 이렇게 무심히 흘러간다. 변한 게 있다면 당신이 없다는 것뿐이다. 사랑한 시간이 기다리는 시간보다 짧을 줄 알았다면 망설이지 않았을 텐데. 소중한 줄 몰랐던 바보 같은 나를 어쩌면 좋을까. 잠들기 전 항상 당신 생각을 한다. 꿈에서라도 만날 수 있길 바라며. 당신이 간절히 필요하다. 혼자서 감당하기에 버거운 그리움이라는 맹독이 전신을 후벼 판다. 희미한 미소, 낮은 음성이 듣고 싶다. 당신은 어디에…….

3

가을이 성큼 다가와 다시 한번 자연의 신비에 감탄했다. 후덥지근하고 진득했던 뜨거움은 어느새 스산함으로 바뀌어 몸을 움츠리게 만들었다.

강민과 서희의 결혼식은 하늘이 높고 찬란한 가을날에 올려졌다. 너무 정신이 없어 결혼식이 어떻게 지나갔는지도 몰랐다. 모든 여자들의 로망이라는 긴 버진 로드, 반지 교환, 많은 하객들의 축복 속에서도 서희는 의중을 알 수 없는 얼굴이었다.

결혼식에 이은 피로연도 성대하고 화려했다. 피로연을 위해 드레스를 입고 벗고, 화장을 고치고, 보석을 바꿔 착용하는 서희는 평소 잘 짓지 않는 억지 미소까지 남발하느라 입가에 경련이 일 지경이었다. 하지만 그런 신부에게 신랑은 힘드냐는 한마디 말도 없이 제가 초대한 사람들에게 인사를 하러 다녔다.

보다 못한 윤 여사가 강민의 팔을 붙잡고 조용한 곳으로 그를 끌고 갔다. 윤 여사답지 않게 매서운 눈초리였다.

"무심한 거야 알고 있었지만, 오늘은 특별한 날이다. 네 아내를 맞는 날이야."

"압니다."

"아는 녀석이 그래? 신혼여행도 생략하고 바로 출장이라면서? 네 부인한테 미안하기는 하니?"

"……."

"대기실에 가 봐라. 아까 보니 먹지도 않고 물만 조금 마시더라. 사부인이 없으니 누가 살갑게 챙겨 주지도 못할 거야. 내가 하고 싶지만 아직은 시어미가 어려울 테니 네가 가 봐."

결혼이 이렇게 복잡하고 피곤하고 진을 빼는 일일 줄 몰랐다. 걱정스러운 윤 여사의 말에 강민은 대답 없이 간단히 고개만 끄덕인 채로 발길을 돌렸다. 마침 그도 쉬고 싶단 생각이었던 터라 대기실로 향했다.

신부 대기실 문을 열자 피로연을 위한 화려한 드레스를 입은 서희의 모습이 보였다. 진이 다 빠진 건 그녀 역시 마찬가지였는지 눈을 감고 있는 얼굴이 부쩍 수척해 보였다. 신부 도우미는 그의 갑작스러운 등장에 당황한 듯 서희와 강민을 번갈아 보았다.

"아, 저……."

"괜찮습니다. 나가 보세요. 잠시 쉴 테니."

"네, 알겠습니다."

눈치를 보던 신부 도우미는 강민의 한마디에 바로 방을 나섰다. 대기실의 문이 닫히고 다시 정적이 찾아왔다. 눈을 지그시 감고 신부 대기실의 조용함을 탐닉하던 서희는 이대로 눈을 뜨고 싶지 않았다. 지금 이 순간만은 평온을 유지하고 싶었다.

그녀를 훑는 수많은 눈들, 거짓된 사랑을 고백하는 그와 자신, 기뻐하는 아버지의 얼굴. 그 모든 것이 그녀를 힘들게 했다. 이젠 정말로 이 결혼을 돌이킬 수 없었다. 그녀는 강민이 들어온 것을 알면서도 알은체하고 싶지 않았다. 그가 따스하게 그녀의 이름을 불러 줄 리도 없었고 피곤해하는 그녀를 안쓰러운 눈빛으로 바라볼 리도 없었다. 그 서늘한 눈빛을 지금은 마주하고 싶지 않았다.

흘깃하고 그녀 쪽을 바라본 강민은 신부 도우미가 앉아 있던 의자에 털썩 주저앉아 고개를 뒤로 젖혔다. 그도 지쳐 버렸다, 완전히. 사업에 손을 대는 동안 이보다 더 육체를 한계까지 몰아세우는 일도 많았는데, 이만큼 피곤한 적은 없었다. 진이 다 빠져 손가락 하나 까딱하는 것조차 힘들었다. 다른 건 몰라도 결혼은 두 번 할 것이 못 된다는 걸 알게 되었다. 그는 눈을 감은 채 그녀가 탐닉하던 그 고요를 함께 누렸다.

그리고 얼마 지나지 않아 신부 대기실의 문이 열렸다.

"저…… 피로연이 시작되어 나가셔야 하는데……. 신부님? 신랑님?"

신부 측 도우미인 연정은 가볍게 노크를 하고 대기실로 들어와서 마주한 놀라운 모습에 눈을 동그랗게 떴다. 흔치 않은 광경이 눈앞에 펼쳐졌다. 여자는 아름다운 드레스를 입은 채 꿈나라로 달려가고 있었고, 남자 또한 그녀의 옆에서 곤히 잠을 자고 있었다.

결혼식을 전부 윤 여사에게 맡긴 걸 두 사람 모두 후회하고 있었다. 결혼식도 이강민의 이름에 걸맞게 화려한 편이었지만 피로연에 비할 바는 아니었다. 억 소리가 절로 나왔다. 가봉할 때에는 관심이 없어 제대로 보지 않았는데 피로연 드레스 역시 지나치게 화려했다. 조금이라도 신경을 썼다면 이렇게 화려한 드레스는 입지 않았을 텐데.

하객들은 또 왜 이렇게 많은지, 어떤 사람과 인사를 했고 어떤 사람과 인사를 하지 않았는지 구분하는 것조차 어려울 지경이었다. 강민의 결혼을 축하하기 위해 왔다기보다는 그에게 눈도장을 찍으러 온 사람이 대부분이었다. 그저 하객들의 말에 고개만 끄덕이는데도 뒷골이 당기고 목이 아팠다. 하지만 그렇다고 티를 낼 수도 없는 상황이었다. 그와 아내로서 의무를 다하겠다고 약속했다.

"안녕하세요?"

잠시 의자에 앉아 눈을 내리깔고 물 한 모금 축이고 있을 때였다. 잠시간의 휴식도 허락되지 않나 보다. 고개를 드니 한눈에 봐도 명품으로 휘감은 것 같은 여자가 그녀를 곱지 않은 시선으로 훑어 내리고 있었다.

"강민 오빠 신부치곤 소박하네요."

또다. 어딜 가나 이런 부류가 있었다. 내가 못 먹는 감 먹게 된 사람을 찔러나 보자는 고약한 놀부 심보를 가진 여자들. 일일이 상대하단 같은 사람이 되기 십상이었다.

"내 말 무시하는 거예요?"

절로 한숨이 흘러나왔다. 대꾸해도, 대꾸하지 않아도 트집일 게 뻔했다. 조신한 재벌가의 며느리 역할을 수행해야 하는데 잡음을 낼 수는 없지 않은가. 하는 수 없어 자리에서 일어나 그녀와 마주했다.

"강민 오빠와 집안끼리 오랫동안 알고 지낸 민영진이라고 해요."

그녀를 알고 있는 건 아니었지만 이름은 들어 본 적 있었다.

"네, 안녕하세요. 선진화학 민 사장님 따님 맞죠?"

"맞아요. 저 엄청 기대하고 참석했거든요? 그런데 실망이네요. 오빤 왜……."

명백한 악의가 담긴 눈이 또다시 서희의 머리에서부터 발끝까지 재는 듯이 훑어보았다. 기분 나쁜 말과 깔보는 눈매가 사람의 염장을 질렀다. 하지만 서희는 도발에 응할 만큼 어리숙하지 않았다. 여기서 큰소리를 내면 누가 손해인가.

남편이라는 사람은 이런 상황에서도 어디로 간 건지 코빼기도 보이지 않았다. 뭐, 곁에 있어도 든든한 아군이 될 리 만무하겠지만. 아마 오히려 그녀가 이 상황을 어떻게 대처할지 지켜보기만 할 것이다. 그녀를 꿰뚫어 보는 듯한 날카로운 눈매가 절로 머릿속에 떠올랐다.

보아하니 이 어린 아가씨가 이강민의 옆자릴 노리고 있다가 뒤통수를 맞았나 보다. 그렇겠지, 그가 멍청한 게 아니라면 트러블메이커의 소지가 다분한 이 시끄러운 여자를 아내로 맞아들일 리 없었을 테니까.

"이강민 씨의 숨겨진 매력에 퐁당 빠졌거든요. 물론 제가요."

"뭐라고요?"

영진은 여유롭고 품위 있게 마주 웃어 주는 여자가 고깝기 그지없었다. 뭐야, 이 여자. 단아해 보이는 얼굴과는 달리 눈은 도전적이었다. 영진의 도발에도 넘어가지 않고 태연한 얼굴이다. 강민의 앞에서 순진한 척 내숭을 떤 게 분명했다. 불여우 같으니.

"결혼한다고 끝은 아니잖아요? 오빠 능력이 있으니까. 안 그래요?"

"그런가요? 뭐, 그래도 날 선택한 걸 보면 주위에 나만 한 여자가 없었나 보죠."

서희의 대꾸에 기분이 팍 상했다. 영진이 그동안 그의 옆자리에 서기 위해 얼마나 공을 들였는가. 물론 동생 취급에 무시당한 게 다반사였지만 그래도 혹시나 싶어 기대했었다. 그도 그럴 것이 그가 딱히 그녀를 딱 잘라 거절한 것도 아니었고, 강민의 옆에는 아무도 없었으니까. 그런데 갑자기 나타난 보잘 것 없는 여자가 그를 차지하다니. 도저히 용납할 수 없었다.

영진의 얼굴이 흉하게 일그러지자 서희는 마음을 단단히 먹고 닥쳐올 일에 대비하고 있었다. 교양이라고는 없어 보이는 이 멍청한 여자는 어떻게 나올까. 앙칼지게 제 것인데 빼앗아 갔다고 소릴 칠까? 아니면?

"이 결혼, 오래가지 못할 거예요. 그건 분명해요. 알고 있어요?"

"무슨 말버릇이냐!"

서희가 그녀의 말에 입을 떼기도 전, 단호하면서도 엄한 목소리가 두 사람 사이에 끼어들었다.

"……아빠?"

선진화학 민규진 사장. 그는 반가운 얼굴을 발견하고 다가오던 참이었다.

"그게 남의 결혼식에 와서 할 소리냐? 영진이 너, 집에 가서 보자."

"아빠! 내가 뭘……."

"어허, 어서 사과하지 못하겠니?"

영진은 분해 눈물이 나왔지만 한 번도 보지 못한 엄한 아버지의 화난 모습에 고개를 푹 숙이고 기어들어 가는 목소리로 사과를 했다. 그럼에도 아직 납득할 수 없는지 불끈 쥔 주먹이 부들부들 떨리고 있었다.

"미안합니다……."

"됐다, 가 보거라."

"네."

입술을 깨물고 돌아서는 딸을 규진이 고개를 절레절레 흔들며 바라보았다.

"미안합니다. 딸아이가 아직 철이 없어서."

"괜찮습니다."

인연이라면 인연, 두 사람은 초면이 아니었다. 어찌할 바를 모르고 입을 열지 못하는 민 사장 대신 서희가 먼저 입을 열었다.

"민 회장님 건강은 어떠신가요?"

"최 닥터…… 아니, 그……."

"호칭은 편하신 대로 부르세요."

"덕분에 아버님이 많이 변하셨습니다. 건강도 좋아지셨고요."

"다행이네요."

결혼식에 오기 전까지도 확신할 수 없었지만 분명 최서희, 그녀가 맞았다. 시간이 꽤 지났음에도 변한 것이 없었다. 달라진 점은 늘 입고 있던 흰 가운 대신 하얀 웨딩드레스를 입었다는 것뿐이었다.

이강민이 보낸 청첩장을 받아 들고 그 안에서 낯익은 이름을 발견했을 땐 설마설마했다. 도저히 잊을 수 없었던 이름이 청첩장에 금박으로 박혀 있었다. 최서희. 그녀가 최명렬 사장의 딸이었다니, 미리 알았더라면 아들 짝으로 그만한 여자가 없었을 텐데. 아깝고 아쉬웠다.

그러니까 그게 언제였더라. 벌써 3년이 지났나? 갑작스러운 부친의 졸도로 회사가 발칵 뒤집혔을 때였다. 완고한 부친은 일중독이 심한 편이었는데, 쓰러진 이후 사람이 변하기도 많이 변했다. 건강 문제이기도 했지만 최서희 그녀가 눈 부릅뜨고 부친에게 내뱉은 쓴소리 때문이었다.

'건강입니까 일입니까. 무엇이 우선이신가요? 돈은 다시 벌면 되지만 건강은 한번 잃으면 찾기 힘듭니다. 지금 당장 입원하셔서 검사받으시고 치료가 끝날 때까지 인내하지 못하고 멋대로

도중에 복귀하시려면, 지금이라도 늦지 않았습니다. 퇴원하세요. 자기 관리도 하지 않으면서 직원 수천을 관리한다니, 어불성설 아닌가요?'

어머니와 자식들 말은 귓등으로도 듣지 않던 분이셨다. 그런데 새파랗게 어린 레지던트의 호된 호통 한마디에 정신이 번쩍 든 모양이었다.

❃

호텔로 가는 차 안에서 강민은 보고 있던 서류를 덮고 여자를 봤다. 정확히 말하면 여자가 아니라 이제는 그의 아내가 된 최서희였다. 벤츠 S클래스의 뒷좌석이 넓고 편안해서인지 서희는 아예 잠들 기세였다. 말을 하지 않고 조용히 있어 마음에 들다가도, 그를 바라보는 것조차 싫은 사람처럼 세상과 단절이라도 할 듯 눈까지 감은 모양을 보면 심술이 났다.

일종의 시험이었다. 그래서 민영진이 그녀에게 접근하는 걸 보면서도 다가가지 않았다. 아니, 오히려 즐기며 지켜보고 있었다. 그녀가 어떻게 대처할지 기대가 된 것도 사실이다.

하지만 서희는 그의 기대를 훨씬 뛰어넘었다. 먼발치에서도 오만불손한 영진이 방방 뛰는 게 한눈에 들어왔다. 유쾌했다. 그녀는 늘 예상을 뛰어넘는 존재였다. 강민의 마음대로 되는 일이 없어 그게 못내 불만스럽고 짜증이 나면서도 간혹 이렇게 즐겁게 만들기도 했다.

둘에게서 시선을 떼고 발걸음을 옮기려는데, 민 사장이 그녀에게 다급한 듯 다가서고 있었다. 그의 딸에게 가는 건가? 하지만 민 사장의 시선은 딸이 아닌 다른 이에게로 박혀 있었다. 낯선 얼굴이었다. 반기는 것 같기도 하고, 그답지 않게 서두르는 것 같기도 한 낯선 모습. 반겨? 누굴?

민 사장의 호통에 쫓기듯 사라진 영진과 자리에 남아 인사를 나누는 두 사람의 모습은 그의 호기심을 자극하기에 충분했다. 폐쇄적으로 자라서 주위에 아는 사람이 많이 없다 하지 않았나? 뭐지? 하지만 그의 주의를 끌지 못해 안달인 타인들에게 에워싸인 그는 궁금증을 접어 두어야 했다.

'궁금증을 유발하게 만드는 방법이 다양하기도 하지. 의도적인지 아닌지는 지켜봐야겠지만.'

다른 여자 같았으면 그에게 잘 보이기 위해서라도 선진화학 민 사장과의 관계를 입에 올렸을 것이다. 하지만 그녀는 그렇게 하지 않았다. 그가 궁금해하는 걸 아는지 모르는지, 그녀는 그저 눈을 감고 뒷좌석에 기대어 있을 뿐이었다. 결국 답답함과 호기심에 굴복한 것은 강민이였다.

"민 사장과는 전부터 아는 사이인가?"

"네."

서희는 군더더기 없는 단답형 대답만을 남겼다. 허울뿐인 예의를 차리던 남자는 두 사람의 결혼이 확정되고 난 이후에는 말을 놓았다. 서희는 그것에 대해 왈가왈부하지 않았다. 그녀는 아내로

서의 역할에 충실해야 할 의무가 있었다. 계약 결혼이 탄로 나지 않기 위해 두 사람은 진짜 부부처럼 보여야만 했다.

강민의 성격상 결혼한 여자에게 깍듯이 예의를 차릴 리 없다는 걸 그의 주변 사람들은 너무나도 잘 알고 있었다. 어쩌면 그가 서희에게 말을 놓는 건 당연한 일일지도 모른다. 자신의 기분보다는 타인의 시선이 더 중요했다. 계약 결혼을 한 이상, 감당해야 할 일이다. 하지만 그녀는 강민에게 말을 놓고 싶지 않았다. 괜한 친근감이 들까 거북스러웠다.

강민은 여전히 답답함에 입이 근질거렸다. 여자의 대답은 그의 궁금증을 충족시켜 주지 못했다. 그녀의 한마디는 오히려 앞뒤 정황을 어디 잘 짜 맞춰 보라는 듯해 상상력과 추리를 담당하는 뇌 기관 전두엽을 활성화시키기만 했다. 제가 먼저 운을 떼면 알아서 설명해 주리라 예상했건만 그녀는 툭 내던지듯 짧은 답만 던지고 다시 눈을 감아 버린다. 화가 목 끝까지 차올랐다가 서서히 가라앉았다. 또다. 또. 설명 못 할 불쾌감이 치밀었다.

"어떻게?"

"근무하던 병원에 민 회장님이 입원하신 적이 있어요."

"……궁금하게 만들 의도였다면 성공이야."

목소리에 응축되어 담긴 불만이 고스란히 읽혔다. 서희는 감았던 눈을 뜨고 오른쪽으로 고개를 돌렸다. 검은 눈동자가 파고들듯 그녀를 응시하고 있었다.

"레지던트였을 때 민 회장님이 입원하셨거든요. 제가 담당이었어요."

"보통은 지정 주치의가 있지 않나?"

물론 있었다.

"수술이 필요한 심각한 병이 아니기도 했고, 주치의인 강 박사님이 당시 학회 참석 하시느라 부재중이셨어요."

"흠……."

미진한 구석이 없진 않았지만 이내 그가 납득하듯 고개를 끄덕였다. 더 할 말이 없어 그녀는 다시 눈을 감았다. 편두통이 밀려왔다. 상비약으로 늘 가지고 다녔는데 오늘은 정신이 없어 깜박 잊어버렸다. 날카롭게 벼려진 칼이 뒷머리를 쿡쿡 찌르는 것 같았다.

강민은 대화를 이으려다 그녀가 양손으로 관자놀이를 누르며 지압하자 입을 다물었다. 편두통으로 괴로워 보였다. 다시 서류로 눈을 돌리려던 강민도 결국 고개를 뒤로 젖혀 등받이에 머릴 기댔다. 무늬만 결혼일지라도 피곤이 몰려들었다.

"으음……."

강민은 어느새 그녀가 했던 방식대로 양손으로 관자놀이를 누르며 따라 하고 있었다.

부부란 이름으로 얽힌 두 사람은, 서로의 행동 양식을 알게 모르게 따라 하며 영향을 주고받고 있었다.

"하아……."

호텔에 도착하고서도 서희의 한숨은 깊어만 갔다. 후회와 자책이 번갈아 교차하며 미친 듯 춤을 춘다. 채 버리지 못한 양심이 바닥에 내동댕이쳐져 뒹구는 의리를 비웃고 있었다. 조금만 더, 잠시만 더 버티자. 찾아보자.

스위트룸에 도착하자마자 옆방으로 사라진 강민이 무얼 하든지 관심 없었다.

프런트에 부탁해 받아 온 두통약을 허겁지겁 물도 없이 삼킨 그녀는 잠시 숨을 고르고 나서 소파에 주저앉았다. 10분, 20분이면 약효가 돌 것이다. 치마를 살짝 걷어 올려 리본이 매어진 미끈하게 잘빠진 구두를 벗고 혹사당한 발을 주물렀다. 혈액 순환이 되는지 곧 발이 따스해지고 몸에 온기가 돌자 얼굴빛이 핑크빛을 되찾았다.

스위트룸 옆방까지 예약을 하다니, 그녀의 남편은 일에 환장한 사업가가 확실했다. 나쁘지 않았다. 오히려 고마웠다. 그와 단둘이 호텔 방에 있는 것도 불편했고 그가 그녀를 귀찮게 하는 일도 없을 것이다. 지금 하고 있는 일에 몰입할 수 있다는 것만으로도 강민은 행복한 사람일 테다. 불행 속에서 허우적거리는 건 서희 하나만으로 족했다. 그녀는 남의 불행까지 안아 줄 수 있는 형편이 되지 못했다.

속눈썹의 떨림이 잦아들자 서희는 고른 호흡을 뱉으며 자신만의 세계로 날아올랐다. 고개가 허공을 향해 살짝 들렸고 어느새 무릎은 두 팔로 둘러졌다.

"이봐, 오늘은……."

스위트룸에 들어서던 강민이 발걸음을 멈췄다. 고슴도치처럼 가시를 비죽 세우고 경계하던 여자가 무방비한 모습을 드러내고 있었다. 여자는 뒤태와 옆선이 고왔다. 목선은 학처럼 길고 곧게 뻗어 있었고 손가락은 악기를 연주하기 딱 알맞은 크기로 가늘고 희었다. 발목에 찰랑거리는 백금 발찌는 크림빛 살결과 잘 어우러져 불빛 아래에서 반짝거렸다. 혈색이 돌아온 그녀는 이제야 박제 인형이 아닌 사람처럼 보였다.

"짐 풀어야 할 텐데? 저녁 식사 전에 맞추려면 준비해야 할 거야."

"……네."

고요를 깨는 냉정한 목소리가 그녀의 평화를 부쉈다. 마음 같아선 이대로 쓰러져 잠들고 싶었지만 지켜보는 눈들이 많았다. 저녁 식사조차도 누군가에게 보여 주기 위한 것이나 다름없었다. 이제 그녀는 혼자가 아니었다. 누군가의 아내였다. 그녀가 내키는 대로만 할 수는 없었다. 차라리 진짜 결혼이었더라면, 오히려 그녀가 하고 싶은 대로 할 수 있었을 테다.

"씻고 준비할게요."

그녀는 천천히 일어나 욕실로 향했다. 야한 네글리제 같은 건 준비하지도 않았다. 잠자리를 할 생각 따윈 없었으니까. 술에 취해 덤벼든다면 계약을 파기하면 될 일이다.

사실 그런 걱정을 할 필요도 없었다. 웃기지도 않는다. 뭐가 아쉬워 그가 싫다는 여자를 강제로 안겠는가. 돈으로 다 되는 세상, 재벌가 남자들이 어떻게 성욕을 해결하는지 모를 정도로 순진하지 않았다. 게다가 상대는 그 이강민이다. 딱히 돈으로 여자를 사지 않아도 그의 눈길 한 번이라도 받고 싶어 안달이 난 여자들이 지천에 널려 있었다. 그런 그가 굳이 싫다는 자신을 억지로 안는다? 말도 안 되는 상상이다.

샤워를 하고 옷을 갈아입은 후, 꼼꼼하게 화장까지 마치고 돌아오니 어느새 편한 옷으로 갈아입은 강민이 술을 따라 마시고 있었다.

"당신도 한잔할 건가?"

"아뇨. 부모님께 전화드려야죠. 어떻게 할까요? 제가 할까요, 아니면 바꿔 주실래요?"

"우리 집부터 하자고?"

"네."

재벌가의 딸답지 않게 배려심이 넘치는 이상한 여자였다. 보통은 제집부터 챙기지 않나? 게다가 그녀의 아버지 때문에 결정한 결혼이었다. 그만큼 먼저 아버지를 챙기고 싶을 텐데, 강민의 집부터 먼저 연락을 드리자니. 정말 좀처럼 예상할 수 없는 여자다.

그녀는 자신의 휴대폰으로 강민의 어머니이자 이제는 그녀의 시어머니기도 한 윤 여사에게 전화를 걸었다. 기다리고 있었던 듯 윤 여사는 신호가 몇 번 가지 않았는데도 불구하고 금세 전화를 받았다.

"아니에요, 어머님. 걱정 마세요. 네. 네? 감사합니다."

서희의 사근사근한 목소리는 평소 그와 이야기할 때와는 딴판이었다. 그와 이야기할 때에는 언제나 약간 날이 선 목소리였다. 강민은 흥미롭다는 듯한 시선으로 술잔을 기울이며 서희를 바라보았다. 간간이 끄덕이는 고개 밑으로 훤히 드러난 목덜미가 그의 시선을 자꾸만 잡아 끌었다.

서희는 앵무새같이 '네.' 라는 다소곳한 답만 내놓던 참이었다. 윤 여사가 은근슬쩍 예상하지 못한 질문을 물어보기 전까지는.

— 마음에 드니?

"네…… 네?"

— 내가 호텔 측에 특별히 부탁해서 준비한 거다. 유별나다고 생각하진 않는 거지?

대체 뭘 말인가. 서희는 당황하며 수화기를 막고 강민에게 얼른 안쪽 룸으로 들어가 보라 턱짓을 했다. 강민이 그녀의 행동을 눈치채지 못해 그저 바라보기만 하자 다급해진 서희는 그의 등을 떠밀어 룸 안으로 밀어 넣었다.

"아니에요. 신경 써 주셔서 감사하죠. 잠시만요."

서희는 다시 수화기를 막고 작은 목소리로 그를 보챘다.

"뭐예요? 얼른요, 급해요."

"꽃으로 방을 장식해 놨어."

"뭐라고요?"

그제야 강민은 서희의 행동이 이해가 갔다. 빠른 두뇌 회전력이 이런 땐 참 도움이 된다. 영민한 여자였다. 강민 역시 어머니가 이런 일까지 벌일 거라곤 생각지 못했다. 말로만 들었던 신혼방 꾸미기 이벤트라니.

"어…… 어머님. 강민 씨가 갑자기 불러서 듣지 못했어요. 네…… 네, 너무 아름다워요."

— 신혼여행도 가지 못해서 네가 많이 서운해할 거라고 생각했다. 그래서 내가 뭐라도 해 주고 싶었어.

"아, 네……."

전화를 끊고서야 서희는 룸 안으로 발걸음을 옮겼다. 당혹스럽다는 표현이 딱 맞았다. 침대를 장식한 붉은 꽃들의 향연. 꽃들이 내뿜는 짙은 향기에 질식할 것 같았다. 갑작스러운 질문에 당황해 그 이후부터는 무슨 정신으로 얘길 하고, 무슨 말로 전화를 끊었는지도 모르겠다. 강민의 예기치 않은 상황에서 뒤통수치는 면은 어머니를 닮은 게 틀림없었다.

"어머님 원래 이런 분이세요?"

"아니. 며느리 들이는 걸 고대하시긴 했지만 이 정도일 줄은……. 당신이 무척 마음에 드신 모양이야."

강민은 어머니가 딸을 무척 갖고 싶어 하셨다던 부친의 말을 떠올렸다. 아마 딸이 생기는 것 같아 기분이 좋으신 모양이다. 소녀 감성이 남아 있다는 건 알고 있었지만, 아직도 그런 생각을 하고 계실 줄이야.

서희는 다시 양손으로 관자놀이를 꾹꾹 눌렀다. 진한 장미향에 사그라들던 두통이 다시 고개를 들이밀었다. 아픔과는 성격이 다른 통증이었다. 관심, 대접받았다는 기쁨. 끊어 내기 쉽지 않을 것 같은 질긴 덩굴 줄기가 발목을 칭칭 옭아맨다. 아직 새로운 인연을 맞을 준비가 되어 있지 않은 상태에서 호의를 받아들여도 되는지 판단이 서지 않았다.

저녁을 먹기 위해 나온 호텔에 있는 레스토랑은 첫눈에 보기에도 화려할 만큼 고급스러웠다. 자리를 차지하고 있는 사람들 모두가 교양 있었고 시끄럽게 식기를 부딪치거나 큰 소리로 이야기를 나누지도 않았다.

창밖으로 주위의 야경이 한눈에 보이는 자리, 아름다운 샹들리에에서 쏟아지는 근사한 조명, 정갈하게 준비된 그림 같은 테이블. 하지만 마주 보고 있는 신혼부부의 얼굴엔 첫날밤에 대한 긴장감이나 즐거움은커녕 환상 한 자락조차 보이지 않았다.

"말이 없는 편인가?"

마주 보며 식사하는 시간이 편하지 않았다. 편해야 하는데, 이제부터 익숙해야 하는데 좀처럼 마음대로 되지 않았다. 계약을 하기로 한 지도 시간이 꽤 지났다. 자주는 아니지만 어쨌든 처음 보는 사이도 아니었다. 하지만 그는 여전히 낯선 타인이었고 계약자일 뿐이었다.

"네."

"계약 결혼에 동의한 건 피차 마찬가지고, 감정적으로 얽히는 것은 사양이지만 고뇌란 고뇌는 혼자 짊어진 사람처럼 있는 건 질색이야. 불행한 신부처럼 보여 동정표를 얻으려는 건 아니겠지?"

준비된 먹음직스러운 스테이크를 자르며 그가 말했다. 덤덤하게 이야기하는 그의 얼굴에는 그녀에 대한 배려나 감정을 찾아볼 수 없었다. 이기적이고 다분히 고의적인 차가운 말투가 서희를 현실로 돌아오게 만들었다. 윤 여사의 대접에 당혹스러웠던 것도 잠시였다.

"걱정 마세요. 과분한 대접에 잠시 마음이 불편했을 뿐이니까. 착각도 기대도 하지 않을게요."

강민은 여자의 복잡한 시선이 마음에 들지 않았다. 대체 무슨 생각을 속에 품고 있는지 도통 알 수 없었다. 그녀는 어머니의 마음을 과분한 대접이라 말했고, 마음이 불편하다고 했다. 호의를 그저 호의로 받아들이면 될 것이지 뭘 저렇게…….

어머니는 원래 정이 많으신 분이니 그냥 그대로 받아들이면 된다고 부드럽게 말할 수도 있는 문제였지만 이상하게 저 여자만 보면 말이 배배 꼬여 나온다. 다정한 척을 하는 것조차 힘들었다. 그런다고 먹다 말아? 스테이크를 절반도 먹지 않은 상태에서 여자는 냅킨으로 입을 닦고 있었다. 강민은 망설이다 입을 열었다.

"와인이라도……."

"나도 할 말이 있어요. 지금이 좋겠네요."

"……뭐지?"

"아침에 출근할 땐 배웅할게요. 하지만 퇴근할 땐 장담 못 해요. 미안해요. 나도 사생활이 있으니 이해해 줘요. 호칭은…… 강민 씨라고 할게요. 여보라는 말, 어색하고 힘들어요. 당신도 별로 듣고 싶지 않을 것 같고요. 마지막으로, 3년 동안 난 약속한 대로 당신에게 충실할 거예요. 혹시 당신이 죽고 못 사는 여자가 나타난다면 적어도 2년은 기다리라고 해 줘요. 내 입장도 있으니까."

“그 말은…… 계약이 2년이어도 상관없단 말인가?”

“네, 사람 일은 모르니까 말해 두는 거예요.”

“그럴 일 없어”

“하지만…….”

“없다고 했어. 두 번 말하게 만들지 마.”

“……네.”

때아닌 차가운 북풍이 두 사람 사이에 휘몰아쳤다. 그들은 그렇게 서로 상처 주고 상처받으며 부부로서의 첫날을 마무리하고 있었다.

4

두두두. 드드드드.

시끄러운 소음에 뒤돌아설 법한데도 여자는 한참을 그 자리에 서서 아래를 내려다보고 있었다. 재개발이 진행되고 있는 신림동은 공사를 위한 자재를 나르는 트럭으로 인해 도로가 복잡했다. 트럭들이 오고 가면서 내는 분진과 굉음에 지나가는 행인들이 고개를 절레절레 흔들며 볼멘소리를 내던졌다.

"개발, 말이야 좋지. 그냥 가진 사람들 배 불리는 거지, 뭐야."

낙후된 시설과 쓰러지기 직전의 가옥들이 한 채, 두 채 쓰러지며 흉물이 되어 갔다. 보상금 문제로 마지막까지 버티던 몇 가구들도 결국 집을 비웠다. 그 때문에 낭비해 버린 시간이 아깝다는 듯 공사는 연일 밤낮으로 계속되고 있었다. 그녀가 서 있는 낮은 육교도 언제 사라질지 모를 상황이었다.

달동네라 불리던 이곳. 흉물스럽게 방치되던 철길, 어둡고 눈에 잘 띄지 않아 잠자릴 찾던 거리 부랑자들이 자주 드나들던 다리 밑, 퀴퀴한 하수구, 길게 자란 들풀. 처음 여기에 와서 충격을 받았던 그때가 생각이 났다. 아직도 이런 곳이 있다는 것이 놀랍기만 했었다. 비위생적이고 뭔가 튀어나올 것만 같아 빨리 용무를 끝마치고 돌아가려는 마음뿐이었다.

하지만, 그렇게 불편했던 곳이 이제는 단 하나뿐인 안식처가 되었다. 그가 사라지고 난 후 그녀는 늘 이곳을 찾아 작은 위안을 얻었다. 그랬던 곳인데, 이렇게…….

호텔에서 점심 식사를 마친 강민은 곧장 공항으로 출발했다. 전날 결혼을 한 사람이라고는 도저히 믿겨지지 않을 만큼 차가운 태도였다. 그가 공항으로 향하는 걸 보고 그녀는 바로 이곳으로 발길을 옮겼다. 멍하니 거리를 바라보기만 한 지 한참이었다. 해가 서서히 산 너머로 사라지고 어둠이 자리하기 시작했다.

육교 난간에 기대어 건물이 허물어지는 공사 현장을 내려다보는 그녀를 행인들이 이상한 사람 보듯 힐긋대었다. 사람들의 시선을 느낀 서희가 그제야 자신의 복장을 확인했다. 완벽하게 세팅된 올림머리와 샤넬 정장을 차려입은 여자가 허름한 길 한복판에서 움직이지도 않고 있으니, 이목을 끌 만도 했다.

드르르륵. 드드드.

오후가 되자 소음이 더욱 커졌다. 마음이 급해진 건 그녀만이 아닌 모양이었다. 내일 또 달라질 모습, 언젠가는 형체도 알아보지 못할 정도로 변해 버릴 이곳. 그녀는 발길이 쉽게 떨어지지 않았다.

"나, 결혼했어요. 나요…… 내가……."

눈시울이 붉어지던 서희는 강민이 뱉어 낸 말을 상기했다.

강요한 것도 아니고 자발적으로 하겠다고 나선 계약 결혼이다. 고뇌를 혼자 짊어진 척, 동정표를 얻을 생각 말라던 그의 말이 떠올랐다. 전부 맞는 말인데도 불구하고 그의 말에 서희는 상처 입었다.

'감정적으로 얽히는 것은 사양이지만.'

그의 말은 서희가 예전에 자주 내뱉던 말이었다. 그 말이 상대방에게 얼마나 위압감과 허탈함을 주는지도 모르고 내뱉었다. 자신을 방어하기 위해 먼저 선을 긋고 타인에게 약점이 노출되지 않도록 기를 썼다. 감정적으로 얽혀 약한 모습을 보이고 싶지 않았다. 어쩌면 그도 그녀와 같은 부류일지도 모른다.

남편이라고는 해도 여전히 타인이나 다름없는데, 그의 말 한마디에 상처를 입다니. 그 말에 흔들렸다는 걸, 아팠다는 걸 감추기 위해 더 냉랭한 목소리로 대꾸했다. 불쾌해하는 그의 반응이 즉각적으로 도돌이표처럼 되돌아왔지만 차라리 그런 반응이 기꺼웠다. 사실 2년이든, 3년이든 그녀에겐 상관없었다.

강민이 계약 결혼에 기한을 내건 이유는 그녀가 혹 매달릴 불상사를 대비하는 차원이 아니었을까, 란 생각이 들었다.

*

연희동에 마련된 신혼집은 방음과 안전이 보장된 커다란 집이었다. 짐을 풀고 정리하던 서희는 한 통의 전화를 받았다. 이강민이었다.

— 어디지?

“집이에요. 짐 정리 하고 있어요.”

— 안개 때문에 비행기가 결항이야.

“회사로 가세요?”

— 신혼이란 거 잊었나?

“아…….”

— 집으로 들어가지.

신혼이니 회사로 가지 않고 집으로 들어온다는데 뭐라고 하겠는가. 그녀는 갑자기 정신이 든 사람처럼 분주히 움직였다. 책잡힐 일이 없는지 점검해야 했다. 넋 놓고 아무 일도 하지 않은 채 빈둥빈둥 놀았다는 인상은 주고 싶지 않았다. 고용한 도우미 아주머니도 며칠 후에 출근하기로 한 터라 정리는 오롯 서희의 몫이었다.

남은 짐 정리를 다음으로 미루고 우선 보이는 곳부터 먼지를 제거했다. 현관, 그리고 거실…….

주방은 질려 버릴 정도로 완벽함을 자랑했다. 주부의 동선을 고려한 배치까지. 누구의 배려인지는 묻지 않아도 짐작이 가능했다. 독일산 주방 용품과 식기, 유명 셰프가 홍보하던 날이 퍼렇게

선 식칼, 스테인리스 냄비, 냉장고에 꽉 채워진 과일과 싱싱한 야채들. 주부라면 누구나 꿈꿨을 법한 모습이었지만 서희는 숨이 막혔다.

아침이야 간단한 식사일 것이고 저녁은 대부분 먹고 들어올 거라 생각해서 요리에 그다지 신경 쓰려 하지 않았다. 그래서 결혼하자마자 식사 준비를 해야 하는 지금의 상황이 당황스럽기만 했다. 요리와 청소에는 일말의 취미도 재주도 없는 그녀였다.

부친인 최명렬 사장은 그녀가 행여나 뜨거운 물에 델까 봐 어릴 적부터 정수기 전원도 차가운 물만 켜 두게 지시했었다. 도우미 아주머니가 휴가라도 가는 날엔 일주일 치 밑반찬을 만들어 두라고 주문했다. 그도 부족하면 거의 외식을 했다. 다행히 냉동식품이 많아 간단한 조리 정도는 할 수 있었지만 그렇다 할 요리는 해 본 적이 없었다. 부친과 함께 살 땐 집안일을 하는 일도 거의 없었다.

"설마 식사를 준비하라고 하겠어?"

그녀는 정돈된 거실을 둘러보며 혼잣말을 했다. 하지만 의무를 다하겠다는 약속이 마음에 걸렸다. 식사 준비는 대한민국 주부의 필수 4대 의무 중 하나다.

집으로 귀가하는 강민의 얼굴이 굳어 있었다. 안개로 연착되어 시간이 자꾸 미뤄지던 비행기가 결국 결항되자 어떻게든 방법을 찾던 그의 노력이 수포로 돌아가고 말았다. 세워 둔 계획대로 되지 않는 것은 그가 가장 꺼려 하는 일이었다. 하지만 날씨를 사람의 힘으로 좌지우지할 수는 없는 노릇 아닌가. 그는 결국 발길을 돌렸다.

처음엔 회사로 돌아가려고 했다. 하지만 그때, 결혼식이 끝나자마자 출장을 가느냐며 타박하던 모친의 얼굴이 떠올랐다. 의아해하던 직원들의 모습도 마음에 걸렸다. 잡힌 출장이야 어쩔 수 없는 노릇이지만, 평범한 새신랑이라면 이 절호의 기회를 박차고 회사로 돌아갈 리 없었다.

'빌어먹을…….'

5초 정도 생각을 정리하던 그는 결국 연희동으로 차를 돌렸다. 갑작스러운 그의 귀가에 서희가 놀라진 않을까 친절하게 전화를 걸어 통보까지 해 주었건만 그녀의 반응은 싸늘하기 그지없었다. 제 딴엔 교묘히 감췄다 생각하겠지만, 그녀가 떨떠름해한다는 걸 모를 만큼 바보는 아니었다.

피곤하겠지 싶다가도 괘씸하단 생각을 지울 수 없었다. 환영까지는 바라지도 않았다. 하지만 그를 두려워하며 피하는 것을 바라는 것 또한 아니었다. 사근사근하게 굴지 말라고 했지, 누가 로봇처럼 딱딱하게 굴라고 했나. 미련스럽기는…….

결혼식장에서 떨리던 손, 하얗게 질린 얼굴, 그리고 불안으로 흔들리던 서희의 검은 눈동자를 떠올린 강민은 속이 거북해졌다. 그녀를 만난 뒤부터 원인을 알 수 없는 답답함이 치밀었다. 자신은 일등 신랑감이라 자부하건만 아내는 꼭 야수에게 붙잡혀 억지 결혼을 감내하는 미녀처럼 굴고 있었다.

"왔어요?"

그가 집으로 들어섰을 때 그녀는 거실에 나와 있었다. 청소를 했는지 사람 없이 비어 있던 거실이 꽤 깨끗했다. 통화에서 느껴졌던 떨떠름한 기운은 찾아볼 수 없었다. 서희의 얼굴에선 언제나 그랬듯이 그 어떤 감정도 읽을 수 없었다.

"짐 정리는 아직인가?"

"네."

"내 서재에 놓인 짐은 만지지 않았으면 해."

"알겠어요. 안개 때문에 결항이라면, 내일 다시 출국하는 건가요?"

"글쎄."

"……씻으세요."

그녀는 눈을 내리깔고 짧게 대답한 후 등을 돌렸다. 여전히 표정에 변화는 없었지만 그녀가 무슨 생각을 하는지 이제는 대충 알 것 같았다. 강민은 서희가 눈치채지 못할 정도로 옅은 미소를 지었다. 자신의 귀가를 탐탁지 않게 여기는 게 여전히 신경에 거슬렸지만, 그녀의 생각을 읽었다는 사실에 묘한 기분이 들었다.

2층 구조로 된 집엔 방이 총 여섯 개였다. 1층은 도우미 아주머니 방과 거실, 손님방이 있었고 2층엔 부부의 침실과 강민의 서재, 드레스 룸, 그리고 서희가 혼자 쓸 수 있도록 한 방이 하나 있었다.

서희는 강민이 2층으로 올라가는 뒷모습을 바라보며 그가 침실을 보고 어떤 반응을 보일지 궁금해졌다. 비즈니스 때문에 호텔에 자주 머물러 이미 면역이 되었겠지만, 과연 침실에서도 그럴까?

신혼부부의 침실은 그야말로 르네상스 시대에 온 것 같은 착각을 불러일으켰다. 소품 하나하나까지 외국에서 공수해 온 게 틀림없었다. 과하다 싶으면서도 묘하게 고급스러웠다. 시어머니가 되신 분의 독특한 취향에 웃음 짓지 않을 수 없었다.

아니나 다를까 얼마 지나지 않아 아래층으로 내려온 강민의 안색이 좋지 않았다. 분명 방 인테리어가 마음에 들지 않았을 것이다. 그녀처럼.

저녁을 먹기 전 간단한 요깃거리가 될까 싶어 과일을 깎던 그녀의 손길이 허공에서 멈추었다. 신혼집을 대충 둘러보던 그가 서희에게 말을 건 것이었다.

"저녁은 준비되는 대로 불러. 잠깐 서재에 가 있을 테니."

저녁이란다. 설마가 사람 잡는다더니 딱 그 짝이다. 요리를 못한다는 말이 튀어나오려는 걸 그놈의 자존심이 입을 막았다.

간단히 할 수 있을 만한 게 있을까 싶어 눈썹 휘날리게 냉장고를 뒤졌건만 냉동식품은커녕 밑반찬 하나도 없었다. 각종 야채 종류와 신선한 과일, 다양한 조미료와 소스, 그리고 김치가 전부였다. 신혼집도 결혼 전 시어머니의 등쌀에 딱 한 번 와 본 것이 전부여서 근처 어디에 마트가 있는지도 알지 못했다.

"후우……."

서희의 한숨이 깊어졌다.

"……이게 단가?"

"……네."

강민은 밀려드는 시장기에 기다리다 지쳐 서희가 부르기도 전에 주방으로 들어섰다. 그런데 오크 기둥 위 널찍한 대리석을 놓아 고급스러운 식탁 위에 덩그러니 차려진 상차림에 할 말을 잃고 말았다. 넓은 식탁이 무색할 정도로 지나치게 소박한 상차림이었다.

"저…… 도우미 아주머니가 며칠 뒤에 오시기로 해서 찬이 별로 없어요."

별로 없는 게 아니라 아예 없었다. 강민이 좋아하는 좁쌀이 들어간 잡곡밥이 아닌 하얀 쌀밥, 이름을 알 수 없는 이상한 말간국. 반찬이라곤 말라비틀어진 멸치와 어머니가 손수 담그신 김치가 전부였다.

"야채가 있었을 텐데."

"아…… 거기까진……."

양상추에 샐러드 소스를 뿌릴걸. 뒤늦게 후회되었지만 이미 늦었다. 처결을 기다리는 죄인의 심정이 이럴까. 그녀는 차마 강민을 똑바로 쳐다보지 못했다.

"앉지."

"……네?"

"혼자 먹으라고? 이런 진수성찬을?"

빈정거리는 게 틀림없었다. 나중에 먹겠다고 해야 하는데 풀칠을 했는지 입이 떨어지지 않았다.

달그락달그락. 결혼식 이후에 있었던 저녁 식사처럼 두 사람 사이에선 여전히 말 한마디 오가지 않았고 식기 소리만이 정적을 채우고 있을 뿐이었다. 그리고 이번에도 그 정적을 깬 것은 강민이였다.

"물 좀 줘."

"네? 그만 먹는 거예요?"

두어 번 수저질을 하던 강민이 식탁 위에 숟가락을 내려놓자 서희는 화들짝 놀라 눈을 동그랗게 뜨고 그를 바라보았다.

"그게 아니고, 물이라도 말아 먹으려고. 국이 너무 짜."

머쓱해진 그녀가 그에게 물을 내밀자 강민이 무표정한 얼굴로 밥그릇에 물을 말았다. 그러곤 서희에게 촌철살인의 말을 뱉었다.

"김치라도 있어서 그나마 다행이군."

심장을 쇠꼬챙이로 찌르는 발언이었다. 그녀에게 뭐라고 대놓고 타박하진 않았다. 하지만 그는 고단수였다. 마땅치 않다고 들이대고 지적하는 것보다 더 사람을 조바심 나게 만들었다. 이게 뭐냐고, 사람이 먹을 수 있는 음식 맞느냐고, 어디서 뭘 배워 온 거냐고, 음식 해 본 적 없느냐고 타박하는 게 훨씬 상대하기 쉬웠다.

밥 먹는 시간이 고역이었다. 벌을 받는 시간처럼 길고 힘들었다.

"잘 먹었어. 내일은 일찍 공항에 나갈지 모르니 아침 준비는…… 뭐, 하지 않아도 될 것 같아."

"……미안해요."

쥐구멍이라도 있으면 숨고 싶었다. 서희는 강민의 얼굴을 볼 낯이 없어 고개를 푹 숙이고 있었다.

뜻밖에 잘못을 인정하고 꼬릴 내리는 서희를 내려다보는 강민의 눈동자에 생소한 빛이 반짝이다 사라졌다. 의기소침해 있는 모습이 안됐다 싶으면서도, 갑작스럽게 음식을 하느라 정신없이 방방거리며 분주하게 움직였을 모습이 상상되자 웃음이 나려 했다. 그녀에게 이런 허점이 있을 줄은 몰랐다.

완벽한 여자인 척, 냉정한 척, 세상과 담쌓은 척 굴어 놓고 그래도 여자고 사람이었나 보다. 아득바득 고개를 치켜들고 계약 운운할 땐 미워 죽겠더니, 허점을 보이며 어쩔 줄 몰라 하는 모습이 밉지만은 않았다. 아니, 감싸 주고 괜찮다고 위로의 말도 건네주고 싶은 걸 겨우 참고 있었다.

강민이 큼큼, 목을 가다듬더니 입을 열었다.

"잘 자. 내일 아침엔 배웅하지 않아도 되니까. 당신도…… 피곤했을 텐데."

순간 잘못 들었나 싶어 고개를 쳐든 서희와 강민의 눈동자가 맞부딪쳤다. 이강민, 그가 생소하고 낯선 얼굴로 그녀를 내려다보고 있었다.

강민은 알지 못했다. 최서희, 아내라는 이름의 여자가 앞으로 그를 얼마나 뒤흔들지. 그녀가 그의 가슴을 후벼 파 넝마로 만들 거라곤 예상하지 못했다.

아내라는 자리를 마련해 주고 그를 귀찮게 하지만 않는다면 조용히 잘 지낼 수 있으리라 믿었다. 그런데 이 계약직 아내는 그가 생각한 것 이상으로 신경 쓰였다. 울리고도 싶고, 감싸 주고도 싶고…… 그리고 사랑하고 싶었다. 영혼에 불이 붙어 감정이 달궈

지고 하나이기를 염원하게 만들었다.

✻

"네? 아니 저……."

— 내가 아무리 생각해 봐도 이건 아니지 싶다.

아침 10시, 모닝커피를 마시며 느긋하게 소파에 앉아 책을 읽던 서희는 날벼락을 맞았다.

"전 괜찮아요, 어머님."

— 불편한 거 안다. 하지만 친정에 갈 게 아니라면 집에 오너라. 일하는 아주머니도 내일부터 나온다면서?

강민이 출국하고 하루가 지났다. 그가 집을 비우자마자 서희는 마트가 어디 있는지부터 확인했다. 결혼하고 고작 삼 일째, 집 밖으로는 마트에 가기 위해 두어 번 발걸음을 했지만 곧바로 돌아와 칩거했다. 나가야 할 이유가 없다면 굳이 밖으로 나다니고 싶지 않았다. 혼자이기에 식사도 하는 둥, 마는 둥 마트에서 사 온 반찬으로 끼니를 해결했을 뿐이었다. 그런 그녀를 어떻게 알았는지 시어머니인 윤 여사가 전화를 걸어 왔다.

"어머님."

— 먹는 거야 네가 어련히 알아서 챙겨 먹겠지만, 그 큰 집에 너 혼자 두고 마음이 편치 않고 잠도 오지 않아 그런다. 싫으니?

당연히 싫었다. 배를 곯아도 혼자여서 자유로운 이곳에 머물고 싶었다. 하지만 쉬이 물러설 어른 같지 않았다.

— 강민이는 주말이나 되어야 귀국한다더라. 이쪽으로 와. 회장님도 그러라신다.

예쁨받는 거야 하기 나름이라지만 그녀는 거리를 유지해야 하는 입장이었다. '당신 아들과 그저 계약을 해서 결혼한 것뿐이니 저에게 잘해 주지 않으셔도 됩니다.' 라고 속 시원히 밝힐 수 없어서 더 답답했다. 친정에 갈 수도 없었다. 아프신 부친에게 짐이 될 수는 없으니까.

그녀가 머뭇거리자 윤 여사는 이때다 싶은지 결정타를 날렸다.

— 김 기사 보내마. 대충 짐 꾸려서 오너라. 웬만한 건 여기 다 갖춰 두었으니까. 기다린다.

전화를 끊고도 정신을 차릴 수가 없었다. 그녀가 생각했던 합리적인 결혼 생활에 대한 지침이 머릿속에서 뒤죽박죽으로 엉켜 그녀를 혼란에 빠뜨렸다. 설마 그가 윤 여사에게 당부라도 한 것일까? 음식도 할 줄 모르고 딱히 알아서 챙겨 먹지도 않을 것 같으니 데려다 놓으라고?

'이젠 하다 하다 별의별 상상까지 다 하는구나, 최서희.'

하루 24시간이 너무 짧아 불만인 그가 무엇이 아쉽다고 그런 수고를 하겠는가. 출장을 간 이후로 전화 한 통도 없는데.

그래, 어차피 이곳도 그곳도 낯설기는 마찬가지였다. 혼자 있는 편이 훨씬 나은 건 사실이지만 싫다고 할 수도 없는 일이었다. 그녀를 부르는 이유가 확실하진 않지만 이강민의 아내로서 가져야 할 몸가짐을 가르치고 싶어서일 게 분명했다. 그녀는 실소했다.

하지만…… 그녀의 예상과는 다르게 그곳은 사람 냄새가 물씬 풍겼다.

＊

호주 멜버른 랑데부 호텔. 강민은 긴박했던 하루를 마감하며 모처럼 숨을 돌리고 있었다.

살기 좋은 도시이자 떠오르는 여행지로 꼽히는 애들레이드, 퍼스, 멜버른이 이번 출장의 핵심 도시였다. 대도시라고는 할 수 없는 도시지만 작년과 대비해 관광 유치 예약 건수가 크게 성장한 것이 눈여겨볼 만했다. 호주의 대자연을 경험할 수 있는 명소로 최근 여행객들 사이에서 유명세를 타기 시작한 곳이다.

그는 합작 투자를 하기 위해 호주 사업가들과 접촉 중이었다. 외국인에게 다소 배타적인 그들이었지만 끈질긴 설득과 인내심으로 밀어붙인 결과, 거의 마무리 단계에 들어섰다. 그들은 자본을 끌어들이고 그는 이곳을 발판으로 삼아 불모지와 다름없는 호주에 영역을 넓히는 데에 그 목적이 있었다. 얼핏 보면 불공정하고 편파적인 계약 같지만 그는 앞날을 내다보고 투자했다. 이 투자는 훗날 그에게 크게 돌아올 것이다.

"네, 어머니. 알겠습니다. 마무리되는 대로 본가로 갈게요."

휴식 중에 모친에게서 전화가 걸려 왔다. 모처럼의 휴식 시간에 끼어든 벨소리가 달갑지는 않았지만 모른 척할 수도 없어 전화를 받았다. 윤 여사는 강민의 안부를 묻지도 않고 서희의 이야기를 꺼냈다. 새삼 그가 이젠 혼자가 아닌 유부남이 되었다는 게 실감이 났다.

그보다, 모친이 전한 자초지종이 도저히 믿기지가 않았다. 누가 지금 어디에 가 있다고?

— 너도 참 무심하다. 전화 한 통 없었다면서? 신혼여행도 못 가서 서운할 텐데, 그 집에 혼자 남겨 두고. 도우미도 없는데 밥 한 끼 제대로 못 챙겨 먹을 게 뻔해서 본가에 데려다 놓았다.

"……최서희, 아니 그 사람이 그러겠다고 하던가요?"

— 왜, 내가 나쁜 시어미 노릇 할까 봐 그러니? 식장에서 봤을 때, 피곤하기도 했겠지만 안색이 좋지 않더라. 몸에 좋은 것도 좀 먹이고 그러려고 불렀다.

최서희의 떨떠름한 얼굴과 당황을 감추고 조신한 척 내숭 떠는 모습이 그려졌다. 명목뿐인 시어머니라도 잘 보이기 위해 노력할 게 분명했다. 이러지도 저러지도 못하고 전전긍긍할 모습이 떠오르자 기분이 조금 유쾌했다.

"큭큭."

— 강민아?

"아, 네. 죄송합니다."

— 올 때 빈손으로 오지 말라고 전화한 거야.

"네?"

— 너도 네 아버지랑 똑같구나. 그럼 못쓴다. 어딜 나갔다 들어오면 하다못해 돌멩이 하나라도 가지고 들어와야지. 이제야 하는 말이지만 집에 있는 사람, 은근히 기다린다.

"어머니가 원하시는 거 직접 사시면 되잖아요."

— 그거랑 경우가 같니? 어쩜 여잘 몰라도 그리 모르니. 긴소리 안 하마. 네 아내 선물 사 와. 명품백이든, 목걸이든.

아쉬운 것 없이 자라 없는 게 없을 텐데, 대체 뭘 사 오라는 말인지. 게다가 그녀의 성격으로 보아 물욕에 그렇게까지 집착할 사람 같지도 않았다. 그런데 외화 낭비까지 하며 그럴 필요가 있을까.

— 머리 굴리는 거 다 보인다. 이유를 막론하고 빈손으로 오면 내쫓을 줄 알아.

"알겠습니다."

이때만 해도 강민은 선물 고르는 게 얼마나 어렵고, 피곤한데다 정신적으로 힘든 일인지 알지 못했다.

❀

강민이 빌어먹을 선물을 떠올린 건 계약을 마무리 짓고 귀국하기 전날이었다. 여자에게 필요한 물건이야 무궁무진하게 많겠지만 최서희라는 그의 아내가 좋아할 만한 선물은 도통 감이 잡히질 않았다. 마음 같아선 그냥 수표를 쥐여 주며 원하는 걸 사라고 하고 싶었지만, 윤 여사의 당부도 있으니…….

목걸이? 선호하는 스타일을 모른다. 반지? 사이즈를 모른다. 옷? 또 사이즈를 모른다. 화장품? 브랜드를 모른다. 가방? 명품이라면 사족을 못 쓰는 부류도 아니고 분명 선호하는 취향 또한 있을 텐데 그것도 모른다.

결국 생각을 포기한 강민이 아내에게 전화를 걸었다.

"나야."

— 네. 내일 귀국한다면서요?

"집, 불편하진 않아?"

— 괜찮아요. 어머님이 신경 많이 써 주셔서.

호주로 출장을 와 처음으로 걸어 본 전화였다. 그가 아는 다른 여자들이었다면 왜 여태 전화가 없었는지, 내가 보고 싶긴 한 건지 그를 닦달하며 몰아세웠을 테지만, 그녀는 이 전화마저 탐탁지 않은지 목소리에 불편한 기색이 역력했다. 그는 떨어지지 않는 입을 억지로 떼었다. 이런 질문을 하게 만드는 여자도 최서희가 처음이었다.

"……필요한 게 없나 해서."

— 네? 필요한 거요?

"이왕이면 필요한 걸 사다 주는 게 좋겠다 싶어서 말이야."

— 없어요.

"뭐?"

— 없어요. 신경 쓰지 않아도 돼요.

그녀의 대답에 기운이 쭉 빠졌다. 아무리 부족한 것 없이 살아왔어도 필요한 것, 갖고 싶은 것이 없을 리 없었다. 특히나 그녀는 이제 막 신혼집으로 거처를 옮긴 새색시 아닌가. 제 짐을 다 챙겨 왔다고는 하지만 미처 챙기지 못한 물건들, 새집에 놓고 싶은 물건들이 있는 게 당연할 텐데.

그는 욱하는 마음을 억지로 다스리며 침착하게 말했다.

"잘 생각해 봐. 난 사 갈 의무가 있어."

— ……혹시 어머님이 시켰어요?"

하여간 이 여자는 눈치 하나는 백 단이다. 그는 마땅히 대꾸할 말이 없어 입을 다물었다.

— 정말 없는데……. 그럼 혹시 OPD를 구해 줄 수 있어요?

"OPD?"

— 네, 혈류 개선 치료제요. 신약인데 건강 보조 식품이에요. 가격도 가격인데 한정 생산이라 현지에서만 구입이 가능한 약이거든요. 아버지에게 드리고 싶어서요.

"구해 볼게."

— 고마워요.

강민과의 전화를 끊은 그녀의 입가에는 미소가 어렸다. 호주에 직접 가서라도 구해 오고 싶었던 약이다. 담낭암에 좋다는 음식을 다 구해다 섭취하게 하며 건강 관리에 신경 쓰고 있었지만 항상 불안했다. 좋은 걸 해 드리고 싶고 마음 편하게 웃으실 수 있도록 만들어 드리고 싶었다. 고맙다는 말은 진심이었다. 출국하기 하루 전날이라 시간이 촉박해 구할 수 없을지도 모르지만, 기다리는 시간이 아깝지 않았다.

끊긴 수화기를 뚫어져라 내려다보며 미소 짓는 서희의 모습을 윤 여사가 바라보고 있었다.

비싼 선물을 받는다면 물론 기분이야 좋다. 받을 때 대접받는 것 같고, 으스댈 수도 있으니까. 하지만 아무리 고가여도 내게 필요치 않은 물건이라면 감동은 반감될 수밖에 없었다. 윤 여사는 그것을 알고 있었다.

젊은 시절, 바빴던 이 회장이 비서를 시켜 윤 여사의 선물을 챙겼지만 섬세하지 못해 똑같은 명품백을 두 번 받은 적도 있었다. 하루 종일 치열하게 경쟁하고 돌아온 남편에게 불만을 토로할 수도 없었다. 그냥 앞으로 생일 선물 대신 식사를 함께 하는 게 더 낫겠다고 이야기했을 뿐.

그녀는 아들 내외가 같은 실수를 하지 않길 바랐다. 그녀처럼 상처받는 일도, 상처를 주고도 자신이 뭘 잘못했는지 모르는 일도 없었으면 했다. 아들이 멍청하지 않은 탓으로 고비 하나는 넘긴 모양이었다.

"강민이니?"

"네, 내일 귀국한다고 하네요."

"그래? 저녁 먹자."

"어머니가 강민 씨에게 선물, 말씀하신 거죠?"

"응? 내가? 뭘?"

"……감사합니다."

모르는 척 슬그머니 등을 돌리는 윤 여사의 모습에서 서희는 배려와 따스함을 느꼈다.

짧으리라 생각했던 인연은 그렇게 사연을 담고 덩치를 키우며 무게를 늘려 갔다.

⁂

서희가 시댁에서 신혼집으로 돌아왔을 때 강민은 이미 집에 도착해 있었다. 익숙해질 기미가 보이지 않는 화려한 침실에 덩그러니 서 있는 그는 어울리지 않는 듯 묘하게 잘 어울렸다. 그녀가 그에게 인사하자마자 강민은 상자 하나를 내밀었다. 심플한 포장지로 쌓여 있는 선물이었다.

"여기."

"아…… 시간이 촉박했을 텐데, 너무 고마워요."

포장지를 뜯어 안을 확인한 서희의 눈동자에 물기가 서렸다. 신약이 맞았다. 구하고 싶어 발을 동동 굴렀던 바로 그 약이었다. 아버지의 얼굴이 절로 떠올랐다. 이걸 드시고 어서 건강해지셔야 할 텐데…….

"오늘은 늦었고 내일 같이 가지."

"네?"

그녀는 못 들을 말을 들은 사람처럼 눈을 동그랗게 뜨고 되물었다. 강민의 입에서 나올 말이 결코 아니라고 생각했다. 하지만 그는 아무렇지도 않은 얼굴로 태연히 대꾸할 뿐이었다.

"장인어른 뵙고 인사드려야지. 처가엔 결혼 전에 딱 한 번 갔었잖아. 출장 때문에 정신이 없어 인사드릴 생각도 못 했군.

"……."

"왜…… 그런 눈으로 보는 거지?"

"바쁠 텐데 굳이……."

"바빠도 처가에 갈 시간 정도는 뺄 수 있어. 더구나 아프신 분이잖아. 건강해지시려면 당신이 얼굴도 자주 비치고 그래야지."

눈물이 왈칵 쏟아져 내릴 것 같아 서희는 고개를 홱 돌렸다. 말투는 평소와 다름이 없었지만 안에 담긴 속뜻은 그가 뱉은 말이라고는 믿어지지 않을 만큼 따뜻했다.

'이 사람 뭐지? 이거 반칙 아닌가?'

도저히 감정을 숨길 수가 없을 것 같아 그녀가 그에게서 등을 돌렸다. 시댁에서 들고 온 짐을 정리하려는 것처럼 가방을 꽉 쥔 그녀는 방 한쪽에 있는 드레스 룸으로 걸음을 옮기려다 멈추어 섰다.

"그렇게까지 안 해도 돼요. 약을 구해 준 것만으로도 감사해요. 그러니까 무리하게……."

"최서희."

"……."

"내가 가는 게 싫은 거야, 아니면 귀찮게 하지 말라고 선수 치는 거야? 확실하게 말해."

모르겠다. 어느 쪽인지. 그가 친절하게 대해서 낯선 것인지, 언제 뒤통수를 치며 착각하지 말고 본분을 지키라고 할까 두려운 건지. 그 어떤 대답도 명쾌하게 내놓을 수 없었다. 그녀가 망설이는 사이 그의 무거운 목소리가 들려왔다.

"……알았어. 내가 오버한 모양이군."

서희가 다급히 고개를 돌렸으나 이미 그는 등을 돌린 상태였다. 얼굴은 보이지 않았지만 문을 닫고 침실을 나가는 강민의 어깨는 눈에 띄게 굳어 있었다.

하루에도 열두 번 천국과 지옥을 오고 간다. 남남이 만나 부부가 되었지만 원래 두 개체인데 어떻게 하루아침에 한 몸이 될까.

뒤돌아보면 헛된 시간뿐인 것 같지만 인연의 사슬은 생각보다 끊어 내기 힘들고 질기다. 미워하며 돌아서다가도 눈치 보며 위로받길 원하는 마음이 정으로 묶여 어느새 상대를 먼저 생각하는 나를 발견한다. 둘이 하나로 융화되는 과정이 투쟁과 상처뿐일지라도 뜨거운 햇살에 익어 가며 과실이 열매 맺듯 사랑도 농익는다.

상대방이 아파하지 않기를, 허전해하면 빈 가슴을 채워 주고 기댈 수 있기를 소원한다. 그렇게 사랑하고 사랑받으며 역사를 쌓아 간다. 부부라는 이름으로.

두 사람은 허울뿐인 부부였지만 분명, 그 과정을 아주 천천히 밟고 있었다.

그녀는 침대 위에 털썩, 걸터앉았다. 자꾸만 신경이 쓰인다. 분명 남이지만 남이 아닌 남자, 이강민이. 부친에게 줄 신약을, 시간이 많지 않은데도 어렵게 구해다 줬는데……. 손안에 소중하게 쥐어진 OPD를 내려다보며 신경을 곤두세웠지만 그는 한참 동안 기척도 내지 않았다.

'없던 정도 떨어지겠지.'

씁쓸한 얼굴로 자기반성을 하던 그녀는 부르르 떠는 휴대폰 진동 때문에 정신을 차렸다. 개인용 외에 별도의 휴대폰이 울린다는 건…….

"네, 최서희예요."

— 통화, 가능하십니까?

"말씀하세요."

전직 형사인 송주완이 조심스레 연락을 취해 왔다. 주완은 그녀에게 연락할 때 늘 상황을 살폈고 그녀의 주변을 신경 써 주었다. 그럴 수밖에 없는 의뢰였다고는 하지만 주완의 조심스러움은 그녀가 높이 사는 점 중에 하나였다.

— 인천 북성포구입니다. 시간 되시면 내일 오셨으면 하는데.

"단서라도 나왔나요?"

섣불리 미끼를 덥석 물 만큼 초짜는 아니었다. 그동안 찾아 헤맨 시간만큼 그녀도 어지간히 단련이 되어 있었다. 쏟아지는 거짓 정보와 긴 기다림에. 기대에 부풀어 달려갔다가 원하는 결과물이 보이지 않으면 실망감과 자책이 몰려와 몸살을 앓아야 했다. 그가 흔적도 없이 사라졌던 계절이 악몽처럼 반복되고 있었다.

— 지금은 3년 전과 다르게 여러 가지 안전 조치를 했다고는 하지만, 그전에는 사건 사고가 끊이지 않았던 곳이라고 합니다.

"그래서요?"

— 이곳에서 사고를 당한 게 아닌가, 추측됩니다.

"……확실해요?"

— 거의 확실합니다.

가슴이 미친 듯 뛰어 댔다. 사고……. 그래, 그럼 그렇지. 사고였을 테지. 그러니까 말도 없이 사라진 거야. 그래, 그런 거지. 하지만 그녀는 너무나도 두려워 꺼내고 싶지 않았던 질문을 끝끝내

하지 않을 수 없었다.

"……살아 있는 건가요?"

— 그건 좀 더 알아봐야겠지만 희망을 가지셔도 될 것 같습니다.

돌고 돌아 결국 제자리, 인천이었다. 마지막으로 그가 행적을 남겼던 곳도 그곳이었다.

"알았어요, 내일 출발할게요. 인천에서 뵙죠."

— 네, 그럼 저는 좀 더 자세히 알아보도록 하겠습니다.

전화를 끊은 서희는 밀려드는 오싹한 한기에 몸을 움츠리고 반대편 팔을 쓸어내렸다. 그녀가 가장 두려워하는 순간, 그건 결과에 대한 확신이 없을 때였다. 바로 지금처럼. 일별 이후 마음을 뺏긴 영혼은 아직도 제자리로 돌아오지 못하고 있었다.

"한강철, 이제 그만 나타나. 어떤 모습이든 좋으니 내 눈 앞에……."

5

밀린 업무를 처리하고 겨우 숨 쉴 틈을 낸 그가 의자에 등을 기대고 눈을 감고 있었다. 바이어들과의 미팅, 연이어 잡힌 회의와 쏟아지는 서류들. 아무리 일에 대한 열정과 에너지가 넘치는 그라지만, 아침부터 시작된 바쁜 일정에는 어쩔 수 없이 피곤이 몰려왔다. 그는 관자놀이를 양손으로 눌렀다.

지금껏 회사와 일이 인생의 전부라고 생각해 왔건만, 은근히 신경을 긁아먹는 상대가 나타났다. 최서희, 그 여자. 그의 아내. 그녀는 일에 집중하고 있을 때도 불현듯 그의 머릿속에 나타나 신경을 예민하게 만들었다.

객관적으로 판단했을 때, 그가 화를 낼 만한 상황은 아니었다. 그를 귀찮게 하지 않고 혼자 장인께 가고 싶다는데 그로선 환영할 일이 아닌가. 1분 1초가 아까워 이동하는 차 안에서도 서류를 들여다보는 강민이였다. 시간 낭비 하지 않도록 배려해 주겠다는데, 왜 그가 화가 나는지 도통 모를 일이었다.

정말로 혼자 친정에 갔을까. 전화 한 통이면 그녀가 어디서 무얼 하고 있는지 알아낼 수 있었지만 계약 때문에라도 그런 수고는 하고 싶지 않았다.

톡톡. 책상을 검지로 치던 그가 한참의 고민 끝에 결국 집으로 전화를 걸었다. 서희에게 직접 전화를 걸어도 되는 일이지만, 왠지 지는 것 같은 더러운 기분이 들었다.

— 여보세요.

"아주머니, 안사람 좀 바꿔 주세요."

— 네? 저…… 사모님 외출하셨는데요.

"언제 나갔습니까."

— 아침 일찍 서둘러 나가셨어요.

사람에겐 감이란 게 있다. 그는 서희가 서둘러 외출했다는 말에 최명렬 사장을 만나러 간 것이 아님을 확신했다. 아침 댓바람부터 친정에 달려갈 여자론 보이지 않았으니까. 그래도 혹시 모른다. 신약을 빨리 주고 싶어서 발걸음을 보챈 건 아닐까? 신약을 보고 기뻐하던 그녀를 생각하면 충분히 있을 수 있는 일이었다.

여기까지 생각이 미친 그는 내친김에 장인에게 전화를 걸었다.

"접니다, 장인어른. 잘 지내고 계시죠? 건강은 어떠신지요."

— 뭐 항상 그렇지. 귀국한 건가?

"네. 결혼식 끝나고 바로 찾아뵈었어야 했는데, 죄송합니다."

— 아닐세, 자네가 바쁘다는 걸 모르는 것도 아니고. 그래, 시

간 되면 서희랑 한번 들르게. 출장도 다녀왔고 결혼 직후라 여기저기 인사 다니느라 바쁘겠지만.

"아닙니다. 당연히 찾아뵈어야죠. 바둑 상대를 해 드리겠다는 약속도 있잖습니까. 곧 찾아뵙겠습니다."

전화를 끊은 강민은 손가락을 깍지 끼고 생각에 잠겼다. 장인의 반응으로 보아 그녀가 친정에 간 건 아닌 것 같은데, 대체 어디로 간 걸까. 친구를 만나러 간 건가. 아니, 그건 아닐 것이다. 부친께 신약을 전달하는 일도 뒤로 무르고 친구를 만나러 갈 여자는 아니니까. 그럼 대체 어딜 간 거지?

그러고 보니 이상한 점이 한두 가지가 아니었다. 재벌가 사람이라면 경호원이 그림자처럼 따라다니는 게 일반적인데, 불편하다는 핑계까지 대며 거부했다. 평생을 그렇게 살았을 여자가 이제와 경호원이 불편하다니, 이상한 일이었다.

'계약서에 조항으로 올리면서까지 무리를 했겠다…….'

"사장님, 회의 시작 10분 전입니다."

비서가 초조한 듯 생각에 잠긴 그를 재촉하자 자리에서 일어나려던 강민이 동작을 멈추었다.

"잠깐만."

찝찝하고 개운치 않은 무언가가 그의 발목을 붙잡았다. 궁금한 건 궁금한 거다. 그는 제가 모르는 일이 남아 개운치 못한 건 질색이었다. 더욱이 그는 그녀의 남편이 아닌가.

고민 끝에 그가 휴대폰을 들었다. 신호음이 길게 늘어졌다. 네가 이기나, 내가 이기나, 누가 이기나 보자. 이상한 억하심정 때문에 강민은 끈질기게 전화기를 들고 있었지만 상대는 더 끈질기게도 전화를 받지 않았다.

— 연결이 되지 않아 삐- 소리 이후 소리샘으로 연결됩니다.

그가 살아오는 동안 이런 황당한 상황은 겪어 본 적 없었다. 단연코. 그의 전화를 거부하다니. 전화를 받지 않아 안내원의 목소리를 듣는 건 늘 그가 아니라 상대방이었다. 강민은 회의 시간 때문에 안절부절못하는 비서는 안중에도 없는지 휴대폰을 노려보았다. 게다가 오기가 나 다시 전화를 건 바로 그 순간 들려온 소리에는 더욱 기가 막혔다.

— 고객님의 전화기가 꺼져 있어 연결이 되지 않습니다.

이 여자가 정말!

받지 않으면 끊어질 법도 한데, 전화는 계속해서 울리고 있었다. 발신자는 볼 것도 없이 이강민이었다. 서희는 휴대폰을 뒤집고 정면을 보았다. 운전을 하고 있던 송 형사가 쉴 새 없이 울리는 진동 소리에 힐끔, 서희를 쳐다보았다.

"받지 않으셔도 됩니까."

"상관없어요. 그건 그렇…… 하아, 잠시만요."

서희는 잠시 끊어졌다 다시 울리기 시작한 휴대폰의 배터리를 신경질적으로 분리해 버렸다. 바쁘다더니 시간이 남아도는 날도 있나 보다. 인천에 도착한 후 서희는 차를 세워 두고 송 형사가 운전하는 차량에 올라탔다. 북성포구로 향하는 길, 하필 이 중요한 때 그가 전화를 걸어 오다니.

"이번엔 확실한 정보인가요?"

"네, 확실합니다."

안개가 걷히는 기분이었다. 창밖으로 스쳐 가는 모습, 코를 스치는 생선 비린내 바다 내음, 각종 오물들이 뒤섞인 퀴퀴함이 과거를 떠올리게 했다.

"여기입니다."

차가 서자마자 서희는 서둘러 내렸다. 북성포구 외진 곳 한편에 자리 잡은 목재 저장 창고였다.

"이곳에서 싸움이 있었습니다."

"싸움이라면……."

"뭐, 구역 싸움 같은 거죠."

구역 싸움. 아마 몸싸움뿐만 아니라 칼부림도 일어났을 테지. 그는, 그는……. 사람들이 흔히 말하는 양아치였으니까. 바닥엔 희미하게 남아 있는 핏자국이 드문드문 시야에 들어왔고 더러워진 모포가 곳곳에 떨어져 있었다. 그는 정말 이곳에 있었던 걸까? 이곳에서, 그 싸움으로 인해 큰일을 겪은 것일까.

"정보를 준 사람을 직접 만나고 싶은데요."

"곤란합니다. 몸을 사리고 있습니다."

입 안이 바싹 말랐다. 그녀가 그에 대해 알고 싶은 이유는 어설픈 복수 따위가 아니었다. 그저 그의 생존 여부 때문이었다. 오직 그 하나뿐. 어디에서 살아 있기는 한 건지, 혹시…… 그녀도 모르게 잘못된 것은 아닌지.

"돈은 상관없어요. 만남을 주선해 주세요. 부탁이에요."

"……알겠습니다."

궁지에 몰린 쥐. 그렇게 굳게 입을 다물고 있던 사람이 결국 정보를 제공했다는 건, 그만큼 절박한 상황에 처해 있다는 뜻이었다. 어떤 상황일진 알 수 없으나 필요한 게 많을 것이다. 돈이든, 또 다른 무언가가 됐든. 원하는 것을 제공하면 더 많은 사실을 캐낼 수 있을 거란 확신이 들었다.

"혹시 몸을 숨겨야 할 상황이라면 이쪽에서 알아봐 줄 수 있다고 운을 떼 보세요."

송 형사는 그녀의 말에 혀를 내둘렀다. 머리가 좋은 여자였다. 일언반구도 하지 않았는데 요점을 짚어 내 절로 혀가 내둘러졌다. 평범한 여자가 아니라는 건 진즉에 알고 있었지만, 그녀의 빠른 두뇌 회전력과 판단, 끈기는 인정하지 않을 수 없었다.

"시간을 주십시오."

시간…… 그 빌어먹을 시간이 대체 얼마나 흘러야 진실과 대면할 수 있을까. 포기란 걸 할 수는 있을까. 하지만 실낱같은 희망 하나로 그녀는 오늘도 버티고 있었다.

조사를 위해 인천에 남겠다고 한 송 형사를 뒤로하고 서희는 서울로 가는 길을 재촉했다. 일몰은 시선을 뺏길 만큼 아름다운 자태를 뽐내며 붉은빛을 품고 있었지만 그녀의 세계는 잿빛이었다. 인천을 떠나는 그녀의 얼굴에 핏빛처럼 붉은 노을이 드리워졌다.

내가 먼저였는지, 네가 먼저였는지. 그런 문제가 아니라 너와 내가 눈이 맞아 사랑을 했다는 게 신기할 따름이다. 절대 동화되지 않을 것 같았던 우리 두 사람. 내 마음에 어떻게 네가 들어올 수 있었는지 아직도 모르겠다. 젖고 이해하고 물들어 정신을 차렸을 땐 이미 깊은 수렁에 빠져 버렸다. 뜻이 맞고 마음이 통해 서로 사랑하는 기쁨을 알아 버려 오도 가도 못하는 마음은 오늘도 방향을 잃고 헤매고 있다.

"어디 다녀온 거지?"

집으로 돌아왔을 때, 강민은 굳은 얼굴을 하고 있었다. 너무 놀라 바로 대꾸할 말이 떠오르지 않았다. 그녀가 눈을 동그랗게 뜬 채로 멍하니 서 있자 그가 대답을 재촉했다. 낮게 가라앉은 목소리였다.

"최서희."

"바람 좀 쐬고 왔어요."

"전화도 받고 싶지 않을 만큼 멋진 곳이었나?"

그가 입꼬리를 올려 웃었으나 정말 우스워 웃은 게 아니라는 건 깊게 생각하지 않아도 알 수 있었다. 저 남자는 왜 이 시간에 이곳에 있는 걸까. 틈만 나면 귀가가 늦어지는 사람이다. 그가 돌아오기 전에 서둘러 온다고 온 것인데, 먼저 집에 와 있을 거라곤 생각지도 못했다.

강민은 첫인상과는 확연히 다른 모습이었다. 늘 속내를 숨기고 있던 그가 얼굴에 감정을 전부 드러낸 채 그녀를 노려보고 있었다. 숨기지 않은 분노가 느껴졌다. 전화를 제때 받지 않았다는 이유만으로 화가 난 것일까. 남편의 조용한 분노 앞에 서희는 말을 아꼈다.

"……누구나 혼자 있고 싶을 때가 있잖아요."

물론 인정한다. 이강민, 그조차도 하루에 몇 번씩 그런 충동을 느꼈으니까. 하지만 왜 하필 자신이 전화를 걸었던 때였을까. 납득할 만한 이유를 충분히 듣기 전엔 치밀어 오르는 분노를 갈무리할 수 없을 것 같았다. 길게 이어지던 신호음이 귓전을 계속 맴돌아 결국 중요한 회의에 온전히 집중하지 못했다. 바로 저 여자 때문에.

"어떤 대답을 바라는 거예요?"

"진실."

"말했잖아요. 두 번 말해요?"

짧은 침묵이 흘렀다. 기 싸움이나 마찬가지였다. 죄를 지은 사람이 눈을 피하고 멈칫대는 행동을 한다는 건 누구나 아는 사실이다. 서희는 그를 잘 알고 있기에 흠잡히지 않으려 그의 검은 눈동자를 직시했다. 쏟아지는 날카로운 시선을 피할 법도 했지만 물러서지 않았다. 그녀는 합의서에 적힌 내용을 충실히 이행하고 있었고, 말이야 바른 말이지 그와 자신은 진짜 부부가 아니지 않은가.

"좋아. 이번 한 번은 넘어가고, 다음엔 이런 일 없길 바라지. 불쾌해."

웃기는 남자다. 계약 운운하며 무늬만 아내 역할에 충실하라고 할 땐 언제고, 그녀의 생활 전반을 주무르시겠다?

픽, 그녀는 자신도 모르게 조소가 흘러나왔다.

"웃어? 이건 경고야."

"월권행위를 하는 건 지금 이강민 씨, 당신 아닌가요?"

"뭐?"

"그렇잖아요. 확실한 의무 이행과 최소한의 권리 행사를 기준으로 작성한 합의서였어요. 그런데 지금 뭐 하자는 거죠? 어설픈 남편 행세라도 하고 싶은 건가요?"

강민은 그녀의 대꾸에 이를 악물었다. 참 이상도 하지. 저 여자만 보면 설명할 수 없는 묘한 기분과 오기가 불끈 솟았다. 그를 향한 담백함도 생소하기만 했다. 제가 화를 내는 이유를 스스로도 설명할 수 없어 답답하기까지 한데, 더 화가 치미는 건 그녀의 말에 반박할 수 없다는 점이었다. 그는 지나친 반응을 하고 있었다. 남편 행세를 하려고 했던 건 아닌데, 대체 왜. 그도 자신을 이해할 수 없었다.

"말 한번 잘했군. 확실한 의무 이행에 남편의 전화를 받는 것도 포함시켰어야 했나?"

한숨이 쏟아졌다. 인천에 다녀와 피곤한 상태였다. 강철을 찾는 일은 그 어떤 일보다 피곤했다. 한번 어딘가에 다녀오기라도 하면 기운이 쭉 빠졌다. 괜히 그와 긴 말싸움을 이어 가며 진을 빼고 싶지는 않았다.

"정확하게 원하는 게 뭔가요. 당신 전화를 받으면 되나요?"

"그래."

"받지 못하는 특별한 경우도 있어요."

"그럼 문자를 남겨. 전화기 꺼 두지 말고."

"알았어요. 그렇게 하죠."

귀찮다는 얼굴로 대꾸한 이 발칙한 여자는 용무가 끝나자마자 등을 돌렸다가 뭔가 생각난 듯 건방진 태도로 질문을 내던졌다.

"아 참, 당신에게도 공통적으로 적용되는 거죠?"

"뭐?"

"그렇잖아요. 서로 공평해야죠."

"그건……."

곤란했다. 아니 곤란한 정도가 아니라 싫었다. 그가 가장 싫어하는 부류가 공과 사를 구분하지 못하는 사람이다. 회의 때 전화가 울린다든지, 업무 시간에 딴짓을 한다든지, 해외 파견 업무에 가정사를 들이대는 그런 사람들이었다.

"왜요, 곤란한가 보죠? 그럼 없던 일로 하든가."

벌레 씹은 표정이 되는 이강민을 보며 그녀는 속으로 쾌재를 불렀다. 그럼 그렇지. 그녀의 전화를 반길 리가 없을 테지. 그의 속내가 뻔히 짐작되기에 던진 패였다. 하지만 강민이 서희에게 내놓은 대답은 그녀의 예상을 보란 듯이 빗나간 것이었다.

"좋아, 그렇게 하도록 하지."

머릴 재빨리 굴린 그는 회심의 미소를 짓고 있었다. 어차피 사적으로 사용하는 휴대폰은 따로 지니고 다녔다. 아니, 내친김에 아내 전용 휴대폰을 구입하는 것도 좋겠다고 판단했다. 3년은 결코 짧지 않은 시간이었다. 계약 부부라고는 해도 부부로서의 의무를 다하기로 약속했으니 그럴 만한 가치는 있었다.

여자는 그의 대답이 예상 밖이었는지 반쯤 입을 벌린 채 그를 바라보고 있었다. 늘 무표정한 얼굴에 덤덤하기만 했던 그녀에게서 쉽게 볼 수 없는 모습이었다. 하지만 곧 멍한 그 얼굴에 여유가 자릴 찾았다. 더불어 흐트러졌던 페이스도 제자릴 되찾았다.

"그리고 한 가지 더 추가하지. 내 앞에서 먼저 등 돌리지 마."

"뭐라고요?"

대꾸하기도 전에 빠르게 사라지는 강민의 뒷모습을 서희는 기막혀하며 바라보았다. 각자 원하는 것을 제시한 합의서는 투명한 청사진이었기에 기간이 끝나면 이 결혼이 조용히 마무리되리라 믿었다. 하지만 서로의 아픔과 외로움에 공명하며, 온기와 열락을 나누고, 기다릴 줄 아는 속 깊은 내면을 가진 두 사람이 만들어 내는 화음은 가늘고 진하지 않은 선율을 따라 몸 안에 흐르는 뜨거운 피를 돌게 하고 사라졌던 격정을 되살렸다.

❋

사람 마음은 간사하다. 미칠 것 같던 마음은 시간이 흐르면서 덤덤해지고 무심해졌다. 하루하루 달라져 가는 자신을 발견할 때마다 서희는 복잡한 감정에 휩싸였다.

'앞으로 2년, 기한을 둔 건 내 생활로 돌아가기 위한 마지막 발악이야. 더 이상 지체하다간 돌아갈 방법을 잊어버릴 것 같아서. 변명같이 들리겠지만 난…… 그래.'

서희는 양손을 내려다보며 쥐었다 폈다를 반복했다.

장래가 촉망됐던 예비 의사였고 그게 천직이라 믿었기에 뒤 한 번 돌아보지 않고 앞을 향해 내달렸었다. 냉정하고 야멸찬 걸로 치자면 그녀를 따를 사람이 없었고, 의대 교수들의 전폭적인 지지를 받아 동기들의 시기와 질투를 한 몸에 받았다.

하지만 그런 그녀도 벼락처럼 찾아온 사랑 앞에선 속절없이 무너졌다. 사랑한다는 달콤한 밀어조차 없이 그와 나눈 건 오직 서로를 향한 뜨거운 눈빛뿐이었다.

한강철. 그를 만난 건 4년 전, 응급실 야간 근무를 서던 날이었다. 레지던트였던 그녀는 며칠간 잠다운 잠을 자지 못해 신경이 몹시 날카로워져 있었다. 오늘만은 부디 응급 환자가 생기지 않길 빌며 응급실 구석 한편에서 꾸벅꾸벅 졸고 있었다. 응급의라 자리를 비우고 당직실에서 휴식을 취할 수 없었다.

한참 졸고 있던 그때, 우당탕하고 큰 소리가 들렸다. 의자가 응급실 바닥에 내동댕이쳐지며 끔찍한 소음을 만들어 냈다. 서희는 잠에서 깨 벌떡 일어났다. 간호사와 환자가 실랑이를 벌이고 있었다.

"환자분, 진정하세요."

"똑바로 못 해? 이게 대체 몇 번째야!"

"혈관이 잘 보이질 않아서 그……."

"내가 실험용 쥐인 줄 알아? 이 병원 의사 나오라고 해! 저리 안 꺼져?"

환자가 난동을 피우며 간호사를 밀치자 비명 소리가 응급실을 가득 메웠다. 젠장, 젠장. 간혹 이렇게 본인의 안에 내재되어 있는 폭력성을 주체하지 못하는 환자들이 난동을 부릴 때가 있었다. 골치 아프기로는 손가락 안에 들었다.

"김 간호사님, 주사기 이리 주세요."

"네? 네."

무서워 새파랗게 질린 낯빛으로 서희를 구원자인 양 바라본 어린 간호사가 얼른 주사기를 그녀에게 넘겼다.

"의사 데려오랬잖아!"

"눈앞에 있잖아요."

"……뭐?"

남자는 주사기를 든 그녀를 아래위로 훑어보았다. 흰 의사 가운을 보면 의사가 분명한 것 같기는 한데……. 그녀는 난동을 부리던 남자의 팔을 홱 채서 간호사가 구멍을 내 놓은 팔을 이리저리 둘러보더니 내팽개치듯 놓았다.

"혈관 찾기가 힘든 피부네요. 왼쪽 팔 내미세요."

곱상하고 작은 여자에게서는 묘한 박력이 느껴졌다. 남자는 얼떨결에 왼팔을 내밀었다.

"왼쪽 팔은 왜……. 윽."

"팔에서 힘 빼세요. 됐습니다. 침대에 누워 안정 취하시고요."

"너, 너 일부러 그런 거 아냐?"

맞다. 일부러 아프게 찔러 넣었다. 그녀의 휴식을 망쳤고 응급실 역시 소란스럽게 했으니 이 정도 소심한 복수는 당연하지 않은가. 서희는 여전히 무표정한 얼굴로 뭐라 하면서도 얌전히 침대에 눕는 그를 바라보았다.

남자의 몸은 출혈은 둘째 치고 온몸에 훈장처럼 상흔이 여기저기 남아 있었다. 베인 자국, 꿰맨 자국. 새로 생긴 상처들도 있었지만, 오래되어 보이는 상처들도 많았다. 발바닥은 처치 전인지 피가 흥건했다.

"발 들어 보세요."

안 그래도 피곤한데, 그녀의 말대로 해 주지 않는 남자 때문에 샘솟는 짜증을 겨우 참고 고개를 들어 올렸다가 그녀를 내려다보는 남자와 눈이 마주쳤다. 그 눈빛을 서희는 영원히 잊을 수 없을 것이다. 놀람, 아픔, 슬픔 수많은 감정들이 눈동자에 그득 담겼다가 신기루처럼 흩어졌다. 척 봐도 하는 일이 험한 사람일 텐데 눈빛만은 명경처럼 맑고, 시리도록 투명했다.

"……발바닥에서 피가 흘러요. 꿰매야 하는지 살펴봐야 합니다."

먼저 정신을 차린 서희가 가라앉은 목소리로 지시하자 남자가 발을 들어 주었다. 날카로운 것에 베인 건지 상처가 깊었다. 꽤나 아플 텐데 비명 한번 지르지 않는 독한 남자. 어울리지 않게도 우수가 짙게 어린 눈빛이 그녀를 사로잡았다.

다음 날, 치료비만 지불하고 연기처럼 사라진 남자의 잔상은 그녀의 가슴에 오래도록 남아 있었다.

두 번째 만남은 그로부터 얼마 지나지 않아서였다. 우연일까, 필연일까. 친구들과 오랜만에 만나 나이트에서 밤늦도록 즐긴 것이 화근이었다. 합석을 하자던 무리들은 술에 거나하게 취하자 본색을 드러냈다. 남자들은 거친 언행으로 그녀들을 협박하며 몰아세웠다. 술에 취한 남자를 당해 낼 재간이 있을 리 없었다. 그리고 그때, 그녀들을 구해 준 게 바로 그 사람이었다. 일렁이는 맑은 눈의 그 남자, 한강철.

만약 그때, 고맙다는 인사로 모든 게 끝났었다면 그저 좋은 추억으로만 남았을까. 아니, 그러지 않았더라도 그녀는 다시 그를 만나고, 그를 찾았을 테다.

그녀는 그날 이후 마치 무언가에 홀린 사람처럼 그를 찾아 헤맸다. 알고 있는 게 아무것도 없었다. 그저 그의 얼굴과 진료를 보다 알게 된 이름이 전부였다. 찾을 수 있는 곳이라면 어느 곳이든 가리지 않고 그를 찾아다녔다.

그러던 어느 날, 핏빛 노을이 물든 석양 아래 웃통을 벗어 던지고 하얀 민소매 티를 입은 그 사람이 소년과 다정하게 장난치다 그녀를 발견했다. 아니, 그녀가 그를 발견했다.

"어! 그때 그 사람이다. 말했잖아, 예쁜 여자가 형 찾더라고."

눈동자에 눈물이 맺혔다. 드디어 찾았다는 안도감 때문에 다리에 힘이 풀려 그 자리에 주저앉고 말았다. 대체 이 남자가 내게 무엇이기에 이토록 찾게 만들고 눈물 나게 하는지.

그녀는 강철을 찾는 동안에도 이유를 알 수 없었다. 하지만 그제야, 그를 찾고서야 깨달았다. 아름다운 석양이 물들인 그의 눈을 보고 나서야, 그녀가 그를 사랑하고 있었다는 걸 깨달았다.

나중에 안 사실이지만 강철은 동생 태철에게 누구든지 자신을 찾는 사람이 있거든 무조건 모르는 사람이라 하라고 했단다. 그의 주변 환경을 생각해 보면, 어쩌면 당연한 일이었다. 혹여라도 동생에게 누군가 해를 끼칠까 두려워하는 그의 마음이 여실히 느껴졌다. 하지만 학생이라 교복을 입은 태철에게선 그와 닮은 점을 쉽게 찾아낼 수 있었다.

끝없는 회유와 외면. 그녀가 그에게 다가가면 여지없이 험한 말들이 쏟아졌다. 강철이 그녀를 받아들이지 않으려 피하고 타박하고 잔인하게 굴면 굴수록 그녀는 그를 포기하지 못했다. 태어나 처음으로 매달려 보고 혼자만의 감정이라도 좋으니 이대로 지칠 때까지만 봐 달라고 애원했다. 천하의 최서희가 가진 것도, 배운 것도 없는 양아치에게 목을 매었다.

한 시간이 두 시간이 되고, 다섯 시간이 되고, 그리고 하루, 이틀, 한 달이 되었다. 흘러가는 시간이 아깝고 함께하는 시간이 행복했다. 누군가를 위해 무언가를 줄 수 있다는 것이 이렇게 가슴 벅차고 즐거운 일인 줄 몰랐다. 먹지 않아도 배가 불렀다. 비록 좋아한다는 말도 사랑한다는 말도 듣지 못했지만 알 수 있었다. 그도 자신을 사랑하고 있다는 것을. 서로가 서로를 마음에 품었다는 것을.

서희는 빠르게 그의 생활에 동화되어 가기 시작했다. 자신을 내려 두고 타인의 삶에 기준을 맞춘다는 일이 버겁고 힘도 들었지만 그때는 아무 상관도 없었다. 그가 있고, 그녀가 있고, 태철이 함께하는 시간이 영원할 수만 있다면 어떤 고난과 역경도 헤쳐 갈 수 있다고 믿었다.

태철을 그녀에게 맡기고 지인과 좋아하는 등산을 갈 만큼 시간이 흘렀다. 동생을 자신의 목숨보다 아끼는 그가 보여 줄 수 있는 최대한의 신뢰였다. 그는 언제부터인가 무언가를 결심한 사람처럼 일에 매진했다. 그가 하는 일이 어떤 일인지는 알고 있었으나, 그게 그녀와의 미래를 위한 준비라는 것을 알기에 내버려 두었다.

하지만 순진한 그녀는 미처 몰랐다. 구역을 넓히며 세력을 확장한다는 건, 그만큼 위험을 떠안아야 하는 일이라는 것을.

오대산 정상에 오른 강철은 숨을 크게 들이마셨다. 약간 차갑지만 상쾌하고 신선한 공기가 폐 속 깊이 들어와 정신을 맑게 했다. 이 기분이 좋아 강철은 자주 등산을 했다.

"오랜만에 올라오니까 가슴이 뻥 뚫린 것 같다. 하하."

"그러게요."

그의 말에 맞장구치며 호탕하게 웃는 정이수는 그보다 두 살 아래였지만 강철과 태철을 알뜰살뜰 살펴 주던 동네 친구였다. 그가 서희를 제외하고 유일하게 믿음을 가진 사람이기도 했다.

"오늘 한잔해야지?"

"당연하죠, 형님. 근데 조심하셔야겠어요. 듣자 하니 저쪽에서 대성동 이권 빼앗기고 나서부터 잔뜩 벼르고 있다더라고요."

"알고 있어."

"그래요, 뭐. 형님이 어련히 알아서 잘하시겠죠. 그나저나, 형수님 데리고 사실 거예요?"

급격히 굳어지는 강철의 얼굴을 보며 이수는 입을 다물었다. 척 봐도 귀티가 좔좔 흐르는 여자. 소문에는 무슨 회사 사장의 딸이라고 한다. 게다가 그 얼굴에 의사라니. 미모와 지성까지 두루 갖춘 여자가 처음에는 이수도 마음에 들지 않았다. 강철에게는 너무 과분해 도리어 그를 상처 줄 것 같았기 때문이다. 하지만 어쩌겠는가. 좋다는데, 좋아서 미치겠다는데.

"형님, 지금 사업 무리해서 확장하시는 것도 다 형수님 때문이죠?"

그랬다. 욕심이야 있었지만 무리하지 않고 그저 동생과 단란하게 조용히 살고 있었다. 하지만 그는 그녀를 만나고 난 뒤 생각이 바꿔었다. 그녀를 구차한 모습으로 살게 하고 싶지 않았다. 적어도 기본은 갖추고 맞아들이고 싶었다. 저 때문에 많은 걸 포기한 여자가 아닌가. 오늘만 해도 그녀 역시 모처럼의 휴일일 텐데 오히려 강철에게 스트레스도 풀 겸 좋아하는 산이라도 다녀오라며 등을 떠밀었다. 속 깊은 그녀의 마음에 강철은 도리어 마음이 무거워졌다.

"……이수야, 목걸이나 반지 주면 좋아할까?"

"여자는 반짝이는 거라면 환장합니다. 제가 알아볼까요?"

"그래, 선물할 거니까 좋은 걸로 부탁한다."

"네, 제게 맡겨 주세요."

큰소리 탕탕 치며 호언장담하는 이수를 바라보며 강철은 밀려드는 불안을 안으로 삭였다. 그가 다치는 건 무섭지 않은데 사랑하는 사람들, 지켜야 할 것들이 늘어나 가슴이 묵직해졌다. 하나뿐인 동생 태철과 오랜 친구인 이수, 그리고 그녀.

'그녀를 정말 내 사람으로 만들어도 괜찮은 걸까. 어둠과 폭력으로 뒤범벅된 일상 안으로, 그녀를 끌어들여도 되는 걸까.'

그는 끝끝내 해답을 찾을 수 없었다.

생각에 잠긴 그를 바라보는 이수의 눈동자가 전과 다르게 비릿하게 번득였다.

6

평온을 가장한 냉전 상태가 지속되고 있었다. 따뜻한 위로도 걱정하는 눈동자도 기대하지 않았던 처음으로 돌아갔다. 간간이 그가 보여 주던 불편한 친절도 그날 이후로는 사라졌다.

다녀오세요. 네. 알겠어요. 준비할게요. 없어요. 그럴게요. 그녀는 불필요한 말은 하지 않았다. 그와의 대화는 그것으로도 충분했다. 강민의 앞에서 그녀는 누구보다 고분고분한 여자였다. 상대가 원하는 대로 행동한다면 불만도, 불평도, 불필요한 신경전도 오갈 필요가 없었다. 그리고 예상대로, 마찰은 사라졌다.

고개를 숙이고 묻는 말에 답하고 전화가 걸려 오면 받았다. 불만이 생길 여지를 원천적으로 봉쇄했다. 처음엔 그도 마음에 들어 하는 듯 보였다. 그녀 역시 그런 상황에 만족했다. 그런데 이상한 건, 날이 갈수록 대체 무엇이 못마땅한 건지 그의 표정이 좋지 않았다. 눈동자 안이 불만으로 가득했다. 언뜻 보면 노려보는 것 같기도 했다.

'대체 어쩌라는 건지. 이래도 흥, 저래도 흥.'

무시하면 그만일 테지만 마음이 쓰이는 건 사실이었다. 강민을 무시하기엔 그의 존재감이 절대적이었다. 사랑해서 한 결혼이라면 전화라도 걸어 보든지, 근사한 저녁 식사 자리를 만들어 화해를 도모하겠지만 그럴 수 없는 처지였다.

3년 만에 발견한 작은 단서 하나. 송 형사에게 아직까지도 연락이 오지 않는다는 건 그만큼 설득이 어렵다는 뜻일 것이다. 배신은 곧 죽음이라는 불문의 공식 때문에라도 설득이 쉽지 않을 거라 예상은 했지만 기다리는 하루하루가 초조했다.

서희는 2층 계단을 올라가다 요란한 벨소리에 가슴이 덜컥 내려앉았다. 개인 휴대폰 액정 화면에는 모르는 번호가 떠 있었다. 신뢰할 수 있는 사람 또는 공기업의 전화인 것처럼 개인 정보를 요구하거나 보이스피싱인가 싶어 머뭇대다 혹시나 하는 마음에 전화를 받았다.

"여보세요."

— 최서희 씨 되십니까?

"네."

— 서울 종로 경찰서입니다. 한태철 씨 보호자분 맞습니까?

낯익은 이름에 여유 있게 대응하던 서희가 자세를 고쳐 잡았다. 손이 미세하게 떨리고 있었다.

"한태철…… 네, 맞아요. 무슨 일이시죠?"

— 경찰서로 와 주셔야겠는데요.

"잠시만요! 저…… 혹시 태철이가 다친 건 아니죠?"

— 네. 다친 건 오히려 상대방입니다. 오셔서 이야기하시죠.

머릿속이 하얗게 변했다. 태철이가 사고를 치다니. 그럴 리 없다. 다시는 그런 짓을 하지 않겠다며 그녀와 철석같이 약속했고 같이 죽어 버리자 통곡하며 함께 운 날 이후로는 개과천선한 아이였다. 서희는 흔들리는 마음을 다잡았다. 이렇게 혼란스러워만 하고 있을 때가 아니다. 구치소에 수감되기 전에 손을 써야 했다.

먼저 폭행을 당한 데다가 우발적인 상황이라 정당방위가 될 수 있었지만 태철이 아르바이트로 일하는 횟집 특성상, 흉기로 취급되는 칼을 소지하였기에 상황이 불리했다. 약식 기소로 처리된 건 천만다행이었다. 물론 합의금을 준비하고 전문 변호사를 부른 서희 덕분이었다.

"누나……."

"밥 안 먹었지? 저기 콩나물 국밥집 있더라, 가자."

"……."

태철은 미안함에 고개를 들지 못했다. 서희의 눈치를 보며 쭈뼛거렸지만 서희는 그런 태철의 마음을 알아 오히려 더 아무렇지도 않은 듯 행동했다.

콩나물 국밥집에 들어와 음식이 나오자마자 흡입하듯 국을 들이마시는 태철을 마주 보며 그녀는 하고 싶은 말을 삼켰다. 어지간히 배가 고팠던 모양이었다. 밉지 않은 동생. 한강철이 세상에 남긴 단 하나의 혈육이었다. 서희는 강철과 많이 닮은 태철의 얼굴을 보면 늘 씁쓸한 기분이 들었다. 강철이 사라지고 남겨진 서희와 태철.

태철은 순식간에 그릇을 비웠다. 뜨거운 국물을 빨리 들이켜 얼굴이 약간 상기되어 있었다. 서희는 그의 얼굴을 보며 엷은 미소를 지었다.

"다 먹었어?"

"네……. 죄송해요, 누나."

"네가 죄송할 것 없어. 들어 보니 세 명이서 덤볐다던데, 그놈들이 운이 나빴던 거지. 누구에게 덤벼, 감히."

서희의 장난스러운 말투에 태철도 어색한 웃음을 지어 보였다. 태철이 횟집 아르바이트를 시작한 지도 어느새 꽤 시간이 지났다. 하지만 어디나 그렇듯 진상 손님은 있는 법. 어린 그에게 반말을 지껄이며 이것저것 시켜 대다 급기야 음식 맛을 타박하며 돈을 못 내겠다고 했단다. 눈빛이 불손하다며 멱살을 잡은 것도 그쪽이 먼저였다.

서희는 태철의 얼굴을 들여다보다 내내 삼키고 있던 말을 꺼냈다.

"아르바이트, 그만두는 건 안 되겠니?"

"누나에게 받은 거 갚으려면 까마득해요. 더 빚지기 싫어요."

"태철아, 나중에 취직해서 갚으면 되잖아. 나, 네가 이렇게……."

전에 봤을 때보다 태철은 눈에 띄게 말라 있었다. 학과 수업과 아르바이트를 병행하는 게 보통 힘든 일이 아닐 텐데, 어린 동생은 대학 등록금까지만 도움을 받겠다며 고집을 피운다. 그녀에게는 쓸 일도 없고 그저 남아도는 돈인데 태철은 받아 주지 않았다. 그래서 더 서희는 태철이 마음에 쓰였다. 태철이는 모르겠지만 지금 그가 살고 있는 집의 월세의 절반도 서희가 내고 있었다.

강철이 사라진 후, 그녀도 그녀였지만 태철 역시 큰 충격을 받았었는지 비뚤어져 엇나갔다. 하루가 멀다 하고 사고를 치고 돌아와 서희의 속을 썩였다. 그녀의 끈질긴 설득과 눈물 덕에 금방 본 모습으로 돌아왔지만.

서희의 눈동자가 빨갛게 충혈되자 태철은 차마 고개를 들 수 없었다.

"이렇게 하자."

"네?"

서희는 잠시 말이 없다가 이내 서두를 꺼냈다. 여전히 눈은 붉게 충혈되어 있었지만 태철은 그녀의 얼굴을 외면할 수는 없었다.

"난 네가 이렇게 고생하고 다치고 하는 거 더 이상 못 보겠고, 넌 학자금이 필요해. 그러니까 우리 절충하자."

"무슨 소리예요?"

"경호원이 필요해. 너도 알지? 내가…… 결혼한 거."

"……네."

"경호원을 데리고 다니라고 하더라. 네가 맡아 주면 나도 편할 거 같아."

태철은 망설이고 있었다. 진짜로 경호원이 필요하다면 그에게 이런 말을 꺼내지는 않았을 거다. 실력이 쟁쟁한 전문가가 지천일 텐데, 한국대 체육학과에 재학 중인 그를 경호원으로 채용할 필요는 없었다. 그를 위한 제안이었다. 자신을 위해 불편을 감수하려는 서희 때문에 가슴이 묵직해졌다.

하나뿐인 형이 말도 없이 사라지고, 의지할 곳 없는 서울에서 그를 지켜 주고 보호해 준 사람이었다. 친누나라도 이렇게 지극정성일 수는 없을 거다. 태철은 다시 고개를 떨구었다. 그녀에게 받은 것이 너무나도 많아 마음이 점점 더 무거워졌다.

"내가 무슨 도움이 된다고 그래요?"

"왜? 한국대 체육학과 재학에 유도, 태권도; 검도 유단자인데. 자격이 넘치지."

"누나……."

머뭇거리며 거절하려는 태철을 향해 그녀는 어렵게 말을 꺼냈다.

"강철 씨 찾을 단서가 나왔어."

"네? 뭐라고요?"

"며칠 전 인천에 다녀왔어. 이번엔 진짜야. 그러니까 내 옆에 있어. 알겠니?"

그가 아는 최서희는 절대 없는 말을 지어낼 사람이 아니었다. 더구나 형의 이름을 파는 건, 다른 사람은 몰라도 그녀에겐 있을 수 없는 일이었다. 하지만 지금은 상황이 복잡했다. 형은 실종된 지 오래였고, 이제 서희는 기혼자가 아닌가. 세상에 어떤 남자가 아내가 옛 애인 찾는 걸 가만두고 지켜보기만 할까. 만약 들키기라도 하는 날엔…….

"누나, 정말 괜찮은 거예요?"

속 깊고 영리한 아이였다. 그를 무척이나 닮은.

"그래, 괜찮아. 내 결혼은…… 아무튼 넌 걱정하지 않아도 돼. 혹 누군가 너에 관해 묻거든 나에게 떠넘겨. 아무 말 하지 말고."

태철을 대학에 보내 주었고 지금의 태철을 있게 했다. 무엇보다 다시 살게 할 의지를 심어 주었다. 정략결혼. 사랑으로 결실을 맺은 결혼이 아니라는 건 알고 있었다. 어쩌면 이번엔 그가 그녀를 도울 차례인지도 몰랐다. 판단이 내려지자 태철은 그녀의 제안을 받아들이기로 했다.

"알겠어요, 그렇게 할게요. 설마 누나 한 사람 지키지 못하겠어요? 저만 믿으세요."

"그래, 잘 부탁한다."

서희는 잔잔히 미소 지었다. 대견한 아이다. 얼굴을 마주하면 가슴이 아릿하고 심장이 따끔거렸다. 얼굴 곳곳에 그의 흔적이 남아 있었다. 이런 동생을 홀로 두고 어딘가로 홀연히 떠나 버릴 사람이 아닌데, 그는 아직도 돌아오지 않고 있었다.

그녀가 그토록 알고 싶어 하는 진실은 마지막까지 침묵으로 묻히지만, 상처만 남긴 그림자 뒤엔 그녀를 목숨보다 사랑했던 또 다른 누군가가 있었다.

최명렬 사장은 뒷짐을 진 채 창가에 서서 아래를 내려다보고 있었다. 방금 보고받은 일로 머리가 복잡했다. 하나뿐인 외동딸 서희가 회사의 고문 변호사를 경찰서로 불러 일을 처리했단다. 별일 아닐 수도 있지만, 경위서에 오른 이름에 그의 안색은 급격히 어두워졌다.

한강철.

어떻게 그 이름을 잊을 수 있을까. 총기로 가득한 딸은 한 번도 그의 넘치는 기대를 저버리지 않았던 똑똑한 아이였다. 사업을 이어받지 않아도 좋았다. 그저 좋아하는 일을 하다가 어연번듯한 신랑을 만나기만 하면 된다고 생각했다. 하지만 대체 어디서부터 어긋난 것일까.

딸은 그놈에게 영혼을 뺏긴 사람처럼 홀려 돌아다녔다. 저러다 말겠지, 한때의 불장난이겠지 싶었지만 그게 아니었다.

점점 초조해질 무렵, 한강철이 실종되었다. 하는 일이 그 모양이니 어딘가에서 죽었으리라 짐작했다. 그렇게 끝나 버린 일이라고 생각했는데, 아직도 그의 동생과 연락을 주고받고 있었던가. 인연이 끊긴 이후에도 미련을 짊어지고 있었나. 긴긴 한숨이 절로 흘러나왔다.

"내 죄가 커 벌을 받는 게지. 후우……."

남들은 최 사장이 지고지순한 사랑 때문에 재혼하지 않고 혼자 사는 거라며 그를 칭송했지만, 사실은 그렇지 않았다. 집착과 강박증 때문에 서희 엄마를 못살게 굴며 괴롭혔다. 결혼 전에 사귀었던 사람이 있었다는 이유 하나만으로 그녀를 불결하고 지조 없는 여자라며 몰아붙였다. 그녀가 신경 쇠약에 걸린 건 당연한 결과일지도 모른다.

서희 엄마가 세상을 떠난 뒤에야 그게 잘못됐다는 걸 깨달았다. 후회하고 또 후회해도 시간을 되돌릴 수는 없었다. 그녀에게 속죄하는 심정으로 딸에게 매달렸다. 딸 하나만 보고 앞을 향해 달려갔다. 그런데…….

"윽."

상복부와 우측 늑골 아래에 둔탁한 통증이 느껴졌다. 그는 몸을 새우처럼 구부리며 통증이 잦아들길 기다렸다. 수술이 성공적으로 끝나 재발만 조심하면 된다고 했지만, 고통은 그렇게 쉽게 사그라들지 않았다. 수술이 끝난 다음에도 여전히 체중 감소와 메스꺼움, 그리고 이렇게 간간이 통증이 찾아왔다. 아무래도 업무를 더 줄여야 할 모양이다.

딸은 모르고 있겠지만 대학생이 된 태철에게 사람을 보내 유학을 제안했던 적이 있었다. 모두 딸을 위해서였다. 하지만 단칼에 거절당했다. 없는 놈이 자존심을 세우고 고집을 부린다고 치부하기엔 눈빛이 매섭고 곧았다. 형제는 지독히도 닮아 있었다. 그래서 더 불안했다. 서희가 그놈의 그림자에서 영원히 벗어나지 못할까 봐, 강철의 동생에게서 흔적을 찾으며 추억으로 버틸까 봐.

"서희야……."

아픈 아비를 위해 결혼을 결심한 것도 알고 있었다. 알면서도 모르는 척 시치미를 뗐다. 부부로 살다 보면 없던 정도 생기고 함께하다 보면 자식도 생기지 않겠는가.

이강민, 그는 사윗감으로 손색이 없었다. 남자는 남자가 알아보는 법이다. 겉으론 차가워도 제 식구에겐 의외로 끔찍할 의외의 인물이었다. 아마 지금은 어렵더라도 시간이 지나면 서희와의 관계도 차차 나아질 것이다. 그렇게 세월이 어서어서 흘러가 주길 바라는 이 시점에 또다시…….

느는 건 주름과 한숨, 그가 할 수 있는 일은 그저 가만히 바라보는 일뿐이었다.

기다랗게 드리운 그림자가 어둠에 잠식되어 갈 때 그 속에 빠져 허우적거린다. 하루의 해가 지고 별 무리에 둘러싸여 공간을 잃으면 창가로 내리는 눈송이의 차가움에 소스라치게 놀란다.

눈에서 멀어지면 마음에서도 멀어진다는 그 말은 시간이 흘러도 공감할 수 없었다. 마음에서 멀어지는 게 아니라 사무친다는 말이 옳다. 붙잡고 싶은 인생. 시간은 돌고 돌아 사색의 가을이 오면 숨겨 둔 한숨과 속 깊은 울음이 덧없이 휘돈다. 흘린 시간이 그리움이 되어 가슴에 겹겹이 쌓인 채로.

*

"뭐?"

"경호원 두라면서요."

"유약해 보이는데."

"자격은 충분해요. 그리고 경호원이 반드시 체구 좋고, 검은 양복 입고, 우락부락한 사람이라는 법 없잖아요. 스타일도 좋고 요새 대세라는 박보검 닮지 않았어요?"

"……."

강민의 오른쪽 눈썹이 위로 치켜 올라갔다. 그녀의 말에 동의하지 않는다는 표현이었다. 그녀는 알면서도 굳이 알은체하지 않았다.

강민은 나름대로 자신이 인간 군상을 파악하는 데 도가 텄다고 자부했다. 아니, 했었다고 해야 하나. 도저히 무슨 수를 써도 파악할 수 없는 사람이 딱 한 명, 그와 가장 가까운 곳에 있었으니까.

아내가 경호원을 뽑았다며 내민 이력서에 붙은 증명사진 한 장이 그의 시선을 사로잡았다. 솜털이 보송보송한 어리고 젊은 사내였다. 스타일도 좋고, 요즘 대세라는 박보검을 닮았다는 말만 하지 않았어도 우락부락한 경호원을 두든지, 호리호리한 경호원을 두든지 신경도 쓰지 않았을 것이다. 그의 관심을 끌기 위해 부러 저러나 싶어 표정을 살폈지만 늘 그랬듯이 의중을 알 수 없는 얼굴이었다. 그런 이유로 경호원을 뽑을 만한 여자도 아니었다.

혼란스러웠다. 그렇게 불편해서 싫다고 하더니. 스타일 좋고, 잘생기고, 젊은 남자는 곁에 두겠다? 어디 가서 얼굴로 뒤처지는 그가 아니건만, 경호원의 외모를 칭찬하는 발칙한 여자의 발언에 바싹 약이 오르고 반발심이 고개를 쳐들었다.

'반반한 낯짝만큼 실력도 있는지는 두고 보면 알겠지.'

불만이 차곡차곡 쌓여 가고 있었다. 조건을 잘 지키며 일정 거리를 유지하는 태도가 얄미운 걸까, 아니면 그에게 관심을 주지 않아 기분이 나빠진 걸까. 한 가지 확실한 건, 여자의 존재가 생각했던 것보다 훨씬 더 그의 신경을 건드린다는 점이었다.

다음 날, 서희는 비서실에서 이상한 전화를 받았다. 점심 식사를 예약해 두었으니 모시러 오겠다는 전화였다.

"알겠어요. 한 시간 뒤에 나갈게요."

전화를 끊고 화장대 위에 놓인 달력을 확인했다. 오늘 날짜에는 체크된 것이 없었다. 기념일도 아니었고 생일도 아니었다. 당사자가 아닌 타인에게 오늘 무슨 날이기에 갑자기 점심 식사를 하려는 거냐며 이유를 따지고 물을 수도 없었다. 아마 그걸 노렸기에 비서실을 통해 통보한 것이겠지만.

외출을 위해 화장을 하다 문득, 서희는 그가 할 말이 무엇일가 궁금해졌다. 아무런 이유 없이 식사를 함께 하자고 할 위인이 아니었다. 여자라도 생긴 건가? 아니면 계약 결혼에 대해서 또 다른 할 말이 있는 걸까? 작은 머리는 여러 가지 경우의 수를 계산하기 바빴다.

시간이 좀 지나고 나니 생활도 익숙해졌다. 필요에 의한 계약 결혼이었지만 큰 불만은 없었다. 말도 안 되는 생각일 수도 있지만 지금처럼만 그가 젠틀하게 군다면 이혼 후에도 좋은 친구 사이로 지낼 수 있진 않을까, 하는 우스운 생각도 했다.

정확하게 한 시간 뒤에 도착한 비서실에서 보낸 차량을 타고 도착한 곳은 '소한정' 이라는 식당이었다. 고풍스러운 이름처럼 아름다운 한옥으로 지어져 있었다. 강민은 언제나 그랬듯이 먼저 도착해 그녀를 기다리고 있었다. 외형만큼이나 내부는 깔끔하고 우아했다. 너무 화려하지도 않고, 너무 소박하지도 않아 고급스러웠다.

"서양 음식도 이젠 좀 지겹고, 여기 음식 맛이 깔끔해서 좋아하거든.”

“아, 네.”

그녀가 생선과 도토리묵을 영혼 없이 뒤적거리는 것에 반해 강민은 소한정의 음식을 정말 좋아하는지 맛있게 먹었다. 여러 음식에 고루 젓가락질을 하고 있었다. 가리는 것 없이 잘 먹는다는 건 건강하다는 증거였다. 온몸에 넘쳐흐르는 자신감과 활기가 느껴져 부러웠다. 세상은 참 불공평하다. 골고루 나누어 주면 좋을 텐데 한 사람에게 복이란 복은 죄다 주는 모양이다.

“입에 맞지 않나?”

“아뇨, 맛있어요. 아침을 늦게 먹어서 그런가 봐요.”

점심을 사 준 건 고맙지만 상대방의 의사를 먼저 물어보고 약속을 정했으면 좋았을 거라는 소심한 응대였다. 하지만 강민은 말귀를 못 알아먹은 건지 누룽지까지 챙겨 먹기 바빴다. 원래 이렇게 먹는 걸 좋아하는 남자였나. 그녀의 요리한 음식을 깨작깨작 먹던 것만 기억에 남아 새삼 놀라웠다.

“다음엔 요리 잘하는 여잘 만나면 좋겠네요.”

“뭐?”

이건 또 무슨 소리인가. 기껏 비싼 음식을 먹였더니 뭐라고?

“그렇잖아요, 나는 요리도 못하고 그렇다고 애교가 있는 것도 아니고. 그래서 한 말이에요. 오해하진 말아요.”

아주 틀린 말은 아니었다. 그녀가 요리를 못하는 것도, 애교가 없는 것도 사실이니까. 하지만 서희가 하는 말이었기 때문에 그저 지나가는 말로는 들리지 않았다. 너와 난 계약으로 맺어진 관계니까, 끝이 확실하다는 일종의 선전 포고 같았다. 그것 역시 맞는 말이지만 강민은 이상하게도 불쾌함을 감출 수 없었다.

"뭐, 그것도 좋겠지. 양식, 중식, 일식 자격증을 조건으로 내는 것도."

한마디도 지지 않는 남자였다. 그녀가 하는 말에 기분이 상했는지 인상을 찡그리더니 냉큼 대답을 한다. 그녀와 이혼을 하면 한 번 갔다 온 남자라는 꼬리표가 붙겠지만 아이가 있는 것도 아니고 크게 문제 되진 않을 것이다. 우스운 소리 같겠지만 그가 두 번째 아내의 조건을 그렇게 내세운다면 요리 학원이 갑자기 문전성시를 이루는 기이한 현상이 일어날지도 모르는 일이었다.

혼자만의 상상으로 바람 빠지는 웃음을 뱉는 여잘 지켜보며 강민은 충동적인 자신의 행동을 되돌아보았다. 바빴다. 할 일도 넘쳤다. 그런데 그는 갑작스러운 충동에 아내와 점심을 하겠다며 일주일 전에는 예약을 잡아야만 한다는 한정식집에 와 있었다.

아침 식사를 할 때도 그가 먹는 모습을 그림처럼 앉아 지켜보기만 하다가 배웅하는 여자였다. 생활 사이클이 달라 그녀는 먹고 싶지 않다는 핑계로 아침을 거들떠도 안 봤다. 저녁엔 밖에서 먹고 들어가는 날이 잦아 마주 보고 식사한 것이 손에 꼽을 정도였다. 도대체 뭘 먹긴 하는 건지, 처음 만났을 때보다 말라 보였다. 그게 또 못마땅했다.

"음식이 입에 맞지 않으면 죽이라도 추가로 시키든지."

죽이라는 말에 그녀의 시선이 위로 들렸다. 보기 드물게도 눈동자가 반짝이고 있었다.

"죽도 있어요?"

"호박죽 좋아하지 않아?"

"……좋아해요."

"그런 것 같더군."

주문한 호박죽은 생각한 것보다 더 빨리 나왔다. 서희는 달콤한 호박죽을 정신없이 먹었다. 배가 고프지 않았던 건 아닌 모양이다. 뜨거울 텐데도 숟가락질은 멈추지 않았다. 편식이 심한 건 좋지 않다고 생각하면서도 강민은 제 몫의 죽을 그녀 앞으로 밀어 주었다.

"이건 왜……."

"난 됐어. 배도 부르고 아플 때면 모를까 평상시엔 먹질 않아."

"아…… 네, 고마워요."

당황해 하면서도 거절하지 않고 죽을 제 앞으로 끌고 가는 모습에 저도 모르게 웃음이 났다. 식탐이 없는 편이라고 생각했는데, 아닌가 보다. 좋아하는 음식 앞에선 그녀도 다른 사람과 다를 바가 없었다. 특별한 일도 아닌데 그는 자꾸 웃음이 났다. 상견례 때 앞에 놓인 호박죽에만 숟가락질하는 모습을 잊지 않고 기억해 둔 걸 다행이라고 생각했다.

"더 시킬까?"

"내가 돼지인 줄 알아요?"

웃긴다. 그의 몫까지 다 먹어 놓고 배를 통통 두드리면서 돼지인 줄 아느냐니.

"그런데 갑자기 점심은 왜……. 할 말이라도 있는 거예요?"

"그게 무슨 말이지?"

"그렇잖아요. 이유 없이 이런 자리를 마련할 리 없잖아요."

좋아졌던 기분이 순식간에 바닥으로 추락했다. 정말이지, 사람 우습게 만드는 여자였다. 호의, 조금은 미안한 마음, 그리고 안쓰러운 마음에 신경을 써 준 건데, 할 말이 따로 있는 게 아니냐니. 순수한 호의를 불순하게 해석하고 있었다. 그는 요동치는 마음을 애써 숨긴 채 아무렇지 않은 척 대꾸했다.

"명석한 머리로 유추하자면?"

"음…… 혹 계약서 쓴 게 알려진 거예요? 아니라면 숨겨 둔 여자가 앙탈이라도 부려요? 그것도 아니면 멋진 상대가 나타났나요?"

여자의 정신세계는 독특하다 못해 상상력까지 풍부했다. 셋 다 아니었지만 굳이 답해 줄 가치를 느끼지 못해 입을 다물었다.

그녀에게 있어서 대화할 때 가장 두려운 상대는 반응이 없는 이였다. 지금의 그처럼. 무슨 생각을 하는지 알 수 없고, 표정을 읽을 수 없다면 더더욱 그랬다. 좀처럼 무엇 때문인지 감이 오지 않았다. 하지만 날카롭게 빛나는 눈빛은 그의 기분이 좋지 않은 상태라는 걸 보여 주고 있었다.

잠깐의 정적이 지나고 그가 입을 열었다.

"만약 그중 하나라면?"

"아……."

그녀의 예상대로인가 보다. 골치가 아팠지만 그렇다고 해서 당장 이혼할 수도 없었다.

"당신 여자, 설득하기 힘들까요? 기다리지 못하겠대요? 혹시…… 아이라도 생긴 거예요?"

"뭐? 아냐!"

"후우, 다행이다. 그럼 당장은 어렵고 1년만 참으라고 해 봐요. 계약 기간은 3년이지만 좋은 방향으로 해결 지어야죠."

잘났다, 최서희. 그녀의 얼굴은 조금의 동요도 없었다. 아쉬운 기색도 보이지 않았다. 당장 다른 여자에게 냅다 진상할 만큼 자신의 매력이 부족하다는 뜻인가 싶어 기분이 나빴다. 남자로서도 자존심이 상했다.

"말장난은 여기까지. 그런 일 없고, 앞으로도 없을 거야. 계약을 위반할 생각 없어."

"그럼 왜……."

"같이 식사하자는 것뿐이야. 다른 이유가 꼭 있어야 하는 거야?"

강민이 불쾌함을 드러내자 서희는 입을 다물었다. 순수한 의도였다는데 그녀의 의심이 그를 화나게 한 것 같았다.

"미안해요. 호박죽 맛있게 먹었어요. 고마워요."

굳어졌던 강민의 안면이 조금씩 풀리기 시작했다. 좋은 게 좋은 거라고 더 이상 화를 냈다가는 속 좁은 남자처럼 보일 것 같았다.

"강민 씨."

"……."

"미안해요, 정말이에요. 화 풀어요."

"……화나지 않았어."

"사탕을 문 아이처럼 볼록해진 볼이 화난 것처럼 보여요."

"뭐라고?"

기가 막힌다는 듯 그녀를 바라보는 강민을 마주 보며 그녀는 웃음을 터뜨렸다.

"아하하, 그렇다는 말이에요."

환한 웃음이 그를 향했다. 처음 보는 시원한 눈웃음, 진심으로 즐거워하는 그녀의 미소가 그를 살짝 들뜨게 만들었다. 그는 잠시 말을 잃었다. 저렇게 웃으니 얼마나 보기 좋은가. 조금 예쁜 것 같기도 하고.

"자주는 못 하겠지만 부부니까 밖에서 식사 정도는 가끔 함께 하는 게 좋을 것 같아."

강민의 입에서 흘러나온 부부라는 단어가 주는 무게감에 서희는 저도 모르게 움찔거렸다. 집에서도 일부러 마주 보며 식사하는 시간을 줄였다. 정들고 싶지 않았으니까. 쿨하게 헤어져 남남으로 돌아가도 아쉽지 않아야 했으니까. 그를 탐하고 욕심내는 나쁜 여자가 되고 싶지 않았고 기회를 노리는 파렴치한 여자가 되고 싶지 않았다.

그가 제시한 계약 조항은 대부분 그럴 여지를 잘라 내는 것들이었다. 한 톨의 미련도 없이 깨끗하게 헤어지도록 돕는 수많은 조항들. 그런데…… 저런 모습으로 다정한 말을 내뱉는 건 엄연한 반칙이 아닌가.

"좋아요. 하지만 미리 이야기해 주었으면 해요. 오늘처럼 갑자기 준비하라고 하지 말고."

"스케줄이 있었나?"

"오늘은 다행히 없었지만 다음은 모르잖아요. 거절하면 기분 나빠할 거고요. 부탁해요."

"그러지."

식사가 끝나고 방을 나와 차로 향하는 서희의 눈동자가 소한정의 이모저모를 훑으며 분주했다. 고급스러운 실내도 실내지만 건물을 꾸미고 있는 정원도 아름다웠다. 곳곳에 정성을 많이 들인 흔적이 보였다.

맛있는 음식을 배부르게 먹고 나니 비쩍 마른 태철의 모습이 눈에 아른거렸다. 기회가 된다면 이곳에 데리고 오고 싶다. 소한정을 눈으로 살피다가 서희는 듬성듬성 놓인 돌다리를 헛디뎠다.

"아…… 앗!"

"최서희!"

몸의 중심이 앞으로 급격하게 쏠리며 우스꽝스러운 상황이 연출되기 직전이었다. 이대로 넘어졌다간 그에게 큰 추태를 보일 게 분명했다. 서희는 눈을 꽉 감았다.

하지만 각오했던 고통은 없었다. 넘어진 것 같지도 않았다. 그녀는 감았던 눈을 천천히 떴다. 눈앞에 바로, 강민의 얼굴이 다가와 있었다.

"괜찮아?"

"네? 아…… 네."

당황으로 치자면 그녀가 더하겠지만 강민의 얼굴도 불그스름하게 물이 들어 있었다. 영화 속에서나 나올 법한 장면이었다. 여자의 허리를 낚아채 품 안으로 당겨 안은 남자와 놀란 눈동자로 남자를 올려다보는 여자. 비디오 화면이 일순 정지한 것처럼 얼어붙어 움직일 수 없었다.

회사로 향하는 차 안 뒷좌석에서 강민은 참았던 숨을 길게 내쉬었다. 슬로비디오처럼 아까의 상황이 머릿속에 펼쳐졌다. 팔 안에 쏙 들어왔던 가는 허리와 따스한 체온, 물컹한 촉감, 놀라 휘둥그레진 눈동자, 그리고 당혹으로 물든 핑크빛 볼이 손에 잡힐 듯 아른거렸다. 시각뿐 아니라 촉각으로도 그녀를 접했으니, 어쩌면 그녀가 더 가까이 느껴질지도 모르겠다는 무시무시한 예감이 들었다.

이윽고 화들짝 놀라 부리나케 그에게서 멀어졌던 여자가 떠올랐다. 서희는 언제 그에게 안겼냐는 듯 자세를 고치고 옷매무새를 다시 단정히 했다. 당혹스러워했던 얼굴은 온데간데없었고 늘 그렇듯, 무심이란 가면을 쓰고 있었다. 그 얼굴을 보자마자 다시 불쾌해진 이유는, 대체 뭘까.

'부친 때문에 계약 결혼을 강행한 여자……. 정말 단지 그 이유 하나뿐일까?'

첫눈에 알아보았다. 서희는 강민과 비슷한 부류의 사람이었다. 타인보다는 스스로에게 엄격하고 손해 보는 일은 결코 하지 않는, 세상의 중심은 나라고 생각하는 이기주의자. 그렇기에 고민 없이 결혼을 감행했다. 하지만 결혼 생활을 시작하고, 몰랐던 그녀를 알아 가게 되면서 그는 머리 한구석에서 싹트는 의문을 외면할 수 없었다.

정말로 그 이유 하나 때문에 결혼을 한 걸까? 어쩌면 또 다른 이유가 있는 건 아니었을까? 의문은 꼬리에 꼬리를 물었다. 야금야금 그를 잠식하는 호기심을 억누르며 최대한 움직임을 자제하고 있었지만…….

그는 창밖을 바라보던 시선을 떼어 운전하고 있는 비서에게로 돌렸다. 깍지 낀 두 손을 마주 잡은 그의 얼굴엔 확고한 결심이 서 있었다.

"최서희에 대해 다시 알아봐. 결혼 전부터 자세히."

"알겠습니다."

냉정해 보였지만 그는 사실 사람에 대한 집착이 강했다. 그랬기에 오히려 정을 주는 데에 인색했다. 그게 이강민이라는 인간의 본질이었다. 고독을 즐기는 것도 사실이었지만, 한번 먹잇감을 물면 놓치지 않는 질긴 집착도 있었다. 여태는 그 대상이 일이었고, 물질이었으며 부하 직원이었다는 게 다행일 뿐. 하지만 그의 집착은 어느새 최서희에게로 옮겨 가 있었다.

서희는 그가 그녀에게 흥미를 느꼈음을 직감했다. 일순 마주친 눈동자에는 깊은 호기심과 흥미가 도드라져 있었다.

우려했던 일이다. 남자와 여자가 진정한 친구가 되는 것이 쉽지 않은 것처럼, 한집에서 성인 남녀가 남남으로 사는 것 또한 쉬운 일은 아니었다. 이 비정상적인 관계가 정상적인 관계가 되기 위해 누구 한 사람이 변하는 것은 시간문제일지도 모른다.

그가 그녀에게 흥미를 갖게 된다면, 가장 먼저 할 일은 무엇일까. 신중하고 앞뒤를 재고 나서야 덤비는 냉정한 사람이니 다음 행동을 유추하는 건 어려운 일은 아니었다. 아마 비밀리에 그녀의 뒷조사를 시작할 것이다. 결혼 전보다 더 철저하게.

꼬투리를 잡히지 않아야 했다. 단순히 체면과 위신 때문만은 아니었다. 그녀의 일에 그가 끼어들어 복잡한 일을 만들지 않길 바랐다. 지금 상황만으로도 충분히 머리가 터질 것 같았으니까. 누군가의 뒷조사라면 지긋지긋하게 지시해 본 그녀였다. 그들이 어디까지 알아낼 수 있는지, 알아내더라도 충분한 증거나 증인이 없다면 쉬이 발설하지 않는다는 것도 익히 알고 있었다.

강철의 집을 드나들 때도 주위를 경계하며 조심했었고, 연인 관계라는 사실도 주위에 숨겨 왔다. 그녀의 신변을 걱정한 그의 배려였다. 그는…… 평범한 사람이 아니었으니까. 그러니 강철에 대한 것은 쉽게 알아낼 수 없을 것이다.

“문제는 병원인데…….”

갑자기 병원을 그만둔 이유를 생각해 둬야 했다. 그가 납득하고 고개를 끄덕일 만한 그럴듯한 대답이 필요했다. 납득이 가지 않는다면 강민은 밑바닥까지 샅샅이 파헤치고도 남을 사람이었다.

골치가 아팠다. 그녀의 한숨이 무겁게 쏟아졌다.

7

잠에 빠져 있던 서희가 불현듯 번쩍 눈을 떴다. 아직도 사위가 어둑한 새벽이었다. 그녀는 무거운 몸을 일으켜 침대 위에 오도카니 앉았다. 밤새 흘린 식은땀이 차가운 공기와 만나 몸서리를 치게 만들었다. 몸이 부르르 떨렸다.

악몽은 아니었다. 강철이 꿈에 나왔으니 악몽이라고는 절대 할 수 없었다. 꿈에서조차 오랜만에 보는 얼굴이었다. 강철은 말없이 그녀를 내려다보았다. 눈빛이 어쩐지 답답해 보였다. 무언가를 말하려다 자꾸만 입을 달싹이기만 하고 도로 다물어 버린다. 정말 답답한 건 그녀였다.

'강철 씨, 무슨 말을 하고 싶은 거야. 뭐라고 말 좀 해 봐.'

소리치고 싶었지만 목소리도 나오지 않았다. 인천에 다녀온 이후, 한 발 한 발 진실에 다가서는 느낌이었다. 그래서일까, 오랜

만에 그의 꿈을 꾼 것은.

다시 잠을 청하길 포기한 서희는 옷을 갈아입고 크게 심호흡을 했다. 꿈에서 깨어나면 절반은 잊고 마는데, 그녀를 바라보던 눈빛이 의미심장해 쉽게 잊히지 않았다. 가슴이 너무나도 두근거렸다.

'내가 무엇을 놓친 거지?'

그는 사실 무언가를 전해 주기 위해 그녀의 꿈에 나타난 것은 아닐까?

그녀는 카디건을 걸치고 아래층으로 내려와 커피를 만들어 창가로 걸어갔다. 생각을 정리하고 싶었다. 따뜻한 커피를 한 모금 삼키자 멍했던 정신이 천천히 되돌아왔다. 그의 행방불명, 실종. 다른 사람들도 모두 연락이 두절되었다. 그리고…… 그가 하던 일, 친구, 그의 주변인.

친구.

그를 유난히 따랐던 정이수, 구상본, 황기정, 박상식……. 그들 모두가 그녀의 머릿속을 스치고 지나갔다. 그들은 강철이 사라지고 그가 하던 일을 도맡았다. 강철이 속한 세계는 그녀의 세상과는 전혀 달랐지만 같은 점도 분명 있었다. 이권도, 힘도, 권력도 분명 존재했다.

지금까지는 그들에게 별반 신경 쓰지 않았던 것이 사실이다. 형제처럼 지냈던 그들을 의심하는 것만으로도 죄를 짓는 것 같아 의식적으로 피했다. 그가 누군가에게 피해를 입었다면 그건 당연히 강철을 적대시하고 그의 이권을 노린 다른 집단일 거라고 단정했다.

'그런데 만에 하나 그게 아니었다면?'

한동안 그녀를 도와 강철을 찾는 데 도움을 주던 그들이었지만 생계가 막막해지자 하나둘 그렇게 멀어져 갔었다. 원망은 하지 않았다. 그녀처럼 그들이 절실할 리 없을 테니까.

뇌 속을 파고들어 그 안을 야금야금 갉아먹는 의심은 그녀를 잠 못 이루게 만들었다.

서희는 아침이 밝자마자 송 형사에게 전화를 걸었다. 지체할 시간이 없다고 생각했다.

"네, 송 형사님. 설득이 힘들다는 건 알아요. 그 사람은 아직도 모습을 감춘 채인가요? 네, 여유를 갖고 기다리겠습니다. 밀항은 물론, 완벽하게 신분 세탁까지 보장해 주겠다고 하세요. 그런데, 저…… 하나만 더 부탁해도 될까요? 정이수와 구상본, 황기정, 박상식, 기억하시죠? 네, 맞아요. 그들이 지금 어디서 무얼 하고 있는지만 알려 주셨으면 해요. 부탁드려요."

잠도 제대로 자지 않고, 식사를 거르기까지 했는데도 이상하게 안개가 걷힌 듯 시야가 넓어졌다. 복잡하게 얽힌 거미줄을 걷어 내고 밑그림을 들여다보았다. 의심일 뿐이라면 다행이겠지만, 혹시라도 배신이 먼 곳이 아니라 가까운 곳에서 이뤄진 것이라면…….

"누나?"

서희를 깊은 상념에서 꺼낸 것은 태철이였다. 태철은 오늘부로 서희의 정식 경호원이 되었다. 강민이 워낙 탐탁지 않아 하는 것 같아 어려운 것은 아닐까 걱정했는데, 그는 군말 없이 서희의 결정을 들어주었다.

"아…… 그래."

"무슨 생각을 그렇게 해요?"

"아냐 아무것도."

태철은 걱정스러운 얼굴로 서희를 바라보고 있었다. 서희는 얼른 웃는 얼굴로 태철을 마주 보았다. 걱정하게 만들고 싶지는 않았다. 태철에게까지 이런 의심을 하게 만들고 싶지도 않았다.

"참, 태철아."

"네."

"불편하겠지만, 앞으로 밖에서 호칭은 사모님이라고 하는 게 좋겠다. 내 남편…… 이강민, 그 사람이 누구인지는 알지?"

"그럼요. 어떻게 모르겠어요."

태철은 씁쓸한 듯이 웃었다. 그는 큰 그룹의 후계자다. 모를 리 없었다. 게다가 다른 누구도 아닌 서희의 남편이 아닌가. 태철 역시 이 소식을 듣고 적잖은 충격을 받아 그에 대해 알아보았다. 줄줄이 쏟아져 나오는 이력은, 태철의 형 강철과는 비교도 할 수 없는 사람이었다.

"그 사람이 네게 이것저것 캐물을지도 몰라. 머리가 좋은 사람이니까 유도 신문에 넘어가지 말고 필요한 대답만 해. 나머진 내게 맡기고."

"……괜찮아요?"

검은 눈동자가 서희를 직시하고 있었다. 깊고 깊은 눈동자. 강철을 닮은 깊고 검은 눈동자. 딱딱한 가면에 가려진 안타까움이 그 눈동자 안에서 흔들리고 있었다. 강철을 축소한 듯 작고 어렸던 남자아이가 어느새 그녀를 걱정할 만큼 자라 버렸다. 한층 더 그를 닮아 가는 어른의 눈동자로 이 웃지 못할 상황을 이해하며 순수하게 그녀를 걱정해 주고 있었다.

"괜찮아, 까짓거 죽기밖에 더하겠니?"

서희가 긴장으로 굳은 태철의 어깨를 툭툭 두드려 주었다. 장난스러운 말투였지만 그 안에 담겨진 마음을 모르지 않았다.

이것으로 당당히 태철에게 도움을 줄 수 있다는 생각만으로도 기뻤다. 자존심 빼면 시체였던 강철의 외모뿐 아니라 성정까지 빼다 박은 동생이었다. 서희에게 특별한 것도 당연했다. 태철이 웃으면 강철이 웃는 것처럼 가슴이 따뜻해졌다.

전공과목을 제외하고는 될 수 있는 한 강의 시간을 조정해 내일 다시 오겠다며 버스 정류장으로 걸어가는 태철의 뒷모습을 그녀는 한참 동안 바라보며 서 있었다.

⁂

강민은 책상 위에 놓인 보고서와 사진을 앞에 두고 눈동자와 머리를 동시에 굴리고 있었다. 놈을 바라보는 눈빛이 거슬렸다. 꼭 집어 뭐라고 단정할 수는 없었지만 여러 가지 복합적인 감정이 눈 안에 가득 담겨 있었다. 계약 결혼으로 얽매인 사이니 무시하면 될 일이지만, 아예 몰랐으면 모를까, 알고 있는 이상 완전히 무시할 수 없었다. 그 점이 그를 더욱 못마땅하게 만들고 있었다.

"빌어먹을 여자 같으니, 원래 이렇게 웃음이 헤펐나?"

굳이 저 새파랗게 어린 남자를 잘생겼다는 이유를 들먹이며 고용해 염장을 지르더니 결국 이렇게 속을 홀라당 뒤집어 놓는다. 정략결혼을 한 친구들이 아무리 명목뿐이라도 살아 봐라, 절대 무시할 수 없다, 아마 극한의 인내심을 체험하게 될 거다 하고 낄낄대며 호언장담했던 것을 콧방귀 뀌고 무시했던 그였다. 하지만 막상 닥쳐 보니 정말 쉽게 모른 척할 수가 없었다.

그는 마음속으로 참을 인 자 다섯 번 되뇌고 서희에게 전화를 걸었다.

"나야."

— 네.

"당신이 고용한 경호원과 함께 있나?"

— 알면서 왜 물어요?

"뭐?"

— 사진도 찍고 보고서도 올라갔을 텐데, 궁금한 게 뭐예요? 신상명세서라도 드릴까요?

항상 조심하고 주위를 살피는 게 습관이었던 그녀다. 그가 붙여 둔 사람에 대해 눈치채는 것도 아주 이상한 일은 아니었다. 돌려 말하고는 있지만, 계약 조항에 대해 어기지 말라고 다시 한번 엄포를 놓는 것이나 다름없었다. 그녀를 미행하거나 사람을 붙이지 않는다는 조항에 흔쾌히 그러겠다고 한 건 그였는데. 그는 밀려오는 민망함에 고개를 숙이면서도 목소리를 가다듬어 평정한 척했다.

"준다면 좋겠지. 불필요한 시간도 줄일 테고. 그래도 내 아내의 경호원인데, 이력서 하나만 믿고 맡길 순 없지 않겠어?"

— ……알았어요, 그렇게 할게요. 그리고 다시 한번 말해 두는데 사람 붙이지 말아요. 한 입으로 두말하는 거 싫으니까.

잘났다, 최서희. 아주 잘났어. 감히 이강민에게 이래라저래라 훈수 둘 수 있는 건 이 세상에 저 여자 하나뿐일 거다.

"원래 알고 지내던 사이 같던데, 어떻게 알게 된 거지?"

— 병원에서 근무할 때 치료해 준 적이 있어요.

무덤덤한 목소리였다. 강민은 그녀가 사명감이 투철한 의사였으리라 짐작했다. 무슨 일이든지 대충하는 성격은 아니니까. 그와의 계약 결혼에 있어서도 약속한 의무만큼은 성실히 이행하고 있지 않은가. 그런데 대체 왜 도중에 그만둔 것일까. 선진화학 민규진 사장이 일개 레지던트였던 그녀를 기억할 정도라면 뛰어난 인재였을 텐데, 대체 왜…….

"사장님, 약속 시간 다 되었습니다."

"병원을 그만둔…… 아니, 다음에 이야기하지."

비서가 다가와 바이어와의 미팅 시간이 다 되었음을 알렸다. 그제야 그는 생각이 너무 길어졌음을 깨달았다.

— 일 보세요.

그가 무어라 말도 하기 전에 발칙한 아내가 전화를 끊었다. 그보다 먼저. 눈치도 더럽게 빠르더니, 청력은 동물 수준이다. 중요한 걸 방금 놓친 것 같은데 뭐였지? 하지만 강민은 밀려드는 업무와 할 일에 파묻혀 고갤 치켜든 작은 의문을 깡그리 잊어버렸다.

그에게 당황한 모습을 보이지 않아 다행이었다. 전화를 끊은 서희는 태철과 관련된 일에 대해 완벽을 기하기로 했다. 어디서 언제 만났는지, 어떻게 다시 이어진 건지, 왜 하필 그를 경호원으로 채용한 건지. 완벽한 시나리오를 짜 두어야 했다. 기승전결이 확실한 소설처럼 그가 납득하고 고개를 끄덕일 만한 완벽한 시나리오가 필요했다.

하지만 서희는 가장 큰 실수를 범하고 말았다. 너무나도 완벽한 이야기는 도리어 부자연스럽다는 것을, 그녀는 알지 못했다.

꼭 쥐었던 주먹을 펴자 달아난 인생. 우리가 손잡고 거닐던 산책로, 쑥스러워 마주치지 못했던 영혼, 깜박이는 가로등처럼 이리저리 흔들리던 가슴, 깍지 낀 두 손에서 전해지던 뜨거운 진심. 춥고 긴 겨울이 계속되리란 걸 알았더라면, 잔영만 남아 흔적을 오랫동안 쫓을 줄 알았더라면 용기 내 볼 것을. 시간은 이렇게 회한만을 남긴 채 제자리에서만 맴돌았다.

❀

파티는 지루하고 신경 써야 하는 일이 많은 괴로운 자리긴 했지만 이강민의 아내로 호적에 이름을 올린 이상 최소한의 의무는 이행해야 옳았다. 적당히 웃어 주고 적당히 상대하고 적당히 치고 빠지면 되는 일이었다. 상류층 자제로 자란 것은 그녀 역시 마찬가지였다. 이런 자리를 불편한 것은 사실이나, 자리를 지키지 못하고 뛰어나갈 정도는 아니었다.

호기심과 관심, 가끔은 적의로 똘똘 뭉친 다양한 질문들이 오고 갔지만 서희는 흠이 잡힐 만한 말도, 행동도 하지 않았다. 그런 그녀가 안심이 되었는지 강민은 그녀 곁을 떠나 다른 이들 사이로 섞였다. 그는 파티 안에서도 가장 바쁜 사람이었다.

서희는 파티가 끝나고 집으로 귀가할 때가 다 되어서야 남편과 다시 말을 섞을 수 있었다.

"힘들지 않았어?"

웬일로 그가 그녀에게 따스한 말을 건넸다. 순간 스치듯 지나가던 농염한 몸매의 여자가 서희의 머릿속에 떠올랐다.

"강민 씨가 더 힘들었겠죠."

"무슨 소리지?"

아차, 싶었지만 이미 뱉은 말을 주워 담을 수도 없는 노릇이기에 그녀는 말을 돌리지 않고 그에게 질문했다.

"이혼하고 싱글이 되었다는 서희수 씨 말이에요. 당신에게 찰싹 붙어 떨어질 줄 모르던데요."

"신경 쓰이나?"

"뭐, 조금."

여하튼 이 여잔 항상 예측 불허였다. 다른 여자의 이름을 입에 올린 것도 의외인데 대놓고 물어볼 줄이야. 하지만 기분이 나쁘지는 않았다. 아니, 오히려 조금 좋은 것도 같았다.

"신경 쓰지 않아도 돼. 사업상 내치지 못할 뿐이니까."

그의 대답에 서희가 비웃는 듯 바람 빠지는 소리를 내며 웃었다. 웃긴다. 사업상이라니. 그냥 대놓고 미녀가 제게 치근거리는 게 즐겁다고 하면 어디가 덧나는 것도 아닌데. 아무것도 아닌 일처럼 포장해 멋있는 척을 한다. 그의 허세는 알아줘야 했다.

"오해할까 봐 말해 둘게요. 당신이 알아서 처신을 잘하겠지만, 내가 입방아에 오르내리지 않게만 해 주면 상관없어요. 당신도 남자일 테니까."

"그건…… 무슨 뜻이지?"

"제2항, 부정행위를 하지 않는다. 기억하죠? 이 조항, 어떻게 보면 당신에게 무척 불리한 조항이었잖아요. 혈기가 왕성하고 지극히 정상적인 남자에겐 잔인할 정도로."

알고 있으니 다행이었지만 은근히 기분이 나빠진 강민은 다리를 꼬고 앉아 여자가 하는 발칙한 말을 경청하다 대꾸했다. 들키지 않게 마음을 다잡는다고 다잡았는데, 본의 아니게 목소리가 퉁명스럽게 나가고 말았다.

"불륜을 저질러도 눈감겠다는 말로 들리는데?"

"들키지 않을 자신 있다면요."

"이봐."

강민은 더 들어 줄 수 없는 황당무계한 말을 종알대는 서희의 입술을 무언가로 틀어막고 싶었다. 아무리 무늬만 남편일지라도 바람을 권장하다니, 제정신인가. 대놓고 난 너에게 관심 없고 몸 뚱일 진상할 생각 없으니 딴 데 가서 욕구를 채워라, 이 말 아닌가. 그녀에게 관계를 강요할 생각은 추호도 없었지만 저런 이야기를 듣는 것은 완전히 다른 문제였다.

'하! 날 뭘로 보고.'

부글대는 화를 티 나지 않게 억누르며 그는 창밖으로 시선을 돌렸다. 그러지 않으면 저 작은 머리통을 잡아 딱밤이라도 때려야 직성이 풀릴 것 같았다. 전엔 여자를 때리는 지질한 남자들을 이해하지 못했다. 오죽 사내놈이 못났으면 제 여자를 때릴까 생각했었다. 그런데 조금은 이해 가능한 지금 상황이 저도 기가 막혔다.

말간 얼굴로 빳빳하게 고개를 쳐들고 계약 운운하며 바람까지 몰래 피워도 좋다 말하는 저 여잘 어쩌면 좋을까. 어깨를 흔들어 다시는 저런 말을 못 하게 만들어야 하나. 아님 고함을 쳐서 겁을 먹게 만들까. 아니면…….

"후우, 후……."

강민의 이마를 덮는 머리칼이 내쉬는 날숨에 의해 젖혀졌다 다시 원상 복구가 되었다.

그녀의 자극에도 쉽게 넘어오지 않는 그가 얄밉기도 했지만 무던한 그의 인내심에 박수를 쳐 주고도 싶었다. '이래도 덤덤할 수 있을까?' 하는 억하심정이 그녀로 하여금 어처구니없는 말을 뱉어 내게 만들었다.

질질 끌려다니는 생활이 힘들었고 억지웃음이 피곤했다. 아무리 계약 조항에 쓰인 일이라고는 해도 정도가 심했다. 계약을 한 건 피차 마찬가지인데 의무를 이행하는 데 있어서 왜 그녀가 하는 일이 더 많아야 하는지. 억울하다는 생각과 원망이 그녀도 모르는 사이에 잠재해 있던 모양이었다.

피곤하지 않느냐는 질문에 괜찮다고 한마디만 했으면 될 일을 크게 만들고 말았다. 그의 심기는 또 불편해진 것 같았다. 그녀도 긴 한숨을 내쉬며 반대쪽 창으로 시선을 피했다.

'흐응, 그래도 싫다는 소린 안 하네.'

그녀가 먼저 권한 일임에도 강민이 확실하게 거부하지 않자 앞뒤 맞지 않는 이유 모를 감정이 차곡차곡 쌓였다. 혼자였을 땐 제게 이런 감정이 존재하는지 몰랐다. 모난 감정이 갈수록 더 비죽비죽 가시처럼 솟아 나왔다.

강민은 반대편 창으로 고개를 돌린 서희의 뒤통수를 보며 그녀를 제 방식대로 바꾸기로 마음먹었다. 그녀라면 웬만한 겁박은 당연히 통하지 않을 것이고, 신랄한 멸시에도 코웃음만 치며 덤벼들게 뻔했다. 충분히 그러고도 남을 여자였다.

고민 끝에 내린 결론은 하나였다. 그녀의 생각과 상상을 뛰어넘는 것. 그녀가 그를, 멋있는 남자로, 놓치고 싶지 않은 남자라고 생각하게 만드는 것.

그는 단 한 번도 신경 쓰지 않았던 여자에게 남자가 멋있어 보이는 방법들을 떠올렸다. 일하는 남자가 멋있다고 했던가. 아니, 아니야. 운전을 하는 남자가 멋있다고 하던가?

확실하지도 않은 인터넷에 떠도는 그런 방법에 매달리는 남자들이 한심하다고 생각했는데, 그녀 한 사람으로 인해 강민은 점점 변하고 있었다.

⁂

남편 이강민은 의외의 인물이라고 칭할 수밖에 없었다. 서희는 갑자기 회사로 나오라는 그의 전화, 아니 지시에 황당해하고 있었다. 처음 있는 일이었다. 차갑고 무심한 가면을 쓰고 있었지만 가슴에 불을 품은 위험한 남자다. 그래서 되도록이면 그를 자극하지 않고 주의를 끌지 않으려 노력하고 있던 참이었다. 그런데 왜…….

누군가와 한 공간에 머물며 함께 지내는 일은 생각한 것보다 훨씬 에너지가 많이 소비되는 일이었다. 기다림과 인내에는 이골이 나 있는 그녀였지만 그래도 인간이기에 불편한 이 상황이 지치고 힘들었다. 서희는 곰곰이 생각을 정리하며 혹여나 그에게 실수했던 일은 없는지 하나둘 되짚어 보았지만 딱히 떠오르는 게 없었다.

'부부 동반 모임에도 군말 없이 참석했고, 회사 기념일에도 사이좋은 부부처럼 행세했는데……. 설마 그날의 일을 아직도 신경 쓰고 있는 건 아니겠지.'

바람을 피워도 된다는 말에 미간을 좁히던 그가 떠올랐다. 하지만 다시 생각해도 그게 그의 심기를 크게 거스르는 일인지에 대해서는 의구심이 들었다.

그의 지시에 따라 회사로 나온 서희는 입을 다물고 30분째 그저 소파에만 앉아 있었다. 아니, 1시간 30분이 맞다. 1시간은 그가 회의에 참석해 자리를 비우고 있었으니까. 회사로 부른 것은 자신이면서 그는 소 닭 보듯 서희를 힐긋 한 번 쳐다보고는 그녀의 존재를 잊은 사람처럼 책상에 앉아 서류를 검토하는 데에 열중했다.

대체 저 남자, 지금 뭐 하자는 거지? 장난하는 건가? 아니면 벌을 세우는 건가? 대체 무엇 때문에. 다음에 오겠다고 일갈하고 빠져나갈 수도 있는 일이었지만 이곳은 집이 아니었다. 밖에 있는 그의 비서들이 그녀의 행동에 대해 어떻게 생각할지 모르는 일이다. 아마 그도 그걸 알기에 저렇게 행동하고 있는 거겠지.

'어디 누가 이기나 보자.'

그녀는 그저 두 손을 모으고 눈을 내리깐 채 있는 듯 없는 듯 조용히 앉아 있었다.

그렇게 회사에 온 지 두 시간이 지났다. 유치하기 짝이 없는 기싸움이었다. 사실 말이야 바른 말이지, 두 사람의 결혼 자체가 코미디 아닌가. 무슨 짓을 해도 우스운 상황인 것은 확실했다.

비서가 내준 따스한 보리차를 마시던 차에, 묘한 소리가 그녀의 귓속을 파고들었다.

흐, 으윽.

심상찮은 신음 소리에 서희의 눈동자가 강민을 향했다. 가슴을 붙잡고 괴로워하는 모습이 낯설었다.

"강민 씨?"

"……윽."

"이봐요, 어디 봐요. 어디 아파요? 여기요?"

그녀가 서둘러 그에게 다가갔다. 옷 위로 명치 부분을 누르자 고통스러워하는 신음 소리가 터져 나왔다. 얼굴색도 점점 더 파랗게 질려 가고 있었다.

"비서를……."

"아냐. 자주 있는 일이야 그러니까 부르지…… 마."

이해할 수밖에 없었다. 그의 일거수일투족은 세간의 관심이었고, 건강 상태는 특히나 조심해야 하는 일이었다. 그라고 적이 왜 없겠는가. 서희는 부친이 병을 드러낸 직후 어수선해졌던 회사를 아직 기억하고 있었다. 그래서 그의 말을 빠르게 알아챘다. 주치의를 집으로 부르면 되는 일이었지만 당장 응급 처치가 필요한 상황이었다.

"잠시만요."

식은땀이 송골송골 맺힌 이마를 티슈로 닦아 낸 후 그녀는 강민의 목을 죄던 넥타이와 와이셔츠 단추를 풀어 버렸다. 그러자 혈액 순환이 되는지 아까보다는 조금 혈색이 좋아진 것 같았다.

"물 좀 마셔요. 위경련 같아요. 따스한 물을 마시면 좋아질 거예요. 혹시 토할 것 같아요?"

"아니, 괜찮아."

다행히 진정되고 있는 모양이었다. 여전히 안색이 좋지 않았지만 아까처럼 괴로워하지는 않았다. 토기까지 있으면 당장 진찰을 받아야 했다.

자리를 옮긴 강민이 소파에 길게 누웠다. 서희는 빠른 판단으로 비서실에 두 사람을 방해하지 말라는 지시를 내려 두었다. 그들이 어떤 상상을 할지 모르겠지만.

"어때요?"

"좀 나아."

"자주 있었죠? 이런 일."

강민은 답이 없었다. 알 만했다. 그처럼 일에 매진하는 사람이 건강 관리에 철저할 리 없었다. 서희의 부친도 그랬다.

"위경련 우습게 여기면 안 돼요. 병을 알리는 전조니까. 불규칙한 식습관과 스트레스가 원인이란 것도 알고 있을 거예요. 위에 자극이 심한 맵고 짠 음식과 술도 자제해야 하고요. 가능한 물을 자주 마시고 규칙적인 스트레칭으로 근육을 이완시켜 주세요."

"그러고 있으니 꼭 의사 같군."

최서희가 꼭 물 만난 고기처럼 말을 뱉어 내고 있었다. 제법 의사 같은 모습이다. 몸은 고달팠지만 처음 보는 생기 넘치는 그녀의 모습에 기분이 좋았다. 상태는 조금 호전되었지만, 그는 아직도 간간이 앓는 소리를 내뱉고 있었다.

"안 되겠어요. 집으로 가요. 주치의를 부르면……."

"밖에서 궁금해 죽겠다는 사람들에게 뭐라고 할 거지?"

"네? 그건……."

"신혼인 부부가 방해하지 말라며 들어오지도 못하게 하더니, 한 번도 정시에 퇴근하지 않던 내가 지금 당장 귀가하겠다고 하면 십중팔구 야한 상상을 할 게 틀림없는데, 상관없나?"

"뭐예요?"

그녀의 얼굴이 약간 달아올랐다. 어쩜 이렇게 아귀가 맞아떨어지는지. 얄미운 건 그의 말에 반박할 수 없다는 점이었다. 그런 상상을 할 리 없다고 잡아뗄 수 있다면 더할 나위 없이 좋을 텐데, 그녀가 생각해도 의심쩍은 상황이었다.

"그럼 어떻게 해요?"

"우선 나가지. 물론 집 말고."

그러고 보니 그가 그녀를 회사로 오게 한 이유를 묻지 않았다는 게 생각났다. 그는 이제야 겨우 조금 움직일 만한지 자리에서 일어나 차를 대기시키라고 지시했다.

"잠시만요. 그…… 와이셔츠 단추가 잠기지 않았어요."

"응? 아아……."

큰일 날 뻔했다. 저런 흐트러진 모양새로 나갔더라면……. 아, 정말 미치겠다.

강민을 따라 도착한 곳은 회사 근처에 위치한 공원이었다. 평일이라 그런지 인적이 드물었다. 화려한 레스토랑도 아니고 백화점도 아니고 공원이라니. 예상치 못한 장소 선택에 서희는 적잖이 당황했다. 두 사람은 말 그대로 길을 걷고 있었다. 시원한 공기를 마셔서 그런지 강민의 얼굴은 한결 나아 보였다.

"처음부터 이곳에 오려고 했던 건 아니죠?"

위경련 때문에 바람을 쐬기 위해 온 거라고 미루어 짐작했지만 강민의 대답은 뜻밖이었다.

"아니, 이곳에 오려고 했던 거 맞는데. 처음부터 당신이랑 오려고 했어."

"……왜요?"

"말들이 많아. 공식 석상에 참석해 보여 주고는 있지만 더 다정한 모습을 연출해야 한다고 생각했어. 생각보다 우리 두 사람의 결혼 생활이 어떤지 궁금해하는 사람들이 많거든."

갑자기 바람 빠진 풍선처럼 기운이 빠졌다. 마음속에 찬 공기가 서늘했다. 결국 보여 주기 위한 연극이라는 소리다. 계산된 행동이라는데, 왜 서운한 마음이 드는지. 그저 계약된 결혼일 뿐이고 그의 말은 무엇 하나 틀린 점이 없었는데. 혹시나 하는 기대를 역시나 낮춰 주어 황송할 따름이었다.

남자의 구둣발 소리와 여자의 하이힐 소리가 번갈아 났다. 이런 면조차 맞지 않아 도리어 헛웃음이 나왔다. 서희의 얼굴이 평소처럼 가면을 둘러쓴 듯 표정 없이 어두워지고 딱딱해졌다.

그녀는 뒤따르는 경호원들에게서 애써 신경을 떼어 내며 오늘따라 높고 푸른 하늘로 시선을 옮겼다. 하늘을 올려다본 것이 언제였는지 기억조차 나지 않지만, 볼을 스치는 시원한 바람 덕분에 어두웠던 마음이 조금 가벼워졌다.

혼자 있는 게 자연스럽고 편했다. 혼자선 누군가와 부딪치거나 상처를 주거나 말싸움할 일도 없고, 누군가를 미워하거나 싫어할 수도 없었다. 상처 입거나 피해 의식에 젖지 않아도 된다. 외롭고 쓸쓸할 때도 많았지만 불만은 없었다. 그런데 그가 자꾸만 자신의 삶 속으로 파고든다. 혼자보다 함께하는 길이 힘들지 않다며 유혹한다.

이렇게 그에게 젖어 들까 두렵다. 하지만 바람결에 흔들리는 갈대처럼 여자는 바람 부는 방향대로 하늘하늘 따라 흔들린다. 외로운 고독에서 이제는 빠져나와 누군가에게 의지하고 싶다. 그윽한 향기에 취해 이대로 현실 앞에 타협하며 눈 감고 싶다.

조금만 더, 조금만 더. 그렇게 자신을 채찍질해 온 그녀가 잠시 아주 잠시 현실을 잊고 흘러가는 시간 앞에 무릎 꿇었다. 머릴 비우고 길을 걷고 있었다.

8

"뭐예요? 내가 왜 당신 출장을 따라가요?"

그녀의 의사는 묻지도 않고 강민이 던진 말에 서희가 목소리를 높였다. 황당하기 짝이 없었다. 이렇게 갑자기, 출장에 따라오라니. 당황해 길길이 날뛰는 서희와는 달리, 그는 그녀의 반응을 예상이라도 한 듯 아무렇지도 않은 표정으로 출근 준비를 하고 있었다.

"당신이 필요해."

"무슨 말이에요?"

"위경련 말이야. 아직 상태가 좋진 않아. 통증도 있고."

"……약 먹고 있잖아요. 주치의를 동반하면……."

"그럴 수 없다는 거 알잖아."

"미안해요. 난 안 가요."

그는 4박 5일 일정으로 제주도 출장이 잡혀 있었다. 처음 이야기를 들었을 때 그녀는 자신만의 시간을 가질 수 있다는 생각에 조금 기뻐했다. 아직 해결되지 않은 강철의 일도 있었고 태철이에게도 조금 더 신경 써 줄 수 있을 것 같았다. 그런데 이게 대체 무슨 마른하늘에 날벼락인지. 그의 몸 상태가 마음에 걸리지 않는다는 건 거짓말이었지만, 그녀는 단호했다.

"강제할 수 없다는 거 알아. 하지만 후폭풍을 감당할 수 있을지 모르겠군."

뭐? 후폭풍이라니?

"위경련, 어머니에게 알리면 당장 본가로 들어오라고 하시겠지. 합가하면 당신, 곤란해지지 않겠어?"

당연히 곤란했다. 아니, 말도 안 되는 소리였다.

"미쳤어요?"

"혹시 모르잖아. 또 그런 일이 생길지."

물에 빠진 사람 구해 줬더니 보따리 내놓으라 한다더니, 딱 그 짝이다. 그의 얼굴은 미묘하게 즐거워 보였다. 그게 더 얄밉고 열이 받았다.

"사양할게요."

"사양은 사양하겠어."

"이강민 씨!"

*

결국 그녀는 울며 겨자 먹기로 제주도에 끌려오고 말았다. 급하게 오느라 짐은 단출했다. 여장을 풀다 방을 돌아본 서희는 한숨을 푹 내쉬었다. 하얏트 호텔의 상층 프리미어 룸은 바다가 넓게 보이는 방이었다. 침실이 두 개 있어 그가 선택할 법한 방이었다.

제주도의 바람이 갑갑한 속을 어느 정도 식혀 주고는 있었지만 서희는 끈질기게 달라붙는 의구심을 산뜻하게 떨치지 못하고 있었다.

'대체 뭐 하자는 건지. 뭘 원하는 걸까. 아니, 내가 지나치게 예민한 건가?'

그래, 생각이 너무 많은 것도 죄다. 강민의 일거수일투족에 모두 의미를 부여할 필요는 없었다. 하지만 무시할 건 무시하자 생각하면서도 돌발적이고 즉흥적인 그를 도무지 이해할 수 없었다. 출장에 아내를 동반해야 할 이유가 대체 무엇인가. 오히려 일에 집중하지 않는다고 구설수에 오를 수도 있는 일이었다.

진짜로 몸 때문인가. 사실은 그녀가 생각하는 것보다 더 아픈 게 아닐까, 하는 의심이 들었던 것도 사실이다. 하지만 기어코 제주도로 향하는 비행기 옆자리에 그녀를 앉힌 강민이 만족스러워하자 이유가 단순하지 않을지도 모른다는 생각이 들었다. 정말로 몸이 안 좋았다면 그녀가 아니라 입이 무겁고 실력이 좋은 그의 주치의를 몰래 대동시켰을 것이다.

"혼자 있어도 괜찮나?"

"네."

"혼자 나가지 않았으면 해."

경호원을 대동하고 나가라는 얘기였다. 태철은 서울에 남았다.

이 불편하고 귀찮은 상황에 태철을 끌어들이고 싶지 않았다. 아직 강민의 가까이에 태철을 두고 싶지 않기도 했다. 곱지 않은 시선을 고스란히 받을 게 뻔했다. 오감이 그를 멀리하라 알려 준다. 무심한 척, 태연한 척을 가장해도 서희 역시 그와 그녀가 비슷한 부류라는 걸 진즉 눈치채고 있었다.

그녀에게 혼자 행동하지 말라고 신신당부한 강민은 룸 밖으로 나섰다. 약속된 장소로 이동하는 발걸음이 빨랐다. 사실은 지체할 시간이 없었다. 그러곤 그에게 인사하는 경호원에게 다시 한번 주의를 시켰다.

"눈치채지 않게 따라붙어. 불편한 건 없는지 살피고."

"네, 알겠습니다."

강민은 차에 올라 팔짱을 낀 채 창밖을 바라보았다. 기습 공격이었다. 자신도 이해하지 못할 즉흥적인 일이었다. 그녀를 꼭 제주도로 데리고 와야 하는 이유는 어디에도 없었다. 부부 동반 모임이 있기는 했으나 필수는 아니었고, 그녀가 싫다고 한다면 굳이 데리고 가지 않을 생각이었다. 심지어는 그녀를 데리고 와 뭘 어떻게 할지 구체적인 계획을 세우지도 않은 상황이었다.

개가 웃을 일이다. 단 한 번도 사업과 무관하게 일을 처리한 적 없었고 샛길로 빠진 적도 없었다. 여태 살아오며 그랬고 앞으로도 그럴 생각이었다. 그는 늘 멀리 보며 행동했다. 결혼도 미래를 생각해 감행한 것이었다. 그런데…… 함께하는 시간이 길어지고, 대화를 주고받으며 그가 가진 지독한 면을 그녀도 가지고 있다는 공통점을 발견할 때면 반갑기도 했지만 동시에 소름이 끼쳤다.

강민은 얼마 전 그에게 전해진 보고서를 떠올렸다. 최서희가 살아온 이력이 몇 장의 종이에 모조리 적혀 있었다. 따로 지시하지 않았건만 성격과 적성 파악은 물론, 주변인들이 말하는 그녀에 관한 평가도 첨부되어 있었다. 딱히 눈길을 끌 만한 이야기도 사정도 없었다. 오히려 그게 더 이상했다. 보고서는 기승전결이 완벽한 소설 같아 비현실적이기까지 했다.

'너무 완벽해. 정말 이상하단 말이지. 최서희, 대체 뭘 숨기고 있는 거지?'

범죄자는 알리바이를 증명하기 위해 오히려 지나친 완벽을 기한다. 그와 비슷한 기시감이 그녀에게서 느껴졌다. 그는 일생을 완벽한 인간으로 살아왔다. 그래서 도리어 질리도록 완벽한 스토리가 주는 부자연스러움에 민감했다.

갑자기 제주도에 오기 전, 허둥거렸던 서희의 모습이 떠올라 그의 입가에 희미한 미소가 스쳐 지나갔다. 단순한 호기심일지도 모른다. 아니면 그를 없는 사람처럼 취급하는 그녀가 못마땅해서일지도, 단순히 여자를 향한 끌림일지도, 혹은 비슷한 동류를 만나 반가워서일지도 모르겠지만 호텔에 그를 기다리는 누군가가 있다는 생각만으로 그는 기분이 들떴다. 나쁘지 않았다. 이 상황을 즐기고 있는 자신이 생경했지만 기분 좋은 낯설음이었다.

구불구불한 길을 지나면 시야가 확 트이는 대로가 나타난다. 대로 끝에는 오르막길이 자리하고 있었다. 너무 험난해 더 이상

가지 않겠다고 주저앉으면 기대를 높여 주는 샛길이 보였다. 혹시나 저 길 끝엔 목적지가 있지 않을까, 희망이 기다리고 있지 않을까. 무거운 발걸음으로 앞으로, 앞으로 내딛는다. 하지만 돌고 돌아 서 있는 곳은 결국 제자리다. 속았다고 깨달았을 땐 등 뒤로 이미 걸어온 머나먼 길이 펼쳐져 있었다. 되돌아갈 수 없는 애매함에 헛웃음이 절로 나온다.

돌아가기보다 앞을 향해 가는 게 낫겠다는 믿음 하나로 오늘도 정처 없이 길을 걷고 있다. 포기하지 못하고, 미련을 버리지도 못하고 한자리만 맴돌며 잡히지 않는 그리움을 붙들고 세월은 속절없이 흐른다.

허기가 밀려왔다. 먹을 것으로는 채워지지 않는 허기다. 그 사람에 대한 희구. 기억에서만 존재하는 인연에, 가슴 아프고 긴 밤바람같이 사라져 버린 인연에 그리움은 점점 형체를 갖춘 원망으로 뭉쳐 가고 있다.

'두려워, 강철 씨. 당신을 그리워하는 건지 찾지 못해 집착하는 건지, 이젠 확신이 들지 않아. 변해 가는 감정이 무섭고 점점 무덤덤해지는 내가 마음에 들지 않아. 미안해. 이 정도밖에 되질 않아서. 영원히 돌아오길 기다리는 해바라기가 아니라서 정말…… 미안해. 2년이야, 앞으로 2년. 당신이 나타나지 않으면 난 내 삶으로 돌아갈 거야. 나를 잃어버리기 전으로. 내가 나였던 그때로.'

파도 소리가 청량했다. 서희는 흔들리는 마음을 애써 다잡았다. 울고 싶지 않아 눈에 힘을 주었다. 약해지는 스스로가 싫으면서도 인정하지 않을 수 없어 더 괴로웠다.

그때, 그녀의 산책에 동행한 경호원이 조심스레 말을 걸어왔다.

"저, 사모님."

"……무슨 일이죠?"

"사장님이 호텔로 돌아오셨다고 합니다."

제주의 바다는 푸른빛을 띠어 매우 아름다웠다. 호텔을 나와 이곳에 얼마나 서 있었는지 입술이 파랗게 질리고 몸도 차갑게 얼어 있었다. 구름 사이를 뚫고 내려와 바다로 향한 빛이 눈이 부셔 자리에 멈춰 선 것밖에 기억나지 않았다. 어느새 선명한 붉은 빛 속으로 동그란 해가 풍덩 빠져 허우적대고 있었다.

"……."

"사모님."

혼자 있고 싶은데 남편은 그녀를 도통 가만둘 생각이 없는 것 같다. 일에 미친 남자, 그 무엇보다 일이 중요해 계약 결혼까지 한 남자. 그런 남자가 왜 자꾸 그녀에게 시간을 할애하려 하고 그녀의 생활에 제약을 두려고 하는 건지 도통 알 수 없었다. 계약서를 작성할 때만 해도 서로의 사생활에 간섭하지 말자고 하지 않았나. 대체 왜…….

서희를 경호하던 두 남자는 그녀가 또 입을 다물어 버리자 입안이 바싹바싹 타들어 갔다. 산책을 하겠다며 바다로 나와 두 시간을 넘게 꼼짝도 하지 않더니, 이제는 남편이 호텔에 도착했다는 말을 듣고도 움직일 생각이 없어 보였다. 경호원은 진동이 울리는 휴대폰 액정을 확인하곤 얼굴이 하얗게 질려 급하게 전화를 받았다.

"네, 사장님. 저…… 사모님, 사장님이십니다."

부러 전화기를 두고 온 서희에게 연락이 닿질 않자 경호원에게 연락했나 보다. 받고 싶지 않았지만 두 남자의 굳은 어깨와 오랜 시간 찬 바람을 맞아 보랏빛으로 변한 입술을 모른 척할 수는 없었다. 너무 오랜 시간 밖에 서 있었나 보다.

"네, 저예요. 호텔 앞 산책로예요. 네? 여길요? 아니에요. 들어갈게요."

하염없이 펼쳐진 눈앞의 아름다운 풍경을 뒤로하고 자리를 뜨는 게 쉽진 않았지만 왔던 길을 되돌아가는 서희였다. 으슬으슬 한기가 들어 몸서리가 쳐졌다. 멍하니 나갔던 혼이 되돌아오자 육체도 그제야 주변 온도를 인식하나 보다. 추웠다. 황량하고 지친 육신이 고달프고 힘이 들었다.

기다림은 강민에게 익숙하지 않은 단어였다. 그럼에도 불구하고 그는 얌전하게 여자를 기다리고 있었다. 그도 남자인지라 여자, 그것도 부부라는 말로 한데 묶인 아내에게 관심을 쏟지 않을 수 없었다. 하지만 정작 그녀는 콧방귀만 뀌며 그를 소 닭 보듯 했다. 넘지 말아야 할 선을 확실히 그어 두고 그가 그 선을 넘을지, 넘지 않을지 늘 지켜봤다. 그게 마음에 들다가도 기분이 상했다. 지극히 이기적이고 상반된 감정 앞에 강민 역시 조소를 금치 못하고 있었다.

꼼꼼하기론 정평이 나 있는 그가 평소보다 서둘러 일을 매듭짓자 관계자들도 당황한 눈치였다. 그들에게도 쉴 틈은 주며 몰아붙여야 효율적이라는 말도 안 되는 이유를 대며 그를 위한 거창한

술자리도 마다하고 이곳으로 돌아왔다. 물론 최서희 그녀 때문이었다.

'합의하에 잠자리를 갖는다.'

합의서에 적힌 대로 그녀도 그를 원하게 만들면 문제없는 것 아닌가? 단순한 사실을 깨닫자 강민의 입가가 살짝 위로 올라갔다. 그가 남자인 것처럼 그녀도 여자니 사랑받고 싶고, 관심받고 싶고, 외로움도 타고 분위기에도 약할 것이다. 굳이 강제성을 띨 필요가 없다. 그는 충분히 자신만만했다. 배경과 재력을 제외하고서도 자신의 매력은 차고 넘쳤으니까.

2년 동안 한눈팔지 않고 회사를 위해 개인적인 욕심과 감정의 사치를 내려 두기로 다짐했는데, 모든 게 다 때가 있듯 저 여자, 최서희를 허울뿐인 아내 자리에 버려두기엔 무언가가 그를 끊임없이 다그치고 있었다. 마치 위험을 경고하듯 그렇게.

건물 안으로 들어와도 밖에서 그녀를 따라온 한기는 쉽게 떨쳐지지 않았다. 요란했던 더위가 한풀 꺾이자마자 날씨는 날카롭고 서늘해졌다. 따가운 햇살을 밀어내고 차지한 푸른 바람 한 자락이 오늘도 서러워 거칠게 머리카락을 쓸어 넘기는 그녀의 눈동자가 시리게 빛났다.

이 남자가 왜 이럴까, 변덕인가, 관심인가, 것도 아니면 유혹인가. 의도를 짐작할 수 없어 그녀는 테이블 맞은편에 앉아 완벽한 모습으로 스테이크를 써는 강민을 바라보았다. 그녀가 방으로 돌아오자마자 그는 저녁 식사를 함께 하자고 했다. 해변가에 위치한

레스토랑은 바다가 한눈에 들어오는 분위기 좋은 곳이었다.

아름다운 풍경과 강민은 이질적이었다. 짙푸른 정장, 날이 선 각진 손수건, 그리고 냉철하게 빛나는 은테 안경 너머에 자리한 맹수의 눈. 온통 은빛투성이인 남자의 모습에 숨이 막혔다.

"입에 맞지 않아?"

"아뇨."

"당신한텐 매번 이 질문을 하게 되는군."

입맛이 없다, 몸 상태가 좋지 않다는 말을 하고 싶지 않아 그녀는 손에 잡히는 적포도주를 한입 머금었다. 먹음직스러운 음식에도 식욕이 돋지 않았다. 안경 너머 그가 살피듯 그녀를 관찰하고 있었다.

"부부 동반으로 참석해야 할 자리가 있었지만 취소했어. 당신이 불편해할 거 같아서."

"네, 감사해요."

샤또 베르티 적포도주의 도수가 한기 드는 몸을 조금은 달아오르게 해 주길 기대하며 그녀는 한 모금을 더 삼켰다. 그녀가 좋아하는 와인인데도 불구하고 맛이 조금도 느껴지지 않았다. 온기가 들기는커녕 점점 더 몸이 싸늘해지는 기분이었다. 전부 그의 시선 때문이다. 날카롭고 차가운 그의 시선이 자꾸만 그녀를 훑고 있어서.

"위경련은 어때요?"

시선이 주는 거북함에 던진 말이었다.

"괜찮아, 그보다…… 열이 있나?"

귀신같은 남자, 몸가짐도 흐트러뜨리지 않고 안색 하나 변하지 않았는데도 눈치챘나 보다.

"제주도 바람이 차가웠나 봐요. 괜찮아요."

강민은 작게 혀를 찼다. 꼿꼿이 앉아 메인 요리는 입에 대는 둥 마는 둥, 와인만 홀짝거리면서 곧 죽어도 괜찮단다. 입맛이 없다는 말이라도 하면 다른 방법을 찾아 줄 텐데. 감정을 숨기지 못하고 '날 알아봐 주세요.' 하는 헤픈 사람도 싫지만 저렇게 표정 변화 하나 없이 플라스틱 인형처럼 뻣뻣하게 앉아 있는 모습도 썩 좋지만은 않았다. 신경에 거슬렸다. 상당히, 대단히, 무척.

문득 궁금해졌다. 저런 모습일까. 강민 자신도 사람들 앞에서 저렇게 일정한 선을 유지하고 다가오면 안 된다는 위화감을 풍기며 앉아 있는 걸까.

"내가…… 어려운가?"

"무슨 말이에요?"

"말 그대로야."

"상대하기…… 편한 사람은 아니죠."

"어느 면이?"

정말 몰라서 묻는 말일까. 그녀는 안갯속에 가려진 검은 눈동자를 가만히 응시했다. 그냥 해 보는 말은 아닌 것 같은데.

"우선…… 복장부터 그래요. 짙푸른 색 양복은 차갑고 냉철한 이미지를 만들죠. 몰랐던 건 아니죠? 게다가 안경테, 넥타이핀, 시계까지 전부 은색이라 차가운 이미지가 더 도드라져요. 그리고……."

서희는 담담히 말을 이어 가다, 다시 그의 검은 눈동자를 마주하고는 입을 다물었다. 그를 불편한 사람으로 만드는 건 은색 액세서리나 질푸른 색 양복 같은 게 아니었다.

"그리고?"

"아니에요."

"내가 아는 최서희답지 않은데? 말을 뱉었으면 끝을 맺어야지, 궁금하잖아."

"기분 나쁠지도 몰라요."

"상관없어, 듣고 싶어."

그는 단호했다. 표정 변화가 없어 진짜로 그녀의 말을 귀담아듣고 있긴 한 건지 의아할 정도였다. 메인 요리는 절반도 넘게 남아 있었다. 그녀는 포크로 메인 요리를 괜히 뒤적이다가 조심스럽게 말을 꺼냈다.

"눈빛이…… 음, 그러니까 내 말은…… 냉혹해요."

"냉혹하다고?"

"네, 따스하고 다정하고 온화한 인상은 절대 아니에요. 빈말을 기대했다면 미안하고요."

술기운일까, 말이 많아지고 없던 용기까지 샘솟는다. 서희는 와인으로 목을 더 축였다. 그와 마주하고 있으면 입이 바싹바싹 말랐다. 전부 저 차갑고 냉혹한 눈동자 때문이었다. 가끔은 검게 일렁이고, 그녀의 속내까지 꿰뚫어 보는 듯한 눈동자. 그녀의 말에 인상을 찌푸릴 것 같았던 그는 놀랍게도 덤덤한 말투로 입을 열었다.

"이미지 변신까진 아니더라도 변화는 줄 필요가 있겠군."

"왜…… 새삼스럽게."

"날 어떻게 생각하는지 모르겠지만 난 괴물이 아냐. 도움이 된다면 받아들일 용의도 있어. 당신이 내 가까이에 있으니 조언과 충고를 좀 해 주었으면 하는데, 무리인가?"

"……."

쿨하다 못해 깔끔했다. 남자의 눈이 대답을 기다리며 빛을 발했다. 농담 같지는 않았다. 그녀는 등줄기를 타고 오르는 오싹한 전율을 느끼며 망부석처럼 몸을 굳혔다. 진지한 얼굴에 무어라 대답을 할 말이 떠오르지 않았다. 하나만 보고 하나만을 위해 직진하는 사람. 편협과 아집으로만 똘똘 뭉쳐 있어야 할 대단한 남자가 그녀에게 앞으로 도움을 달라 청하고 있었다.

"뭘…… 어떻게 해 달라는 말인지 모르겠네요."

모른 척 시치미를 뗐다. 더 깊이 그의 일에 관여하고 싶지 않았다. 그렇지만 그녀의 앙큼함은 그에게 먹히지 않았다.

"그렇게 겁먹을 필요까진 없어. 사업적인 면에서 도움 줄 인재야 널려 있고, 내가 당신에게 원하는 건 사소한 일이야. 우선 스타일부터."

서희는 차라리 제 입을 때리고 싶었다. 왜 쓸데없는 말을 해서 하지 않아도 될 일까지 만들었는지. 이젠 아내도 모자라 그의 전담 스타일리스트까지 겸임해야 하나 보다. 이건 계약 위반이 아닌가? 아니, 남편의 스타일까지 챙기는 게 아내의 의무였던가? 머리가 지끈거려 왔다.

타는 속을 식히기 위해 물 잔을 들어 단숨에 들이켰다. 냉수는 식도를 거쳐 흘러내리며 서희의 속을 차갑게 했지만 열이 오른 몸을 전부 식히기에는 역부족이었다.

식사를 끝마치고 강민은 가벼운 산책을 제안했지만 그녀는 그가 무안해질 만큼 단호하게 거절했다. 룸으로 돌아오는 발걸음이 가볍진 않았다. 서희는 룸에 들어오자마자 샤워를 하고 자겠다며 욕실로 직행했다. 달큼한 대화는 바라지도 않았건만, 간단한 제안까지 거절해 사람을 이상하게 만드는 요망한 여자다.

그녀가 욕실에 들어간 지 얼마 지나지 않아 이상한 소리가 들렸다. 내내 낯빛이 하얗던 얼굴이 마음에 걸려 강민은 무례한 짓인 걸 알면서도 화장실 문을 열었다. 그 멍청한 여자가 참고 참다가 먹은 것을 변기에 게워 내고 있었다.

"괜찮아? 약을 먹는 게 낫지 않겠어?"

"체한 것뿐이에요. 시끄러워지는 거 싫어요. 토했으니 괜찮을 것 같아요. 미안한데 먼저 누울게요."

얼굴이 하얗게 질린 여자가 결국 쓰러지듯 침대에 몸을 눕혔다. 저런 상황이 되어서도 약한 소리 하나 안 하는 게 영 못마땅했지만, 아픈 사람에게 윽박을 지를 수도 없는 노릇이었다. 강민은 석연찮은 얼굴로 그녀를 바라보다 샤워를 하러 들어가 버렸다.

❀

"흐, 흐윽."

그는 작은 소리에 새벽잠에서 깨 눈을 번쩍 떴다. 앓는 소리였다. 처음엔 잘못 들은 게 아닐까 싶었지만, 그 끊어질 것 같은 얇은 소리는 분명 서희가 자고 있는 옆방에서 들리고 있었다. 강민은 다급하게 가운을 여미고 몸을 일으켜 옆방으로 향했다.

침대에 누워 있는 그녀의 안색이 좋지 않았다. 열이 끓었고, 식은땀이 흘러 온몸이 축축하게 젖어 있었다.

"서희야. 최서희, 착하지. 정신 차려."

"추워요. 너무 추워요……."

이가 딱딱 부딪치고 몸서리가 쳐졌다. 오한에 제멋대로 떨리는 손과 발, 열에 들뜬 체온. 흠씬 두들겨 맞은 듯 온몸이 달달 떨려왔다. 따뜻한 방 안에서 이불을 돌돌 말고 있는데도 마치 얼음 침대에 누워 있는 것처럼 추워서 미칠 것만 같았다.

"살려 주세요. 너무 추워, 흐흑. 흑."

"……."

아무리 날고 기는 이강민일지라도 별도리가 없었다. 프런트에 연락해 약을 가져오라고 지시하는 것 말고는 할 수 있는 일이 없었다. 응급실에 가자고 얼렀더니 그건 싫다며 맹렬히 거부했다. 이해할 수 없었지만 억지로 일으킬 수도 없었다.

시끄러워지는 거 싫어요. 하얗게 질린 얼굴로도 무감하게 얘기했던 그녀가 떠올라 강민은 이를 악물었다.

정신을 차리지 못하는 그녀에게 억지로 약을 먹인 후에도 나아질 기미가 보이지 않았다. 발작적으로 달달 떨고 춥다며 온기를 찾는 모습에, 강민은 잠시 고민했다. 아침에 일어나면 기함할지도 모른다. 욕을 퍼붓고 환멸할지도 모르지. 하지만 그렇다고 모른 척할 수 있는 일도 아니었다. 이불을 들추고 침대에 들어가 그녀를 끌어안았다. 서희가 온기를 찾아 그에게 달라붙었다.

"흐으으……."

"쉬이, 쉬잇. 착하지."

"추워, 으……."

"괜찮아, 괜찮을 거야."

덜덜 떨리는 여체는 시간이 흐르자 떨림이 잦아들었지만 땀으로 온몸이 축축하게 젖어 갔다. 잠깐 망설임을 유기하고 강민은 곧바로 그녀의 옷을 모두 벗기고 미지근한 물에 적신 수건으로 몸을 닦아 내렸다. 한 번, 두 번 그리고 세 번째엔 옷을 갈아입히길 포기하고 뽀송한 시트를 덮어 주었다.

밤새 잠을 자지 못한 건 그만이 아니었다. 날이 밝을 때까지 계속되는 호출에 프런트에서는 그의 연락을 기다렸다가 매번 늦지 않게 새 시트와 타월을 가져다주었다.

햇귀 한 자락이 룸 귀퉁이에 살포시 닿을 때가 되어서야 여자는 편안한 숨소리를 뱉으며 깊은 잠에 빠졌다. 강민은 그 소리를 자장가 삼아 그녀를 등 뒤에서 안고 함께 잠들었다.

"이게……."

"정신 좀 들어?"

"다, 당신이 왜."

강민은 입을 달싹이다 결국 다물더니 자리에서 일어나 버렸다.

알몸인 모습 그대로인 남자가 그녀의 눈앞에서 등을 돌린 채 당당히 나신으로 섰다. 서희는 얼른 시선을 피했다. 그는 아랑곳하지 않고 가운을 걸치고 매듭을 지었다.

"더 자 둬. 난 샤워하고 나올게."

따라붙는 서희의 시선을 무시한 강민은 욕실로 사라졌다. 그녀는 제가 덮은 이불을 살며시 들춰 보았다. 그녀 역시 알몸이었다. 굴곡 있는 나체가 빛을 따라 이리저리 어른거렸다.

"설마……?"

띄엄띄엄 기억이 났다. 달래며 어르던 목소리, 안아 주던 온기, 추워 미칠 것 같을 때마다 갈아입혀지던 포근함. 그리고 자신의 몸에 밀착되었던 굵직하고 단단한 몸의 주인은…… 이강민 그였다.

"아…… 이런."

"고마워요."

아무 일도 없던 듯 그냥 지나가 버릴 수는 없는 문제였다. 적어도 그녀는 그에게 감사하다는 말을 해야 했다.

"별로 고생한 건 없는데."

"시간을 빼앗았잖아요. 잠도 못 잤을 테고."

예의도 바르시지. 강민은 젖은 머리를 털며 고개를 숙이는 그녀의 얼굴을 바라보았다. 그가 샤워를 하고 옷을 갈아입고 나오자마자 그녀는 감사 인사를 했다. 그 모습을 반겨야 옳은데, 이상하게 아쉬웠다. 쪼잔하게 이 빚을 갚으라고 요구할 생각은 없었지만 그녀가 미안해하고 부끄러워하는 모습을 볼 수 있을 거라 기대한 건 사실이었다.

"그런데…… 내가 별말, 하진 않았죠?"

고개를 떨구고 웅얼거리는 자신 없는 태도가 그의 주의를 끌었다. 별다른 말이라…….

"뭔가에 쫓기는 사람처럼 허우적대고 열에 들떠 주절거리는 그런 말뿐이었어."

"다행이네요."

뭐가? 내가 들으면 안 되는 조심스러운 일이라도 있다, 이건가? 그녀의 말은 강민의 마음 한구석에 자리 잡아 기분을 개운하지 못하게 했다. 뭘 숨기고 있는 거냐고 캐묻는 것도 이상한 것 같아 애써 그 찝찝함을 외면했다.

"몸은 어때?"

"좋아요, 한결 개운해졌어요."

서희는 그렇게 말했지만 얼굴은 여전히 파리했다. 몸이 전부 다 회복된 건 아닌 듯 보였다.

"병원에 들러 약을 처방받는 게 좋겠어."

"그렇게까지 할 필요……."

"오늘 밤도 간호해야 하는 상황이 될지 모르잖아. 준비해."

반박할 수 없는 일침에 서희는 입을 다물었다. 귀찮은 짐 덩어리가 된 기분이었다. 건강 관리는 그래도 나름대로 철저하게 한 편이었는데, 오랜 시간 찬 바람 맞으며 바다를 바라봤던 게 문제였나 보다. 하룻밤이니 그도 자비를 베푼 거겠지만, 이게 이틀이 되고 사흘이 된다면 분명 귀찮아하겠지. 그에게 약한 모습을 보이고 동정을 받는 건 죽기보다 싫었다.

"……네, 알겠어요."

진료실을 나선 서희의 얼굴이 발갛게 물들어 있었다. 제주의 병원은 평일인데도 불구하고 사람이 많았다. 그래서 마음껏 그에게 불만을 토로할 수도 없었다.

"잠시 시간 좀 내 줘요."

"그러지."

밖으로 빠져나오자마자 서희가 잇새로 말을 내뱉었다. 주차장과는 반대 방향으로 앞서 걸어가는 발걸음에 잔뜩 힘이 실려 누가 보더라도 매우 흥분한 상태임을 알 수 있었다. 무엇이 그렇게 불만인지, 쉬이 예상할 수 있어서 오히려 웃음이 새어 나왔다.

후욱, 훅. 심호흡을 가다듬으며 앞서 걷던 여자가 인적이 드문 곳에 다다르자 갑자기 몸을 홱 돌렸다. 예고 없는 행동에 멈출 틈이 없어 그녀의 뒤를 따라 성큼성큼 발걸음을 떼던 강민의 가슴팍에 서희가 부딪혀 여지없이 휘청거렸다.

"괜찮아?"

바람에 나뒹구는 낙엽처럼 흔들리는 몸을 대수롭지 않다는 듯 낚아채 뱀처럼 허릴 친친 감는 팔이 그녀를 숨 막히게 억압했다.

"괜찮지 않아요. 그리고 팔 좀 풀어요!"

"흥분하면 좋지 않아."

"누구 때문에!"

얼굴에 열이 올랐다. 욱하는 마음에 막말을 내뱉고 싶은 걸 초

인적인 인내심을 발휘해 겨우 삼켜 냈다. 그의 얼굴은 능청스러웠다. 그래서 더더욱 얼굴로 열이 몰렸다.

"왜 그래요? 정말……."

"응? 내가 뭘."

그는 정말로 모르겠다는 얼굴이었다. 불끈 쥔 주먹이 부들부들 떨렸다.

20분 전 진료실. 상황은 황당하다 못해 당혹스러움 그 자체였다. 이강민과 친구라는 내과 전문의 황기순은 그녀를 성심성의껏 진찰했다. 거기까진 좋았다.

'평소 생활이 규칙적이지 않죠?'

'네? 네……'

'스트레스는 가급적 줄이셔야 하고요. 가족 중 암 병력 있으신 분이 계시면 암 진료도 정기적으로 받으세요.'

'아, 네.'

기순의 말을 새겨듣듯 버티고 서서 고갤 연방 끄덕이던 남편 이강민이 갑자기 대화에 끼어들었다.

'인마, 그런 애매한 말 말고 알아듣기 쉽게 말해. 영양제를 먹어야 한다면 뭐가 좋은지, 정상으로 돌아가려면 뭘 해야 하는지.'

'강민 씨.'

꼭 아내가 걱정되어 어쩔 줄 모르는 진짜 남편 같은 말에 서희가 다급히 그의 말을 막았다. 언제부터 제 건강에 그렇게 신경을 썼다고 저런 말까지 덧붙이는 건지. 서희의 부름에도 아랑곳하지 않고 그는 여전히 딱딱하게 굳은 얼굴이었다. 기순 역시 그런 강민의 반응이 어이없었는지 황당하다는 듯한 얼굴로 대꾸했다.

'저, 저, 저 빌어 처먹을 놈. 나 오늘 휴가라서 외출하려다가 너 때문에 불려 나왔어. 알긴 해? 집에 돌아가면 최소한 난 죽음이라고. 그런데 그걸 맨입으로 가르쳐 줄 것 같냐?'

'부르면 당연히 달려와야지. 의사의 본분이 뭔지 벌써 잊어버렸냐? 히포크라테스 선서 '나의 환자의 건강과 생명을 첫 번째로 생각하겠노라.' 조항 잊었어?'

'말이나 못 하면……. 그나저나 기가 많이 쇠하셨는데 혹시 힘만 센 무식한 저놈이 많이 괴롭힙니까?'

'네? 그게 저기…….'

당황스러운 질문에 서희가 답변을 끝맺지 못했다. 지금 이 사람, 대체 무슨 소리를 하는 거지? 열이 아직 가라앉지도 않은 몸이 다시금 뜨거워지는 것 같았다. 아니라고 고개를 젓기도 전에 기순이 재차 말을 이었다. 이번엔 서희가 아니라 강민에게 하는 말이었다.

'이강민, 제수씨 힘들어 보인다. 무식하게 밀어붙이지 말고 도자기 다루듯 조심조심하라고. 진심으로 충고한다.'

'너나 잘해 인마. 난 지나치게 잘해서 탈이거든? 안 그래?'

주어가 생략된 대화가 여기저기 던져지고 받아졌다. 누가 들으면 이해되지 않을 불완전한 문장에 용케도 답하는 남편이 수상했고 아 하면 어라고 알아듣는 확대 해석의 달인인 친구도 이상했다. 차라리 정말 무슨 뜻인지 모를 대화였으면 다행일 텐데, 속뜻이 훤히 들여다보여 더 말문이 막혔다.

'그래도 보고 들은 건 있어 다행이네. 열이 높아서 옷을 벗기고 미지근한 물로 수건을 적셔서 닦아 주었다고?'

'맞아. 옷을 갈아입히다 추워해서.'

벗긴다는 대목에서 내렸던 열이 다시 오르기 시작했다. 고개를 들 수조차 없었다. 두 남자는 그녀를 앉혀 두고 뭐가 그리 즐거운지 농담 따 먹기와 기 싸움을 벌이고 있었다.

'약 처방 해 줄 테니 챙겨. 신혼인 건 알겠는데, 몸이 온전히 회복되지 않았으니 자제하는 게 좋겠다.'

'……뭘?'

'능구렁이 같은 놈. 알아들었으면서.'

'내가 알아서 해. 네 말대로 몸이 우선이니까 약이나 제대로

처방해라.'

'알았어.'

대화가 끝나는 기미가 보이자마자 서희는 재빨리 가방과 옷을 챙겨 자리에서 일어났다. 한시라도 빨리 이 공간에서 벗어나고 싶었다. 기순의 얼굴을 제대로 볼 수도 없었고 제멋대로 아무렇게나 말을 지껄이는 남편이란 작자에게 한 소리도 해 주고 싶었다. 남들 앞에서 부부인 척해야 하는 건 알겠지만, 꼭 이렇게까지 하지 않아도 될 일 아닌가? 대체 무슨 생각으로 이러는 건지 도통 알 수가 없었다.

그녀가 기순에게 인사를 하고 돌아서려는 순간, 자리에서 꼼짝도 않던 강민이 다시 입을 열었다.

'참, 서울에 올라가면 산부인과 진료도 따로 받아 보는 게 좋을까?'

'정기적으로 받는다면 좋겠지. 왜?'

'몸이 차다며. 생각해 보니 진짜 그런 것 같아서. 어젯밤도 뒤에서 안아 주고서야 몸 떨림이 잦아들고 체온이 올라가고 호흡도 안정되더라고.'

'강민 씨!'

이 남자를 이대로 그냥 두었다간 무슨 큰일 날 소리를 뱉을지 몰라 잡아끌듯 진료실을 빠져나왔다. 남자들의 세계란 과시와 허례가 팽배하단 걸 알기에 입을 다물고 그냥 듣고만 있으려 했는데, 그가 남긴 말에서 풍겨지는 뉘앙스에 도저히 얌전히 있을 수 없었다. 옷을 벗기고 뒤에서 안는다니……. 그의 친구가 대체 뭘 상상했겠는가.

구렁이 담 넘어가듯 느물대는 저 남자가 자꾸만 신경 쓰인다. 처음 받았던 그 차갑고 날이 서 가까이 갈 수 없는 남자의 이미지를 간직하고 싶은데, 이제 보니 또라이에 푼수 기질 다분한 남자 같았다.

차갑고 시원한 바람을 쐬자 제정신을 차린 이성이 북받치던 감성을 몰아냈다. 간호해 주던 따스한 온기, 실체 없던 기억이 새록새록 떠올라 더 이상 타박할 수도 없었다. 그녀는 눈을 새치름하게 뜬 채로 그를 흘겨보았다. 그는 여전히 뭐가 문제인지 모르겠다는 얼굴이었다.

"나도 빚진 거 있으니까 이걸로 서로 퉁친 셈 쳐요."

"퉁치자고?"

"네."

이상했다. 이곳이 서울이 아니고 친구를 만나서일까. 남자는 그녀의 말이 마음에 들지 않는 듯 불만으로 그득한 심정을 숨김없이 드러내고 있었다. 오히려 적나라하게 드러나는 감정에 서희는 팽팽히 당겨져 있던 신경줄이 노곤하게 풀어지는 기분이었다. 묵직하게 뒷머릴 두드리던 두통도 서서히 사그라졌다.

"괜찮다면 제주도 여기저기 좀 둘러보고 들어갈게요."

"같이 가."

"오늘 스케줄 있는 거 아니에요?"

"어제 급한 대로 마무리했어."

그냥 호텔로 돌아가자고, 몸이 아파 돌아다니는 건 무리라고 핑계를 대려면 수많은 이유를 붙일 수 있었다. 하지만 그녀가 먼저 꺼낸 말이기도 했고, 대답을 기다리는 남자의 얼굴에서 실망을 발견하고 싶지는 않았다.

오늘 하루만큼은 그에게도 휴식이 필요하지 않을까. 남에게 약한 모습 보이길 죽기보다 싫어하고 아쉬운 소리 하느니 차라리 손해를 보고 마는 성격조차 자신과 닮은 이강민. 그녀는 그에게서 자신과 비슷한 면모를 발견할 때마다 묘한 기분에 사로잡혔다. 비슷하기에 꺼렸고 지독히 이기적인 면까지 닮았기에 그를 선택했다.

"조건이 있어요. 차를 렌트해서 다니기로 해요. 옷도 편한 복장으로 갈아입고."

번쩍이는 승용차를 타고 검은 양복을 입은 경호원들이 뒤따르는 그런 여행 아닌 여행을 하고 싶진 않았다.

요물. 저 여자는 요물인 게 분명하다고, 그는 생각했다. 매번 그를 들었다 놨다 하며 제 입맛대로 요리했다. 이상한 건 그녀에게 끌려가는 이 상황이 그다지 싫지 않다는 점이다. 바빠도 너무 바빠 하루가 24시간이라는 게 불만인 그가 태평하게 여자와 여행이라니. 만약 그가 싫다고 거절한다면 그녀는 혼자 나설 게 틀림없었다.

대답 없이 입을 다물고 있자 거절이라 생각했는지 그녀가 먼저 등을 돌렸다. 그렇게 먼저 등을 돌리지 말라고 신신당부했는데, 또. 평소라면 기분이 나빴을 텐데도 가냘픈 몸매와 작은 머리통이 당돌하지만 귀엽게 보여 웃음이 났다.

"좋아, 가지."

사실 제주도를 자주 오진 않았다. 어릴 적 몇 번 온 게 전부였는데, 그때마다 날씨가 좋지 않아 자주 비가 내려 수박 겉핥기로 관광지를 대충 훑어만 보고 돌아가기 바빴었다. 더위보다는 추위를 싫어해 제주도 여행을 선택한 건데도 날씨는 꼭 그의 여행을 방해하기만 했다. 어딘가로 여행을 떠나고 돌아다닐 여유도 없이 보낸 것이 벌써 몇 년째. 지쳐 가는 육신과 피로감을 잠시라도 잊고 싶다.

서희는 하늘을 올려다보았다. 날은 갈수록 싸늘해지고 있었다. 입동이 지나고 나면 서리가 내리고 눈도 오겠지. 나뭇잎은 붉게 물들다 땅으로 떨어져 다음 생을 기약할 테고, 난 다시 기약 없는 기다림에 목이 마를 테지. 기다린 시간만큼 퇴색한 열정이 안타깝고 되돌아오지 않는 메아리에 서글프다.

곁에 있을 때 표현하지 못했던 말들은 불어오는 삭풍과 쏟아지는 별빛에 사라져 그저 다음을 기약할 뿐이다. 막연한 기대를 품으며.

결국 렌터카는 포기하고 호텔에서 소개시켜 준 택시 기사와 함께 움직였다. 뒤차로 멀찌감치 경호원들이 그들을 따라왔지만 신경 쓰일 정도로 가깝게 붙어 오지는 않아 그냥 무시하기로 했다. 대단한 이강민 님께서 다치기라도 하면 안 되니, 업무를 소홀히 할 수 없는 그들의 입장도 이해는 간다.

하귀 해안 도로를 따라 드라이브하고 제주 돌마을공원과 대장금 촬영지로 소개된 송악산 전망대를 올랐다. 제법 차가운 바람이 전신을 움츠러들게 만들었지만 베테랑인 제주 토박이 기사의 노련함과 박학다식한 강민의 지식 자랑으로 제법 즐거웠다.

진저리가 나도록 싫었던 추운 날씨인데도 누군가와 함께 있다는 사실이 부들부들 떨리는 심장을 안정시켜 주었다. 혼자만의 여행이 아니라 둘이 함께 하는 여행이 이토록 즐겁다는 소소한 깨달음이 그녀에게 따스한 온기를 불어넣었다. 평범한 관계는 아니니 끝을 맺을 때 친구 사이는 될 수 없겠지만, 원수 사이로 끝을 맺진 않겠구나, 하는 이상한 믿음마저 생긴다.

쏴아아, 철썩.

파도 소리가 요란했다. 서희의 시선은 저 바다 어디쯤을 보고 있었다. 멍하니 시선을 고정시킨 채 움직이지 않는 머리통이 탐탁지 않았다. 넋을 빼고 대체 어디를 보고 있는 건지. 시선을 빼앗아 제게로 집중시키고 싶었다.

하루 종일 그답지 않게 여자가 하자는 대로 따르며 그녀 뒤를 졸졸 쫓아다녔다. 제법 사나운 기세로 몰아치는 찬 바람에 온몸이 떨려 왔지만 건장한 남자 체면에 추우니 이만 돌아가자 운을 떼지 못했다. 그렇게 벌써 30분이나 지나고 있었다. 그도 이렇게 추운데 건강이 온전치 못한 그녀는 얼마나 추울까. 하지만 서희는 여전히 미동도 없이 바다를 바라보고만 있었다.

왕 족보를 순서대로 외워 보기도 하고 과학 원소 기호를 웅얼거리기도 했지만 독종이 분명한 여자는 도무지 자리에 못 박힌 듯 움직일 줄 몰랐다. 강민은 반냉동 상태가 되어서야 두 손 두 발 다 들고 항복 선언을 했다.

"어두워. 몸이 아직 회복되지 않았는데 이만 들어가는 게 좋겠어."

"아쉬워요."

"다음에 시간 내서 다시 오면 돼."

과연 그들에게 다음……이란 게 있을까. 서희의 시선이 강민에게 가 닿았다. 객관적으로 봐도 반듯한 남자였다. 차갑게 보여도 속정 깊은 그런 남자. 지금만 봐도 그렇다. 그녀 따윈 내버려 두고 먼저 차에 가서 기다리겠다는 한마디만 내뱉고 등 돌리면 그만인데, 신사처럼 곁을 지켜 주었다. 그는 얇은 점퍼 하나만 걸쳐 입술이 보랏빛으로 변해 있었다.

허울뿐인 아내에게도 이렇게 해 준다면, 진짜로 마음을 내준 사람에겐 어떨까. 그의 애정을 받을 여자가 누구일지 궁금해졌다. 조금, 아주 조금.

"이만 가요."

못 이긴 서희가 결국 등을 돌렸다. 앞서가는 강민은 자꾸만 재채기를 했다. 감기가 제대로 옮겨 갔나 보다. 최서희에게서 이강민에게로. 독감이라는 수식어를 붙여.

9

"물 줘."

"과일 좀."

"서류 갖다 줘."

"먹고 싶은 게 있는데."

겨울을 코앞에 둔 문턱에, 서희의 일상은 엉망이 되어 있었다. 다른 누구도 아닌 남편 이강민 때문에.

강민은 서울에 올라와 유행성 독감이라는 진단을 받았다. 하루라도 제대로 쉬어야 한다는 주치의 권 박사의 강권에 그가 어울리지 않게 말 잘 듣는 환자처럼 고개를 끄덕이며 수긍할 때부터 불길했다. 설마가 사람 잡는다더니, 하루라도 일을 안 하면 입 안에 가시가 돋는 줄 아는 그 이강민이 회사를 쉴 줄 누가 알았겠는가.

그깟 하루, 그녀 역시 그에게 진 빚이 있는 터라 눈 한번 딱 감고 봉사하면 된다고 쉽게 생각했다. 도우미 아주머니도 있고, 그의 성격에 아프다고 한들 그녀를 귀찮게 굴 리도 없었으니까. 하지만 이게 웬걸. 24시간 대기조, 수족처럼 곁을 지키는 하녀가 되어야 할 줄이야.

"뭐가 먹고 싶다고요?"

"김밥."

"아주머니에게 준비하라고 할……."

"당신이 직접 만들어 주면 안 될까?"

초롱초롱한 그의 눈빛에 말문이 턱 막혔다. 이 상황을 즐기고 있는 게 분명했다. 자세히 보니 엷은 미소를 띠고 있는 것 같기도 했다. 서희는 한숨을 푸욱 내쉬며 날카롭게 대꾸했다.

"내 음식 솜씨 알면서 그런 말을 해요?"

"사 먹는 건 싫어. 믿을 수가 있어야지. 장 보는 거랑 재료 준비만 아주머니 시키면 수월하잖아."

"이강민 씨, 일부러 그러는 거예요?"

"내가 뭘?"

그게 무슨 말이냐며 묻는 동그란 눈동자에 사심은 없어 보였지만 골치가 아팠다. 무거운 한숨이 다시 서희의 입술 사이로 삐져나왔다. 하필 손이 많이 가는 김밥이라니.

"난 빵도 갓 구운 거, 커피도 막 내린 걸 선호해. 방금 지은 밥으로 김밥 싸면 맛있을 거 같아. 식욕도 돌 것 같고."

"아침 먹었잖아요."

"내 말이 그 말이야. 점심으로 먹고 싶다고."

김밥 한 줄에 이천 원, 이름 걸고 성업 중인 '고봉민 김밥'도 한 줄에 삼천오백 원. 성인 할당량이 두 줄이니 칠천 원이면 배부르게 먹고도 남을 것이다. 그러나 재료를 사서 만들면 시간과 수고가 얼마인가. 절로 한숨이 나왔지만 기대로 눈을 반짝이는 이강민 어린이의 요청을 무시할 수도 없었다. 죽은 사람 소원도 들어준다는데, 두고두고 책잡힐 일은 만들고 싶지 않았다.

결국 아주머니께 김밥 만드는 데 필요한 재료들을 부탁했다.

"사모님, 시장에 가서 재료 사 올게요."

"네, 부탁드려요."

아주머니를 배웅하려는 찰나, 이제는 500미터 전방에서도 들릴 것 같은 이강민의 목소리가 들려왔다. 어찌나 철모르는 애처럼 징징거리는지, 노이로제에 걸린다 해도 이상하지 않을 것 같았다.

"서희야, 최서희!"

젠장, 빌어먹을, 정말 미쳐 버리겠네. 욕지거리를 목 안으로 삼킨 서희가 평정을 가장하고 침실로 들어갔다.

"왜 불렀어요?"

"거기 리모컨 좀."

해도 해도 너무한다. 리모컨은 어느새 침대 밑의 바닥에 떨어져 있었다. 몸을 일으켜 주우면 끝날 일인데, 지금 대체 뭐 하자는 거지? 그녀는 어처구니가 없어 팔짱을 끼곤 자못 심각한 표정으로 그를 노려보았다.

"이보세요, 이강민 씨. 이 정도는……."

"아! 머리가 아파, 골이 깨질 것 같은데……. 으음."

인상을 있는 대로 찌푸리면서 머릴 싸맨 검은 머리의 커다란 짐승은 어이없음 그 자체였다.

“약 기운이 떨어지니까 몸도 으슬으슬하고 기운도 없어.”

웃기지도 않는다. 그렇다면 TV를 볼 정신이 어디 있단 말인가. 힐끔힐끔 그녀의 눈치를 보는 그 때문에 참지 못한 비웃음이 터져 나왔다.

“기운도 없고 몸도 아프다면서 아침에 밥 한 공기를 모두 비운 걸 보면 건강 체질인가 봐요, 확실히.”

“그런가? 뭐 사시사철 보약에 홍삼은 기본, 인삼도 정기적으로 달여 먹고 있으니까.”

빈정거리고 있다는 걸 모르진 않을 텐데 얄밉게도 저 남자는 아무것도 모르는 척 시치미를 떼었다. 도대체가 한마디를 안 진다. 주치의는 분명 감기약에 수면제를 조금 넣고 소화제만 잔뜩 처방한 게 틀림없었다. 그렇지 않고서는 저렇게 식욕이 좋을 리가 없지. 권 박사, 이 돌팔이.

“김밥 다 되면 깨워 줘. 보다가 잠들 것 같으니까.”

상전도 이런 상전이 따로 없다. 먹고 자고, 부리고, 하루 종일 그는 그녀를 괴롭히는 일에만 집중했다. 자신이 아팠을 땐 그가 간호해 준 일이 계속 마음의 빚처럼 느껴졌는데, 이렇게 빨리 은혜를 갚을 기회가 올 줄은 몰랐다. 그래서 빚을 갚는 셈 치자고 생각을 바꾸니 마음이 한결 여유로워졌다.

“아뇨, 그게 아니라 이렇게…….”

이건 이렇게, 저건 저렇게 설명을 듣고 몇 번의 실습까지 거친 그녀의 손에서 김밥 옆구리가 또 터졌다. 일하는 아주머니가 보다 못해 그녀를 말렸다.

"이러다 재료 전부 버리겠어요. 살살, 천천히 싸셔야 해요."

이상한 일이었다. 김밥에 생명이 있는 것도 아닌데, 아주머니 손에선 예쁘게 마무리되던 김밥이 그녀의 손안에만 들어오면 기다렸다는 듯이 터져 버렸다. 저렇게 쉬워 보이는데 대체 왜 저는 안 되는가.

"음식은 정성이거든요. 먹을 사람을 생각하면서 기쁜 마음으로 준비하시면 돼요. 사장님이 정말 김밥을 먹고 싶으셔서 그러시겠어요? 사모님이 만들어 주셨음 하신 거죠. 호호."

꿈보다 해몽이라더니, 신혼이라는 타이틀에 속아 달달한 상상을 하고 있나 보다. 사실 그는 그냥 그녀를 부려 먹으면서 우월감을 느끼고 싶어서 그러는 걸 텐데……. 힘을 빼고 돌돌 만 김밥 모양이 그나마 그럴싸해지자 그제야 안도의 한숨이 흘러나왔다.

"이제 잘하시네요. 이렇게 하시면 돼요. 나머진 사장님 깨시면 만들어 드리세요. 그럼 전 이만 가 보겠습니다."

아주머니는 알쏭달쏭한 미소를 흘리며 도망치듯 귀가했다. 아마 두 사람만의 시간을 만들어 주고 싶은 모양이었다. 그럴 필요 전혀 없는데. 서희는 축 처진 어깨로 주방을 둘러보았다. 김은 딱 다섯 장 남아 있었다. 랩으로 얌전히 덮인 길쭉한 재료들을 보자 절로 한숨이 흘러나왔다.

'제발 다섯 줄 중에 두 줄은 건질 만한 작품이 나오길.'

"……그게 뭐야?"

"김밥이요."

배고프다며 식탁에 앉은 강민은 접시에 가지런히 놓인 김밥을 가장한 음식 앞에서 몸을 굳혔다. 김밥이라고? 이게? 김밥은 여기저기 터져 흰밥을 다 드러내고 있었고 모양 또한 제각각이었다.

"내가 아는 김밥은 김 안에 밥이 들어가야 하는 걸로 아는데?"

"……누드 김밥도 있잖아요."

곧 죽어도 김밥이란다. 이게 어딜 봐 김밥이냔 말이다. 지나가는 개가 웃겠다. 하지만 그렇게 말한 그녀 역시 찔리는지 제대로 김밥을 보지 못하고 있었다. 강민은 김밥을 앞에 놓은 채로 서희의 얼굴을 들여다보았다.

"뭐예요, 불손한 그 눈은?"

"음식의 모양이 맛만큼 중요하다고 생각하지 않아?"

말도 참 정떨어지게 하는 인간이다. 성의를 봐서라도 먹어 주는 척, 맛있는 척하면 어디 덧나나.

"그러니까 음식 못한다고 했잖아요."

무안하기도 하고 성질도 난 서희가 그를 외면하며 딱딱한 목소리를 내뱉었다. 준비한 노력과 시간이 아까웠다. 그러게 못한다는 걸 왜 굳이 시켜서 이렇게 민망하게 만드는 건지. 서희는 매고 있던 앞치마를 벗어 의자 위에 올려 두었다.

"말이야 바른 말이지, 내가 싸도 이보단 더……."

"그럼 당신이 한번 싸 봐요."

"뭐?"

"왜 놀라요? 거봐요. 막상 하려니 당신도 자신 없죠?"

팔짱을 끼고 거만한 자세로 그를 내려다보는 발칙한 여자 때문에 강민의 가라앉았던 열이 위로 올라 얼굴이 불그스름해졌다.

"내가 하면 못하는 게 없어. 이거 왜 이래."

"흐응, 말만?"

그는 울컥 화가 치밀었다. 감히 그를 공수표 남발하는 양아치 취급 하다니, 반반한 낯짝을 확 뭉개고 싶어졌다. 여태 무슨 일을 하든 못하는 일이 없었다. 그게 그의 자랑이기도 했다. 그런데 이 여자는 그걸 아는지 모르는지, 강민의 자존심을 긁어 댔다. 그는 의자에서 벌떡 일어나 서희를 밀어 냈다. 얼굴이 사뭇 진지했다.

"비켜."

아프다고 엄살을 부릴 땐 언제고, 열심히 김밥을 싸기 시작한 강민의 모습에 실소가 나오려는 걸 겨우 참아 냈다. 조금 자극한 것뿐인데, 아니나 다를까 욱해서는 벌떡 일어났다. 어렵고 냉담한 남자인 줄 알았더니, 은근히 허당에 푼수인 면이 있었다. 서희는 손으로 입매를 가려 그에게 웃는 얼굴을 들키지 않도록 조심했다. 김밥을 싸는 손끝이 제법 야무져 보였다.

그는 곧 예쁘게 싼 김밥을 접시에 담아 서희에게 내밀었다. 터진 곳도 없었고 접시에 차곡차곡 쌓아 놓으니 제법 예뻤다.

"음, 맛있긴 한데……."

"그런데?"

"좀 짜요. 모양도 커서 한입에 들어가지도 않고."

물론 괜한 트집이었다. 그녀가 못하는 일을 거뜬히 해치우는 그가 못마땅했고 인정하기도 싫었다.

"그래? 알았어."

그는 오기가 생겼는지 군말 없이 다시 김밥을 싸기 시작했다.

다섯 줄 중 한 줄은 서희가 강민이 나오기도 전에 싸려다 실패했다. 강민이 싼 네 줄 중 두 줄은 그녀가 크다고 생트집을 잡았지만 나머지 두 줄은 흠잡을 곳 없이 완벽한 자태를 뽐냈다. 마지막 김밥을 입에 넣은 서희는 딱히 할 말이 없어 덤덤히 입을 열었다.

"맛있어요. 나보다 훨씬 나아요. 요리에 소질 있네요."

"흠흠, 그렇지?"

한 편의 코미디였다. 이강민이 얼굴에 밥풀을 붙인 채 비닐장갑을 끼고 줄 맞춘 김밥을 써는 이 상황이 코미디가 아니라면 대체 뭐란 말인가. 설마하니 김밥을 직접 쌀 줄이야. 잘한다며 추켜세우는 칭찬 요법과 자존심을 긁는 자극 요법을 혼합해 사용하니 남자는 혼몽한 모양이었다.

"다음에도 부탁해요."

"뭐?"

접시에 놓인 김밥은 젓가락으로 서희가 집어 먹고 있었고 그는 무의식중에 꼬투리를 먹고 있었다. 주객이 전도된 이상한 상황을 그는 그제야 인지했다.

"설거지할 동안 거실에 앉아 쉬세요. 수고하셨어요."

"……."

넋이 나간 강민이 주방을 나가려고 할 때, 서희가 갑작스레 그를 불러 세웠다.

"나가는 김에 과일이랑 과도도 가지고 가요. 깎을 줄 알죠? 부탁해요."

내가 왜 그런 심부름을 해야 하느냐고 말해야 하는데, 풀질을 했는지 입이 떨어지지 않았다. 저 여자의 농간에 넘어가 스스로 김밥을 싸다니 미친 게 분명했다. 거기서 끝나지 않고 한술 더 떠 과일을 깎으라니! 강민이 그대로 멈춰 서서 그녀를 빤히 바라보자 서희는 어깨를 으쓱였다.

"왜요?"

"아냐, 아무것도."

이미 엎질러진 물이다. 쪼잔한 남자처럼 보이고 싶지는 않았다. 어쩌다 하루, 쉬는 날이 많지 않은 만큼 그녀에게 자신과 함께 있는 휴일이 좋은 날로 기억되길 바랐다.

'까짓 봉사한 김에 한 번 더 하지, 뭐. 사실 내가 안 해서 그렇지 하면 잘하잖아.'

쟁반에 놓인 과일을 얌전히 들고 나가는 그를 돌아보지 않고 조용히 설거지를 하던 그녀의 입가에 미소가 어렸다.

시간, 향기는 잊히고 시간은 돌고 돌아 제자리였다. 곱게 물든 낙엽은 어느새 하나둘 떨어져 휑한 나뭇가지만 덩그러니 남아 있다. 만남보다 이별을 떠올리게 하는 겨울. 여름 동안 거칠게 파도쳤던 질곡 많던 여정을 숨 죽여 기다린다.

비어 버린 공간을 차지한 또 다른 존재는 의미 없을 거라 생각했는데, 평범한 일상은 어느새 삶 한가운데 뿌리를 내려 뿌리칠 수도 버릴 수도 없게 만든다. 특별한 감정도 없고 영원한 약속도 없건만 메마른 가지에도 어느새 사랑이라는 이름이 움튼다.

*

"뭐라고요?"

"하루 더 쉬겠다고."

"미쳤어요?"

서희는 눈을 동그랗게 뜨고 반문했다. 그래, 이런 반응을 기대했다. 사실 머뭇거리거나 입을 다물 줄 알았는데 어지간히 싫었는지 싫다는 감정을 드러냈다. 그녀가 감정을 감추지 못하는 것처럼 강민 역시 자꾸만 새어 나오는 웃음을 참기가 힘들었다.

"그렇게 한가해요?"

"아니."

"안색도 좋아졌고…… 회사가 걱정되잖아요."

초조해하며 어떻게든 이 상황을 벗어나려 발버둥 치는 모양이 왜 이렇게 웃긴지 모르겠다. 미치기라도 한 건지 그녀가 귀엽게 보였다.

"그런가?"

"그럼요, 당신이 일개 회사원도 아니고 중책을 맡은 중역이잖아요. 결재 서류도 밀렸을 테고."

"음……."

긍정적으로 수긍하며 고개를 끄덕이는 강민을 보며 서희는 재빨리 사족을 붙였다.

"집에서 쉬는 것보다 나가서 적당히 움직여야 좋아요."

"움직여야 낫는다고 전직 닥터가 권하니 그럴까?"

"나 놀리는 거죠?"

상황이 이상하게 돌아가고 있었다. 서희는 빙글거리며 사람을 가지고 노는 강민이 마음에 들지 않았다. 그녀가 싫어할 걸 알고 일부러 저러는 게 분명했다. 분통이 터졌지만 날카롭게 쏘아붙일 상황도 아니었다.

"놀리긴 누가. 당신이 권하는 대로 회사에 갈 거야. 하지만 오늘 일찍 들어올 예정이니까 약속 있으면 취소해."

천국에서 지옥으로 떨어졌다. 절반의 자유를 하사한 전지전능하신 이강민 씨가 오후 스케줄을 비워 두란다.

"행여 약속이 있어도 일찍 들어와. 함께 저녁 식사 하고 산책도 나가지."

"날씨가 추워요."

"움직여야 낫는다면서?"

한 입으로 두말하는 이상한 여자가 되지 않기 위해 입을 꾹 다물었다. 능청스러운 그의 얼굴은 서희의 속내를 빤히 들여다보는 것 같았다. 분명 다 나은 게 확실하다. 한마디도 지지 않는 걸 보면.

"큭, 크큭."

"사장님?"

결국 회사로 가는 차 안에서 참았던 웃음이 터졌다. 자신에게 사람을 괴롭히며 즐거워하는 사디스트 같은 면이 잠재해 있었을 줄이야. 차라리 솔직하게 함께 있는 게 힘드니, 이만 일상으로 돌아가라고 했다면 기분은 나빴을지 몰라도 받아들였을 것이다. 하지만 기를 쓰고 본심을 숨긴 채 상황을 모면하려 발버둥 치는 그녀를 보니 더 놀리고 싶어졌다. 여우처럼 영리한 척하지만 강민에게는 통하지 않을 얕은 수였다.

'나쁘지 않아.'

생각보다 나쁘지 않았다. 그녀와 함께하는 결혼 생활은 지나치게 건조하든지, 처음 그녀에게 느꼈던 감정대로 신경에 거슬리든지 둘 중 하나일 거라 생각했다. 하지만 여자는 함께하는 시간이 길어질수록 쓰고 있던 가면을 하나씩 벗어 숨겨진 얼굴을 하나둘 드러냈다. 그러다 보니 그 꾸미지 않은 얼굴이 더 마음에 들었다.

'기간 연장은 양측의 합의하에 이루어진다.'

합의서의 끄트머리에 쓰인 조항이 강민의 머릿속에서 자꾸만 맴돌았다. 간단한 일이었다. 계약을 연장할 수밖에 없는 상황을 만들면 된다. 가급적 그에게 유리하게.

누군가에게 얽매이는 일은 귀찮고, 신경 쓰이고, 번거로울 거라고 생각했다. 결혼한 지인들은 그 사실을 생생한 증언과 증거로 뒷받침해 주었고 누군가는 피 튀기는 이혼 소송을 통해 여자는 믿지 못할 존재라는 선입견을 심어 주기도 했다. 그 누구도 강민에게 그 사실이 틀렸다고 바로잡아 준 적 없었다.

함께 있으면 즐겁고, 웃을 일이 많아지고, 무모해지기도 한다는 것도 아무도 알려 주지 않았다. 아무도…….

"사모님…… 사모님?"

반나절이 어떻게 지나갔는지 모르겠다. 그가 집에서 쉰 날은 얼마 되지 않았는데, 그의 빈자리를 정리하는 데에만 오전을 모두 소비해 버렸다.

"저녁은 어떻게 할까요?"

"……국은 있죠?"

"네, 된장국 끓여 두었어요."

"밑반찬은요?"

"그것도요."

오전부터 침대보와 시트를 빨고 먼지를 털고 청소를 하느라 분주했다. 아주머니가 도와주기는 했으나 손을 놓고 있을 수가 없어 함께 집안일을 했다. 설마 저녁을 거창하게 먹진 않을 테고, 간단하게 요기만 하면 되겠다 싶어 별다른 준비를 하지 않았다.

"퇴근하세요."

고운 옷을 입고 누군가를 기다린다. 엷은 화장을 하고 시계를 바라보고 옷매무새를 다듬는다. 무관심으로 무장했을 때는 방치하듯 시간을 버리며 외면했는데 정해진 시간을 기다리는 동안 낯선 기분과 설렘에 하고 있던 것들을 점검하고 소리에 민감해진다. 언제부터 이렇게 그를 기다리게 되었을까.

사랑한다고 믿었던 그 사람은 없고 텅 빈 공간에 홀로 남아 외로움과 싸우던 서희는 점점 빛을 잃어 갔다. 남은 달력을 찢어 내길 두려워하는 자신을 발견할 때마다 흘러 버린 시간과 늘어 가는 주름을 절감한다. 영원할 수 없는 것들이 분명 있는데 내가 변하지 않는다고 다른 모든 것들도 그러하리라는 보장이 없다.

한 번쯤 변덕을 부려도 될까. 날 위한 삶으로 돌아가고 싶다. 늪에서 벗어나 하루하루 치열하게 살았던 열정 넘치던 그때로. 기다리면 돌아올 거라 믿어 끝내 놓지 못했던 희망이라는 끈이 손에서 점점 빠져나간다. 시간이 얼마 남지 않았다.

돌아와, 나타나. 어떤 모습으로든 제발…….

❀

몸이 온전히 회복되지 않은 탓도 있지만 강민은 일에 집중하지 못했다. 점심도 먹는 둥 마는 둥 했다. 시간이 갈수록 집중력도 현저히 떨어졌다. 결국 끝끝내 버티던 그가 백기를 들었다. 집으로 돌아왔을 땐 오후 5시 반이었다.

"아주머니는?"

"방금 가셨어요."

아무리 일찍 오겠다고는 했지만 5시 반에 귀가할 줄이야. 괜찮은 척, 다 나은 척 그녀 앞에서 멀쩡하게 행동했지만 아직 전부 다 나은 건 아니었나 보다. 하긴, 유행성 독감이 그렇게 쉽게 떨어질 리 없었다.

"샤워하고 나오세요. 저녁 준비 할게요."

"메뉴가 뭔데?"

"된장국이랑 생선이에요."

"……다른 건 없어?"

그가 불퉁한 얼굴로 서희를 바라보았다. 김밥을 싸 달라고 떼쓰던 얼굴과 비슷해 보였다. 어린아이 같은 뾰로통한 얼굴에 조금 웃음이 나올 것 같았지만 입술을 꾹 물었다가 떼어 내었다. 또 그 비웃음을 받으며 요리할 수는 없었다.

"김밥이라면 재료가 없어요."

"……."

"원하는 게 뭐예요?"

"별식."

쉽게 의중을 파악할 수 없는 말에 서희는 작게 한숨을 쉬었다. 정말, 까다롭기로는 둘째가라면 서러운 사람이다.

"별식이라면 정확히 뭐요?"

"글쎄…… 잠깐만. 그러지 말고 옷 갈아입고 나가지."

"어딜요?"

"마트."

"네?"

이 사람이 정말 미친 게 아닐까? 어딜 간다고? 마트?

"같이 가자니까. 뭘 먹고 싶은지 나도 모르겠어. 움직이고 싶기도 하고."

어제 먹은 김밥에 무슨 약이라도 들었던 걸까? 그런 게 아니라면 저런 이상한 행동을 보일 리 없었다. 그녀는 강민의 얼굴을 살폈지만 뱉은 말을 주워 담을 생각은 없어 보였다. 도리어 빨리 가자며 그녀를 보챌 뿐이었다.

참, 마트 지하에 음식점이 있었지. 차라리 거기서 한 끼를 때우는 게 더 좋을지도……. 부담스러웠던 마음이 조금은 가벼워졌다. 하지만…….

없는 게 없다는 유명한 할인 매장 마트의 지하는 사실 강민에겐 별세계나 다름없었다. 언제나 도우미나 비서가 그에게 필요한 것을 사다 주었으니, 그가 발길을 하는 일이 거의 없었던 탓이었다. 그래서인지 그는 조금 들떠 보였다.

"이거 맛있네요. 이름이 뭡니까? 아아, 씀바귀……."

"자연산 송이가 이렇게 비싼 거였어?"

"이봐, 고기 좀 살까?"

"1+1 이벤트를 하면 남는 게 있나? 아, 유통기한이 얼마 남지 않아서 묶음으로 파는 거군."

"오징어채 맛있네. 술안주로 딱이야."

면바지에 와이셔츠를 받쳐 입고 카트를 밀고 다니는 그와 그녀는 영락없는 신혼부부의 모습이었다. 남들의 시선이야 어떻든 상관없었다. 명목뿐이긴 해도 두 사람이 신혼부부인 건 사실이니까.

하지만 문제는 강민이였다. 어울리지 않게 말이 많고 호기심도 많은 이강민. 그동안 알고 있던 모습과 너무 달라 혹시 다른 사람인 건 아닌지 의심까지 들었다.

"먹어 보세요."

"하나 드시고 가세요!"

"진짜 맛있어요. 세일 중입니다!"

그는 시식 코너마다 멈춰 섰다. 판촉원들이 주는 대로 넙죽 받아먹고 그냥 지나치지 못해 이것저것 그대로 담다 보니 카트에 담긴 물건이 산을 이뤘다.

"뭐 하는 거예요? 그러다 탈 나요. 그리고 이걸 전부 사면 어떡해요?"

"먹어 보면 사야 하는 거 아냐? 어떻게 그냥 가? 미안하게."

"……이보세요, 이강민 씨. 당신 호구예요?"

"호구? 하하하."

"웃지 말아요. 어어…… 웃지 말라고요!"

그렇지 않아도 출중한 외모 덕에 이목을 끌고 있는데, 남자가 함박웃음을 짓자 지나가는 사람들도 덩달아 그를 바라보았다. 주변인들의 시선에 얼굴이 벌게진 건 오히려 서희였다.

"하하, 호구가 아니라 호갱이겠지."

"그걸 아는 사람이……."

"사 두면 먹을 거야. 냉기 짱짱한 독일제 냉장고가 있는데 뭘 걱정해?"

말이나 못하면. 어휴, 이걸 전부 언제 정리하느냐고. 자기가 할 것도 아니면서. 서희는 골치가 아팠다.

"정리하다 시간 다 가겠네요. 요리도 자신 없고."

"그럼 사 먹지, 뭐."

말은 참 쉽게도 뱉는다. 이럴 거면 재료는 왜 샀느냐고 묻고 싶었다.

두 사람은 결국 집에서 밥을 해 먹길 포기하고 지하에 위치한 푸드코트로 향했다. 평일인데도 저녁 시간이라 그런지 사람이 많았다. 평소 그의 차림새였으면 어울리지 않았을 텐데, 오늘은 캐주얼 차림이라 그런지 평범한 회사원처럼 보였다. 강민은 들깨 칼국수를, 서희는 우거지 칼국수를 주문해 자리에 앉았다.

"들깨 싫어해?"

"좀 피하는 음식이긴 해요."

"왜?"

"손발이 차긴 한데, 들깨 먹으면 몸에 열이 많아져서요."

"임신 잘되는 체질이네."

푸읍. 그의 말에 서희는 우거지를 삼키지 못하고 그대로 뱉어 내고 말았다. 그는 표정 하나 변하지 않고 휴지를 꺼내 그녀의 입가를 닦아 주고 주변을 정리해 주었다. 다정한 모습에 부러워하는 시선들이 따라붙었다. 침착한 그에 비해 그녀는 당황해 어쩔 줄 몰라 하고 있었다.

"뭐, 뭐라고요?"

"그렇잖아. 이래 봬도 주워들은 게 많아. 엉덩이가 둥글고 어깨와 허리가 튼실하고 몸이 따뜻한 여자가 임신이 잘된다고 들었어. 아냐?"

"……맞아요."

대체 모르는 게 뭔지. 맞는 말이기에 반박할 수 없었던 서희는 덤덤히 남은 칼국수를 흡입했다. 강민 역시 빨개진 그녀의 귀 끝을 모르는 척, 식사를 마저 했다.

"맛있다."

"천천히 먹어요. 공복에 밀가루 음식 급하게 들어가면 체하니까."

"알았어."

저녁 시간, 마트에서 아내와 함께 장을 보고, 사람 좋은 훈훈한 미소를 띤 채 맛있게 식사를 하는 남자의 모습이 어떻게 비칠지 잘 알고 있었다. 원래는 그런 사람도 아니면서. 진심에서 우러나오는 행동인지, 철저한 계획 아래 꾸며진 행동인지는 몰라도 포장 하나는 기가 막히게 잘하는 남자였다. 그것도 재주라면 재주다.

올림픽 공원을 산책하기엔 너무 어둡고 늦은 시간이 아닐까 생각했는데 의외로 사람들이 많이 보였다. 공원은 건강을 위해 운동하는 사람들, 하루 종일 주인을 기다리며 답답하게 갇혀 있다 이제야 겨우 뛰어노는 애완견들, 달달한 분위기를 풍기는 연인들로 붐볐다. 그 사이를 강민과 서희가 함께 걸었다.

"멍, 멍멍!"

"어멋!"

"서희야!"

갑자기 달려든 커다란 개 때문에 서희가 깜짝 놀라 펄쩍 뛰었다. 거리를 두고 나란히 걷던 강민이 재빨리 다가와 그녀를 뒤에 세우고 개를 떼어 내었다. 멀리서 화들짝 놀란 주인이 헐레벌떡 뛰어오고 있었다. 하지만 개는 여전히 흥분을 주체하지 못하고 서희 근처를 이리 뛰고 저리 뛰며 맴돌고 있었다.

"슈바이처 그만, 그만해!"

견주가 얼른 개의 목줄을 잡아채고 주의시켰다. 개는 머리가 좋은지 주인의 명령에 금세 얌전해졌다. 사람을 너무 좋아하는 것뿐이지 순하고 귀여운 개였다. 윤기 나는 갈색 털의 개가 초롱초롱한 눈으로 여전히 서희를 바라보고 있었다.

"죄송합니다. 목줄을 놓쳐서……."

견주가 연신 미안하다 사과했지만 강민의 화는 좀처럼 풀리지 않았다.

"뭐 하는 겁니까, 이 사람이 깜짝 놀랐잖아요. 목줄을 매지 않다가 사람을 다치게 하면 어떻게 되는지 몰라요?"

"죄, 죄송합니다."

견주는 강민의 퍼런 서슬에 목이 자라처럼 쑥 들어갔다. 견주를 일별한 강민은 그의 뒤에 오도카니 서 있던 서희에게 시선을 주었다. 아직도 놀란 기색이 쉬이 가라앉지 않았는지, 그녀는 가슴 위에 손을 얹고 있었다.

"괜찮아? 어디 다친 곳은 없어?"

"네."

"어디 봐."

세심하게 그녀가 다쳤는지 살피는 자상함이 그녀를 무릅하게 만들었다.

"괜찮다니까요. 놀랐을 뿐이에요."

"그럼……."

견주는 행여나 자신을 붙잡을까 뒤도 돌아보지 않고 큰 개와 함께 달아나 버렸다. 쌩하니 도망치는 뒤꽁무니를 빤히 바라보던 강민은 싸늘한 얼굴로 입을 열었다.

"다쳤으면 이 정도로 끝나지 않았을 거야."

대체 왜 이렇게 화를 내는지. 서희는 누가 보면 자신이 그에게 소중한 사람이라도 되는 줄 알 거라고 생각했다.

"그만해요. 다친 곳 없다고 말했잖아요."

날카롭게 날이 선 그녀의 반응에 그가 눈썹을 꿈틀댔다.

"놀라 소리친 건 내가 아니라 당신이었어."

"알아요. 그러니까 오버하지 마요. 당신 탓 안 할 테니."

말이 심했다. 알고 있었지만 뱉은 말을 주워 담을 수도 없는 노릇이었다. 말이 지나치게 차가운 것 같아 뱉고 나서 아차, 했지만 서희는 정정하지 않고 그저 입술을 물었다. 여태 화기애애했던 분위기가 싸늘하게 식어 갔다.

화가 났는지 그녀의 보조를 맞추어 걷던 강민이 두어 발자국 앞서 걸어갔다.

"저기……."

손을 뻗어 옷자락을 잡으려던 행동을 멈춘 서희는 그의 등을 바라보며 걸었다. 굳은 어깨와 다문 입술로 보아 자존심이 많이 상했나 보다. 그럴 만도 했다. 그의 걱정은 전부 순수한 호의였는데……. 그의 배려가 기분이 나빴던 것은 아니었다. 주제 넘는다고 생각하지도 않았고.

그저, 두려웠다.

성큼성큼. 자꾸만 제게로 다가오는 남자가 무서웠다. 의지하고 싶어질까 두려웠다. 욕심내면 안 된다고, 아무것도 줄 수 없는데 기대하면 안 된다고 스스로에게 다짐했다. 외면하려고 해도 그는 자꾸만 서희의 가슴 한복판으로 침입하려 들었다. 그 자리를 내주고 싶지 않아서 그랬다. 그게 무서워서.

그녀는 그의 굳은 어깨에서 시선을 떼어 내곤 한 걸음 더 뒤로 물러섰다.

네 발자국.

그와 그녀의 거리는 좀처럼 좁혀지지 않았다.

10

참…… 기분이 그렇다.

강민은 내키진 않았지만 함께 사는 여자가 생각했던 것보다 훨씬 신경 쓰인다는 사실을 인정할 수밖에 없었다. 짧은 시간을 함께했을 뿐인데, 더 마음을 주기라도 했다가는 큰일 날 것 같았다.

'거리를 둬야겠어.'

그런 생각에 일부러 그녀를 더 멀리했다. 가까이 다가가고 싶을 땐 어김없이 걱정해 주는 그의 말에 차갑게 일갈하던 그녀의 모습을 떠올렸다. 그러나 그녀는 전처럼 딱딱해지고 사무적으로 변한 그를 불편해하기는커녕 오히려 반기는 것 같았다. 그마저도 거슬려 갈피를 잡을 수 없었다.

저 여자 심장은 무쇠로 만들어진 건가? 그가 가진 재력과 외모라면 한 번쯤 그에 대해 재고해 볼 만한데, 여자는 정해진 선을 함부로 넘지 않았다. 그가 환영할 만한 일이었으나, 생각보다 기분은 좋지 않았다.

집안이 평안해야 사내가 나가서 일을 잘한다던 어른들의 말이 떠올랐다. 하지만 그에겐 평안하지 않을 어떤 이유도 없는데 머리가 뒤죽박죽 제멋대로 움직였다. 오늘처럼.

아침을 먹고 모닝커피를 마시며 출근 전 아주 잠깐 쉬는 시간이었다. 다른 생각을 할 여유가 없는데도 평소보다 핏기 없는 하얀 얼굴이 눈에 밟혔다. 어디 아픈가? 아니, 잠을 못 잔 건가? 아니면 그가 너무 차갑게 대해 속병을 앓는 건 아닐까? 그는 쌓여 있는 일에 대해 생각할 겨를도 없이 서희의 얼굴을 살피고 있었다.

우스운 사실은 대놓고 물어볼 수 없다는 거였다. 부부로 묶인 사이인데도 어디 아픈 건 아니냐는 작은 관심조차 내비칠 수 없었다.

'오버하지 마요.'

그녀의 목소리가 자꾸만 강민의 머릿속에 울렸다. 배배 꼬인 심사 때문에 결국 퉁명스러운 말이 튀어 나갔다.

"그런 얼굴로 배웅할 거면 하지 마."

"……죄송해요."

그가 원한 답이 아니었다. 아프다든지, 잠을 못 자서 그런다든지 차라리 변명이라도 했으면 좋겠는데. 사람이 말문을 텄으면 알아서 이유를 대야 하는데, 여자는 또 조가비처럼 입을 꾹 다물어 버렸다. 속 터져서, 정말.

"오늘 기다리지 마. 늦을 테니까."

"네."

차가운 얼굴과 냉랭한 눈빛에서는 얼음이 뚝뚝 떨어졌다. 그러나 그녀는 그에 대해 한마디 말도 하지 않았다. 카디건만 걸치고 배웅을 나온 서희가 차가운 공기 탓에 몸서리쳤다. 한심했다. 일그러진 그의 얼굴을 서희는 가만히 바라보지 못하고 시선을 피했다.

강민이 차에 올라타고도 그녀는 자리를 지켰다. 백미러 너머로 보이는 그녀의 모습에 짜증이 밀려들었다. 그녀는 차가 출발할 때까지 한참을 꼼짝 않고 서 있었다.

'누가 본다고, 추우면 들어갈 것이지. 미련하긴…….'

잠을 설쳤다. 송주완 형사와 밤늦은 시각까지 통화를 하고 나서부터는 불안이 극에 달했다.

— 정이수 씨와 만나실 겁니까?

"네, 주선해 주세요. 제가 약속 장소로 나갈게요."

— 알겠습니다.

송 형사에게 정보를 주던 정보원이 생명의 위협을 느끼고 밀항을 서둘러 달라 했단다. 그녀가 향해 가고 있는 곳이 완전 다른 방향은 아닌 모양이다. 강철이 남긴 자취와 흔적을 좇는 데에 급급했지만, 다른 각도에서 접근하는 것도 나쁘지 않을 것 같았다. 주변인을 한 명, 한 명 조사하다 보니 예기치 않았던 인물이 수면

위로 떠올랐다.

정이수.

실종된 그 사람이 가장 아꼈고 믿었던 두 살 아래 지기이자 친구. 얼굴은 가물거렸지만 유달리 형형했던 눈빛은 줄곧 기억에 남았다. 정이수는 처음엔 그녀를 달가워하지 않았다. 그러나 이내 살갑게 형수님이라고 부르며 위험한 일을 하는 사람이긴 해도 형님을 믿고 기다려 달라 너스레를 떨기도 했었다.

실종된 후 몇 번 우연히 만났고, 그리고 자연스럽게 소식이 끊겼다. 도움을 청할 상대인지 아닌지 판단이 서질 않아 그녀는 신중을 기했다. 그저 그뿐이었는데, 송 형사가 지나가듯 던진 말에 서희는 소름이 끼쳤다.

'의외로 적은 가까운 곳에 있었을지도 모릅니다. 이 직업을 오래 하다 보니 가까운 사람이 가장 무섭더군요.'

아니겠지, 설마…… 아닐 거야. 그렇게 생각 하면서도 정이수가 인천 상권의 절반을 장악하고 있다는 말에 의아함을 감출 수 없었다. 마지막까지 통합하는 데 애를 먹었던 대성동 이권까지 접수했다니……. 대체 어떻게…….

강철은 직업과 어울리지 않게 비상한 머리를 가지고 있었다. 그녀가 은연중에 흘린 의학 전문 용어도 딱 한 번 듣고 기억해 냈고, 상황 판단 능력 또한 뛰어났다. 그는 서희와 동생 태철을 위해 음지에서 벗어나 합법적인 사업체를 만들겠다는 큰 꿈을 꾸고 있었다. 그의 준비는 치밀했다. 인천 상권을 장악하는 것도 그 준비의 일환이었다.

가까운 사람, 오해, 질투, 이권, 배신. 부정적 단어들이 들어차자 의심은 꼬리에 꼬리를 물고 그녀를 괴롭혔다. 기억하던 모습 그대로 그리워하고 싶은데 흘러간 시간 속에서 추억마저 변해 버릴까 두려웠다. 그나마 추억했던 행복조차 더러워질까 봐. 가슴이 왜 이리 답답할까. 왜 이렇게…….

높은 고층 빌딩은 아니지만 외관은 그럴듯해 보였다. 강남 한복판에 있다는 사실만으로도 땅값은 어마어마할 것이다.

"형수님, 아…… 이젠 그리 부르면 안 되겠네요. 하하."

"편하게 대하세요."

낯익은 얼굴이지만 낯선 사람 같기도 했다. 변했다. 그것도 아주 많이. 외모만 변한 게 아니라 눈빛에 살기가 돌고 얼굴엔 욕심이 가득했다. 그녀를 만나기 위해 치장을 하고 나온 탓도 있겠지만 돈 냄새가 물씬 풍겼다.

"잘 계셨죠?"

"뭐, 그렇죠. 형님이 사라지신 후 애먹긴 했지만 어떻게든 살아남아야 했습니다."

서희는 안내된 사무실을 휘둘러보았다. 규모가 클 뿐 아니라 양복을 입고 밖에 대기 중인 수십의 남자들이 그의 높아진 위치를 알려 주고도 남았다.

"요샌 어떠세요?"

"하는 일이야 뻔하죠. 밥 먹고 사는 정도입니다."

"……네."

"형님을 아직 찾고 계시다고 들었습니다. 이런 말, 하기 좀 뭐하지만 이제 잊으시는 게 어떠세요. 살아 있다면 벌써 나타나지 않았겠습니까."

뭘 기대했던 걸까. 그가 아끼던 사람이니 그녀만큼은 아니더라도 그리워하리라 생각했다. 그러나 그녀의 생각을 비웃기라도 하듯 상대는 잊으라고 쉽게도 나불거렸다. 배불리 먹고 일신 편하니 과거 일은 잊고 마음 편히 살라 말하는 이 사람이 그가 그토록 아끼며 믿었던 동생이 맞나 의심스러웠다.

"살아 있을 거예요. 전 그렇게 믿어요."

"고집도 참……."

울컥한 마음을 숨기고 서희는 마음속에 숨겨 두었던 말을 꺼냈다. 갑작스러운 질문이었다.

"대성동도 관리하신다면서요?"

"네? 아, 그건……."

그의 표정이 설명할 수 없는 사악함을 드러냈다. 찰나였다. 호인처럼 표정을 바로 바꾸었지만 서희는 그 잠깐의 변화를 놓치지 않았다.

"그 사람도 무척 애를 먹었잖아요. 어떻게 된 건지 궁금하네요."

"……뭐, 당시 상황을 장황하게 말해 봤자 이해 못 하실 겁니다."

정확한 답을 들을 순 없었다. 꼬치꼬치 캐물어 봤자 대답을 교묘하게 피해 갈 것이 분명했다. 그 정도는 머리가 돌아가는 사람이었다. 허허실실 웃던 얼굴도 경직되어 가고, 정이수가 그녀와의 만남을 불편해하기 시작한 게 한눈에 확연히 들어왔다. 표정도, 말도 뻣뻣하게 굳어 있는 것 같았다.

"그래요. 잘 모르죠. 하지만 이거 하난 기억해요. 그 사람이 어떤 방식으로 일을 처리했는지, 어떤 마음으로 보살폈는지……. 그가 실종된 후 어떻게 된 일인지 수족처럼 따라다니던 사람들이 사라지거나 일을 그만두었다더군요. 아시나요?"

"있긴 있었죠. 세 명인가. 하지만 형님이 사라지신 후 경황이 없어 저도 잘……."

모른다. 기억나질 않는다. 어디서 많이 듣던 회피성 대답들뿐이다. 양팔에 소름이 돋았다. 그가 사라진 후 가장 많은 이권을 챙기고 부를 손에 거머쥔 사람이 정이수다. 그와 가장 가까이에서 일하는 것을 지켜봐 왔기 때문에 강철이 사라지고도 그 큰 상권을 차지할 수 있었던 것이다. 그런 그가 모르면 대체 누가 알까. 대체 누가. 서희는 비명을 지르고 싶었다.

와장창.

"형님!"

"제길, 나가! 모두 나가!"

이수는 서희가 나간 후 손에 잡히는 모든 것들을 벽에 내던졌다. 사무실은 순식간에 난장판이 되었다. 컵, 화분, 병. 무엇 하나

빠질 것 없이 깨지는 물건들은 전부 바닥에 널브러졌고 책상 위에 가지런히 놓여 있던 서류들도 엉망으로 바닥 이곳저곳에 떨어져 있었다.

"감히 날 책망하는 눈으로 봐? 처음부터 맘에 들지 않더라니. 제길!"

그저 눈이 마주쳤을 뿐인데도 기분이 나빴다. 도둑이 제 발 저린 꼴이라 해도 할 말 없었다. 친구를 팔고, 동료를 쥐도 새도 모르게 없애고 올라온 자리다. 양심이야 한 번 팔기가 어렵지, 두 번째, 세 번째는 그보다 더 쉬웠다. 온몸에 피 냄새가 진동할수록 쥐게 되는 것은 많아졌다. 여자, 사업장, 돈, 지위, 권력. 이제는 그의 윗사람보단 부리는 아랫사람이 더 많았다.

그 누구에게라도 아쉬운 소리 하나 들을 일 없는 제게 불손한 눈빛을 보내나니. 책망하듯 쳐다보던 그 눈동자를 도려내고 싶었다.

같잖은 의리를 앞세워 여기저기 들쑤시고 다니는 놈들을 죄다 손봤다. 땅에 묻고, 병신으로 만들어 고향에 내려가도록 만들었다. 단 두 명 빼고는 모두 그가 원하는 대로 되었다. 한 놈은 쥐새끼처럼 모습을 감추었고, 최서희는 아직까지도 미련 떨며 단념하지 못하고 주변을 어슬렁거렸다.

'결혼했다길래 너도 별수 없는 여자구나, 안심하고 있었더니. 제길, 제길, 제기랄!'

서희는 사무실에서 나와 바로 송 형사의 차에 올라탔다. 피곤했다. 머리를 대면 바로 잠들 것 같았다. 운전대를 잡고 그녀의 집으로 바래다주던 송 형사가 조심스레 말을 걸어왔다.

"어떠셨습니까."

"……정보원 한 번만 만나게 해 주세요. 딱 한 번이면 됩니다."

"알겠습니다."

안개가 서서히 걷히고 있었다. 이중으로 쳐진 장막이 거두어지는 그런 기분이었다. 제 딴에는 감정을 잘 감추고 있다 생각했겠지만 서희는 그가 숨긴 이상한 낌새를 눈치챌 수 있었다. 멍청한 놈. 할 말 못 할 말 가리지 못해 은연중에 말실수까지 했다. 그런 실수를 놓칠 서희가 아니었다.

'있긴 있었죠. 세 명인가. 하지만 형님이 사라지신 후 경황이 없어 저도 잘…….'

서희의 짐작이 맞는다면 정보원을 위협한다는 존재가 그일 확률이 높았다. 교묘히 호의를 가장해 본심을 감추어도 살의로 가득한 눈빛은 감추지 못했다. 정이수가 있는 공간에서는 썩은 비린내가 진동했다.

정신없이 달려 넘어지고 눈물 흘리며 드디어 이곳까지 도달했다. 지난 추억이 발목을 붙들어 흐르지 않았던 시간이 이제야 흐른다. 만남과 이별을 되풀이하는 인생. 얻느냐 잃느냐, 눈감고 외면해야 했던 진실 앞에 난 무엇을 버려야 할까. 종착역이 가까워지고 있었다.

*

성하그룹이 중국 대기업과의 계약 체결 후 성대하게 주최한 파티에 강민과 서희가 부부 동반으로 참석했다. 밀항을 앞둔 정보원과의 만남 여부 때문에 신경이 날카로웠지만 아내로서의 의무는 꼭 지켜야 했다.

은은한 살구색 오프 숄더 드레스에 어울리겠다며 강민이 비서를 통해 전달한 목걸이는 디자인 자체도 특이했지만 한눈에 봐도 고가임을 알 수 있었다. 참석 전 어떤 옷을 입을 거냐고 캐묻기에 대충 대답을 했었는데, 이런 세심함을 보여 주다니……. 목걸이는 근사할 정도로 드레스에 잘 어울려 그는 미적 감각 또한 남다르다는 걸 인정하지 않을 수 없었다.

"고마워요."

"마음에 들어?"

"네."

물끄러미 바라보는 심상찮은 얼굴 때문에라도 신중하게 단어를 골라야 했다.

"신경 써 줘서 고마워요."

"잘 어울려."

흘끔, 그녀에게로 향했던 강민의 눈길이 바로 거두어졌다. 신경 써서 그가 좋아할 법한 대답으로 골랐다고 생각했는데, 그의 표정은 여전히 무언가 탐탁지 않은 듯 보였다. 뭐지? 의상은 노출이 있었지만 과하지 않았다. 신체 중 그나마 자신 있는 부분은 가슴뿐이었다. 적당히 부푼 동그란 모양이 드레스와 잘 어우러져 그녀의 매력을 빛나게 했다.

"당신도 멋져요."

사실이었다. 나비넥타이를 맨 그녀의 남편은 정장이 멋들어지게 어울려 위풍당당한 수컷의 위용을 한껏 드러냈지만, 간혹 지어 보이는 미소는 불빛을 받아 부드럽고 근사해 보였다. 보기 드문 모습이었다. 그녀의 조언을 들어서인지 차갑고 냉철한 이미지가 한풀 꺾여 있었다.

서로를 칭찬하던 아름다운 한 쌍을 질투한 다른 이들이 둘 사이를 갈라놓았다. 강민의 곁에는 늘 사람으로 가득했다. 꼭 이 파티의 주인이 강민인 것 같았다. 서희는 불만 없이 뒤로 물러났다. 사람들 사이에서 인형처럼 웃고만 있는 건 질색이었다.

'어……?'

그 순간, 익숙한 뒷모습에 가슴이 철렁 내려앉았다. 설마?

"잠시만요, 잠시만."

혹여 환상일까, 사라질까 서둘러 쫓아갔다. 인파를 헤치고 낯익은 뒷모습을 따라갔다. 그리고 바로 앞에 그가 있었다. 불편한 드레스 자락을 꽉 쥐고 그의 바로 뒤까지 쫓아간 서희는 그 사람의 팔을 잡아챘다.

"저기요, 저기…… 잠시만요!"

검은 양복의 남자가 뒤를 돌아본 순간 서희는 실망으로 그 자리에 주저앉고 싶었다. 숨이 턱 끝까지 차올랐지만 그보다 더한 것은 눈물이었다. 당장이라도 눈물이 쏟아져 나올 것만 같았다.

아니다. 그가 아니다.

"누구시죠?"

"저, 성함이……."

"왕청일, 중국어로 칭이입니다."

"칭이…… 중국분이신가요?"

"네."

중국 사람이라니. 그녀는 찬찬히 그의 얼굴을 뜯어보았다. 강철이 아니었다. 분명, 강철이 아닌데도 그녀는 그의 얼굴 구석구석을 살피고 있었다.

"그, 그런데 한국어를 잘하시네요."

"어머님이 한국인입니다."

"아……."

몸집도 얼굴도 분위기도 눈빛도 전혀 다른 사람이다. 그런데도 눈을 뗄 수가 없었다. 멈췄던 시간이 다시 흐르기 시작했다.

닮았나? 아닌가? 너무 오랜 시간이 지나 그의 얼굴조차 잊은 건 아닐까. 아니다. 매일 밤 그렇게 그리워하던 남자인데 알아보지 못할 리가 없다. 혼돈으로 물든 그녀의 눈동자가 춤을 추듯 흔들렸다. 그런 그녀 모습을 단단한 눈빛의 남자는 덤덤히 바라보고 있었다.

"어디 불편하십니까?"

"아뇨, 아닙니다. 혹시…… 혹시 한강철이라고 아세요?"

"처음 듣는 이름입니다만."

"그럼 한태철은……."

"죄송합니다. 저와 다른 사람을 착각하셨나 봅니다."

착각. 처음 있는 일도 아니었다. 이런 경우는 여러 번 있었다. 비슷한 사람만 보면 쫓아가고 확인하고 실망하고 아파했다. 이상한 건, 분명 모르는 사람인데 심장이 펄떡펄떡 널을 뛰고 있다는 점이었다. 꼭, 강철을 마주하고 있을 때처럼.

「靑一(칭이)!」

날카로운 여자의 목소리에 반쯤 나가 있던 정신이 돌아왔다.

「여기서 뭐 해요? 인사해야 할 사람 있단 말예요.」

몸의 곡선을 고스란히 드러낸 붉은 드레스를 입은 화려한 외양의 여자가 다가와 그녀의 존재는 무시하고 서슴없이 남자의 팔을 잡아끌었다. 야한 미소를 요사하게 흘리는 여자를 바라보는 남자의 눈동자에 숨길 수 없는 애정이 담뿍 담겨 있었다. 연인인 모양이다.

서희의 검은 눈동자가 하염없이 일렁였다. 강철이 아닌가 보다. 분명 아닌데……. 그녀의 시선은 여전히 등을 돌린 남자에게로 향해 있었다.

와그작.

강민은 들고 있던 종이컵을 우그러뜨렸다. 그의 눈에는 서희가 남자에게 매달려 애원하는 모양새로 비쳤다. 매몰차고 차가워 북풍 같은 한기만 느껴지던 그녀가 저런 표정도 짓는다. 저런 얼굴로 남자를 바라보기도 한다. 더럽게 기분이 나빴다. 속에서 확 불꽃이 일었다. 그의 소유일 때는 한눈팔지 말라 분명 경고했을 텐데.

'기간 동안만이라도 충실하라던 말을 어겨? 다른 남자에게 눈을 돌려? 감히?'

어두운 심사를 감춘 채 미소를 띠고 기분 좋게 사람들을 응대하고 있었지만 그의 눈은 무섭도록 차가웠다.

'죽어도 내 옆에서 죽어! 다쳐도 내 옆에서 다쳐! 생각이 바뀌었어. 나, 너 안 놔줘.'

강민은 자제심을 잃었다. 점잖은 신사의 탈을 벗어던지고, 들끓는 소유욕을 드러냈다.

칭이, 왕청일.

그녀는 나사 빠진 사람처럼 내내 시선을 뗄 수 없었다. 장소가 장소이니만큼 본분을 다해야 옳았지만 생각처럼 쉽지 않았다. 감성이 이성을 누르고 제멋대로 행동한다. 외모야 바뀔 수 있다 쳐도, 분위기까지 저렇게 달라질 수 있을까? 아니다. 분명 다른 사람이다. 그런데 가슴이 자꾸만 미친 듯 뛰었다.

서희의 눈동자는 흔들리고 있었다. 시선을 감추지도 못한 채 넋 나간 사람처럼 하염없이 한 남자의 그림자를 좇고 있었다.

그리고 그런 그녀의 시선 끝을 확인한 강민의 얼굴이 눈에 띄게 어두워지고 있었다.

"왜……."

"네?"

"아냐. 추운가?"

"아뇨. 괜찮아요."

"손을 떠는데?"

강민이 흘긋 그녀의 손을 내려다보았다. 손끝이 미세하게 떨리고 있었다. 서희는 얼른 손을 뒤로 감추고 고개를 숙였다. 그는 옅게 웃고 있었지만 명백하게 조롱의 의미를 담고 있었다. 날카로운 눈이 그녀의 속내를 샅샅이 훑듯 빛났다.

그럴 리 없는데, 제 속을 알 리가 없는데도 그의 눈을 마주하고 있으면 모든 것을 들킬 것만 같아 두려웠다. 등 뒤에 둔 손을 마주 잡고 주물렀지만 떨림은 좀처럼 잦아들지 않았다.

"아…… 두통이 있어서 그런가 봐요."

"안색도 나빠 보여. 집으로 갈까?"

"아뇨! 괜찮아요."

그의 물음에 서희는 저도 모르게 목소리를 높였다. 그녀답지 않았다. 뒤늦게 아차, 싶어 목소리를 가다듬었지만 강민이 눈치채지 못할 리 없었다. 살얼음판을 걷는 기분이었다. 평소에는 단 한 번도 제가 불편해하는 것을 배려해 주지 않더니, 오늘은 대체 왜 이러는 건지. 서희는 가슴이 답답해 글라스에 든 와인으로 목을 축였다.

"당신, 이런 모임 즐기지 않았잖아. 몸도 좋지 않은 것 같으니 이만 돌아가지."

"아니라니까요. 정말 괜찮아요."

"흠……."

글라스를 잡은 손은 여전히 미세하게 떨리고 있었다. 동요하는 게 분명했다. 최서희가 제 앞에서 이렇게 동요했던 적이 있던가.

대체 무엇 때문에 이렇게 동요하는 거지? 평소라면 당장에 가겠다고 고개를 끄덕였을 여자다. 혹 저 남자 때문에 불편한 자리를 지키겠다고 하는 건가?

강민은 지금이라도 당장 큰소리를 치고 싶은 기분이었지만 애써 억누르며 덤덤한 목소리로 말했다.

"아는 사람이라도 만난 거야?"

"네? 아, 아뇨……."

청일을 서희가 알고 있을 확률은 그다지 높지 않았다. 그는 중국인인 데다가 사업 확장을 위해 1주 전에 입국했을 뿐이고 한국에 특별한 연고가 있다거나 애착이 있는 사람은 아니었다. 중국의 큰손이라 알려진 거대한 조직체의 차기 수장이 될 거라 알려진 그는 최근에야 모습을 드러내며 활동하고 있었다. 그러니 최 사장과 인연이 있는 것도 아닐 테다.

그에게서 뿜어져 나오는 기는 평범한 사람의 것과는 확연히 차이가 났다. 돈 냄새를 맡은 여자들이 부나방처럼 들러붙어 떨어지지 않고 왕청일의 주변을 맴돌았다. 접근할 기회를 호시탐탐 노리고 있는 게 분명했다. 강민은 그를 보며 약간의 동질감을 느꼈다. 차갑고 냉정한 이미지는 자신과 비슷해 보였지만 단단하고 강력한 에너지가 사람들을 끌어당기고 있었다. 비단 출세를 노리는 여자들이나 사업가들에게만 그 매력이 통하는 건 아닌 모양이다. 강민에겐 늘 돌부처처럼 표정을 굳히던 최서희조차 관심을 보이는 걸 보면…….

평소와는 확연히 다른 서희의 반응에 강민은 심사가 불편했다.

당장 터져도 이상할 것 없을 만큼. 의무적으로 참석한 몇 번의 모임에서는 조가비처럼 입을 꾹 다물고 집에 가는 시간만 손꼽아 기다리던 여자가 오늘은 가자고 해도 가지 않겠다고 버티니, 기분이 상하지 않을 수 없었다. 아니, 확 돌아 버릴 것 같았다.

"나가지."

"네?"

"인사는 이만하면 됐으니까 돌아가자고."

"아, 아니, 저기……."

강민은 그녀의 대답에는 아랑곳하지 않고 큰 걸음으로 앞서 걸었다. 커다란 등에는 망설임이 없었다. 종종걸음으로 따라가면서도 서희의 시선은 허공을 헤맸다. 엘리베이터에 올라 시야가 완전히 가로막힐 때까지, 그녀는 애타는 눈으로 두리번거렸다. 그 사람의 얼굴을, 그 사람의 모습을 다시 한번 시야에 담고 싶었다.

서희가 타고 있던 엘리베이터의 문이 닫히고, 많은 사람들 속에 둘러싸여 있던 왕청일이 그제야 고개를 들어 서희가 사라진 방향을 바라보았다. 찰나였지만 눈동자 속에는 복잡한 감정들이 휘몰아치고 있었다.

차에 올라탈 때까지 침묵이 계속되었다. 운전기사는 두 사람의 분위기에 덩달아 입을 다물었고 강민은 불편한 심기를 애써 감춘 채 다리를 꼬고 뒷좌석에 앉았다. 곧이어 자꾸만 뒤를 돌아보던 서희가 그의 옆자리에 탑승했다. 생각이 많은 얼굴이었다.

그녀는 손끝에 닿았던, 익숙하지만 낯선 감촉을 떠올리며 몸을 떨었다. 그리움이 병이 되어 허상을 본 것인가. 환영을 본 건 아닐까. 시렸던 가슴을 온기로 데워 주던 순수한 마음을 놓지 못하고 마음속에 잡아 두던 결과가 이런 걸까. 벗어날 수 없는 그리움에 몸부림치다 결국 기한을 정해 시간이 지나면 당신을 잊겠다 말해 놓고 닮은 사람을 만났다는 사실만으로도 휘청거리는 자신이 우스웠다.

보고 싶었다. 봄날에 꽃길을 거닐다 터뜨렸던 그 귀했던 웃음소리를 듣고 싶었다. 가을날 낙엽 위를 걷다 그가 떠올라 눈물짓는 바보 같은 짓은 이제 그만하고 싶었다. 하지만 그래도…… 같은 하늘 아래서 한 번쯤은 다시 만나 보고 싶었다.

그리고 그녀의 옆에서 속이 답답해 꽉 조이던 넥타이를 느슨하게 푼 강민은 팔짱을 낀 채 이젠 아예 대놓고 서희를 관찰하기 시작했다. 그녀는 그가 바라보고 있는 것도 모른 채 상념에 잠겨 있었다.

'저렇게 처연한 얼굴로 무슨 생각을 하고 있는 걸까.'

얼굴이 예쁜 것도 아니었고 애교가 많은 것도 아니었고 요리를 잘하는 것도 아니었다. 하물며 남자를 편하게 해 주는 여자도 아니었다. 굳이 따지고 들자면 마음에 드는 곳보다 마음에 들지 않는 점을 찾는 게 더 쉬웠다. 그런데도 그녀는 그의 머릿속으로 들어와 자리를 차지하고 나갈 생각을 하지 않았다. 자꾸만 마음에 걸려 시선을 떼지 못하게 만들었다.

차를 타고 이동하는 동안 치솟았던 혈압이 제자리를 찾았다.

화를 주체하지 못하다니, 확실히 그답지 않은 일이었다. '부부' 로 엮여서인지, '그의 아내' 이기 때문인지 그녀는 자꾸만 강민의 소유욕을 자극했다. 결혼을 하면 누구나 다 이렇게 되는 걸까. 여자, 아니 아내가 다른 남자에게 시선을 빼앗겼단 사실만으로도 그는 흥분했다. 지나치게 이상했고 그답지 않은 일이었다.

지금도 영혼을 빼앗긴 사람처럼 흔들리는 차 안에서 이리저리 휘청이는 가는 몸이 그에게 슬쩍 부딪힐 때마다 짜증이 솟구쳤다. 애써 가라앉혔던 화가 다시금 고개를 내밀었다.

"바로 앉아."

"……."

"최서희!"

이름이 불리고서야 정신을 차린 여자의 눈동자가 그를 바라보았다. 눈이 마주치자 강민은 입매를 일그러뜨렸다. 그녀는 늘 무슨 생각을 하는지 모를 눈으로 그를 보았지만 오늘과 같은 눈동자는 절대 아니었다. 공허로 가득 차 쉽사리 감정을 읽어 낼 수 없었던 눈동자가 지금, 수많은 감정으로 일렁이고 있었다.

"정신을 어디에 두고 있는 거야?"

"……아무것도 아니에요."

그녀는 끝끝내 또 숨길 모양이다. 강민은 주저 없이 목 끝에 걸려 있던 질문을 내던졌다.

"왕청일, 아는 사람이야?"

"네? 아, 아뇨."

서희는 가슴이 철렁했다. 청일을 바라보고 있었다는 걸 알고 있었나? 언제부터 보았을까? 저도 모르게 닮은 사람과 착각했다는 말이 입 밖으로 나올 뻔했지만 겨우 말을 안으로 삼켰다. 하나를 말하면 열을 유추하는 사람이 이강민이었다. 그녀의 대답에서 무엇을 읽어 낼지 몰랐다. 조심, 또 조심해야 했다.

나직하고 조용하게 묻고 있었지만 눈빛은 사나웠다. 그녀는 마치 바람피우다 들킨 사람처럼 심장이 졸아들었다.

"그래?"

물끄러미 바라보는 시선에는 여전히 불만이 가득 담겨 있었다. 구체적인 설명을 요구하고 있었지만 해 줄 말이 없었다. 정신도 없었고 그를 상대할 여유도 없었다. 서희가 입을 다문 채 앞을 바라보자 그도 이내 고개를 돌렸다.

잡았던 단단한 팔의 감촉과 낯선 사람을 예의 바르게 상대하던 모습이 눈에 아른거렸다. 아니다, 착각한 거라고 중얼거리면서도 낯설지 않은 그리움에 그녀는 목이 메어 왔다. 한계였다. 이젠……. 미친 여자처럼 닮은 사람만 보고도 하염없이 흔들리는 자신에게서 벗어나야 할 기로에 서 있었다.

11

"알겠습니다. 모레 저녁 7시."

전화 부스 안에서 몸을 움츠린 남자의 목소리에 힘이 실렸다. 단호한 목소리와는 달리 남자는 불안해 보였다. 흔들리는 눈동자로 여기저기를 두리번거리며 주시하고 있었고 무언가를 숨기는 듯, 더 움츠러들 수 없는 몸이 자꾸만 안으로 굽었다.

전화를 끊고 나서야 상택은 몸을 펴고 재빨리 전화 부스 안에서 나왔다.

"으으…… 춥다."

밖으로 나오니 제법 매서운 칼바람에 절로 몸이 오그라들었다. 오랜만의 외출이었다. 컨테이너 박스 안에 들어앉아 두문불출했을 땐 계절이 바뀌었는지도 몰랐다. 다행히 송주완이 송금해 준 돈이 있어 그걸로 점퍼부터 마련했길 망정이지 아니었으면 꼼짝

없이 얼어 죽을 뻔했다.

돈……. 모든 일의 원흉이 돈이었다. 전부 돈 때문이다. 더럽지만 필요한 그놈의 돈 때문에 의리도 신의도 저버린, 사람의 탈을 쓴 짐승이 떠올라 상택의 눈빛에 살기가 담겼다.

"형님……."

주먹에 절로 힘이 들어갔다. 퍽퍽한 서울살이에 양아치라 불리는 난잡한 인생이었지만, 의지할 곳은 있었다. 사람 좋던 구상본 그를 친형처럼 생각하며 깍듯이 모셨다. 여덟 살 위인 그가 유독 상택을 예뻐한 건 죽은 동생을 닮아서라고 했다. 정에 굶주렸던 그를 보듬어 주고 실수하면 대신 나서 준 사람이었다. 그런데…….

순식간에 벌어진 일이었다. 누명 아닌 누명을 쓰고 형님은 무리에게 둘러싸여 매타작을 받아야 했다. 다리를 각목으로 부러뜨린 잔인한 놈들은 피투성이가 된 형님을 길바닥에 버려둔 채 사라졌다. 고열에 시달리다 이틀 뒤에야 간신히 정신을 차렸지만, 다리를 심하게 저는 절름발이로 평생을 살아야 하는 신세가 되었다. 그뿐이랴, 상본은 달아나 숨으라는 간곡한 부탁 때문에 영문도 모른 채 몸을 숨기고 버러지처럼 구걸하며 이곳저곳을 전전해야 했다.

그러다 우연한 계기로 사건의 전말을 알게 되었다. 어디서나 어느 곳에나 빌어먹을 알력이란 건 존재한다. 어쩌면 밑바닥인 이곳이 더 치열할지도 모른다. 교통사고로 오늘내일한다는 이관수의 소식을 듣고 새벽녘 몰래 병문안을 갔다가 듣게 된 더러운 사실이었다.

이관수, 그가 누구인가, 상본 형님과는 둘도 없는 사이로 간이고 쓸개고 빼 줄 만큼 친했던 지기였고, 하루가 멀다 하고 만나

술잔을 기울이던 사이였다.

하지만 그는 정이수가 내민 손을 덥석 잡고 상본 형님을 죽음의 사지로 내몰았다. 알량한 술집 이권을 넘겨준다는 한마디에 신의를 땅바닥에 패대기쳐 버린 백번 죽어도 싼 놈. 죽기 전에 고백하고 가면 죄가 덜어지나? 본인 편하자고 나불거리는 그놈 입에 주먹을 날려 주곤, 병실을 뛰쳐나왔다.

그가 정말 화가 났던 건, 사실을 모두 알았어도 자신이 할 수 있는 일이 아무것도 없다는 점이었다.

돈을 모아 밀항하자. 상본의 그 말만을 지표로 삼으며 상택은 거지 같은 시간을 버텨 냈다. 그날만 손꼽아 기다렸는데, 어느 날 날아온 상본의 부음 소식에 상택은 할 말을 잃고 말았다.

자살이라고 했다. 술에 취해 강물에 뛰어들었다고……. 누구보다 삶을 살아가는 데 있어 치열했던 사람이다. 말년에 부귀영화를 누릴 거라 자신만만하게 호언장담했던 사람이었다. 그런데 왜, 이런 모습으로 차가운 바닥에 누워 있는 걸까. 도무지 믿어지지 않았다.

쫓기고 있어 모습을 드러내지 못하고 모자를 깊이 눌러쓴 상택은 핏빛이 도는 벌건 눈동자를 들어 차가운 강물을 바라보았다. 어차피 개 같았던 인생, 뭐가 두렵다고 몸을 숨기며 목숨을 연명했나, 회의가 일었다. 정작 죄 지은 놈은 호의호식하며 잘 살고 있는데, 억울했다. 미치도록 억울했다. 형님이, 그리고 자신이 뭘 그리 잘못했다고 이러는지 답답해 죽을 것만 같았다.

세상이 불공평하다는 건 이미 겪을 만큼 겪었다. 의붓아버지에게 실컷 두들겨 맞다가 맨몸으로 내쫓기고 좋아하는 여자를 만나

둥지를 틀었지만, 그녀가 모아 둔 돈을 모두 가지고 사라졌을 때에도 처절하게 실감했다.

좋은 게 좋은 거지. 밑바닥 인생이 다 그런 거지. 그렇게 자위하며 될 대로 되란 식으로 살아왔다. 하지만 사나이 의리는 돈으로는 살 수 없는 거라며, 핏줄보다 절 챙겼던 형님의 죽음 앞에서 상택은 공평하지 못한 현실의 부조리함에 반발심이 들끓었다. 그 놈의 목을 따 형님 영정 앞에라도 바쳐야 분이 풀릴 것 같았다.

목숨, 그까짓 게 아깝다고 형님을 외면했던 자신이 부끄러웠다. 상택은 강물 앞에 엎드려 한참을 가슴 치며 울었다.

❊

드디어 만남이 성사되었다. 정보원인 김상택이 마음을 바꿔 그녀를 만나겠다고 전했다. 송 형사에게서 전해 듣고도 믿기지 않아 한참을 되묻고 마음을 진정시키려 이리저리 서성였다. 서희는 초조해 손톱을 잘근잘근 씹고 있었다. 피가 날 정도로 물어뜯고서야 아주머니의 말에 정신을 차리고 행동을 멈추었다.

돈 때문이든, 다른 이유 때문이든 상택이 마음을 바꾼 이유는 아무래도 상관없었다. 그녀는 지푸라기라도 잡는 심정으로 정보원을 만날 날만 손꼽아 기다리고 있었다.

약속 장소와 시간은 영등포, 오후 5시였다. 왜 하필이면 가장 혼잡할 시간, 혼잡할 장소를 선택했을까 미심쩍었지만 따지고 들지 않았다. 그녀는 그만큼 절박했다. 혹시 그사이 상택이 마음을 바꾸지는 않을까 걱정되어 초조한 마음으로 하루하루를 견뎌 내었다.

"준비해."

"누나…… 아니, 사모님."

"사실 널 데리고 가고 싶지 않아. 위험할 수도 있고. 하지만…… 무엇보다 네가 궁금해할 거라고 생각했어."

태철은 말없이 고개를 끄덕였다. 실종자를 찾는 가족의 심정은 겪어 보지 않은 사람이라면 절대 알 수 없을 것이다. 그게 얼마나 피를 말리고 애간장을 녹이는 일인지. 희망과 좌절과 체념과 씁쓸함을 하루에도 수없이 느껴야만 했다. 사는 게 고통이고 아침에 눈을 뜨는 것이 고역이었다. 오늘은 나타날까, 내일은 찾을 수 있을까. 기약 없는 기다림은 날이 갈수록 희망을 갉아먹었다.

서희 역시 마찬가지였다. 울다가 까무러치고, 오늘은 올 것이라며 웃기도 하고, 그를 사랑했기 때문에 기다렸다. 하물며 태철은 그와 피를 나눈 유일한 혈육이다. 그녀보다 더 애타게 그를 기다리고 있을 태철을 두고 정보원을 만날 순 없었다.

"마음 단단히 먹어. 좋지 않은…… 말을 들을지도 몰라."

"알고 있어요."

"그래……."

태철은 서희를 집까지 바래다준 이후, 그녀의 집 앞에 주차된 차 안에 앉아 생각을 정리했다. 미치도록 궁금했던 그날의 진실을 들려줄 누군가를 드디어 만날 수 있다니. 도저히 믿기지 않았다. 그와 동시에 끝없이 두렵기도 했다.

어쩌면 같은 하늘 아래에 멀쩡히 살아 있을지도 모른다. 그 희망만으로 여태 버텨 왔다. 하지만 그 작은 희망마저도 산산이 부서질까 겁이 났다. 기다림에 지쳐 스스로에게 되뇌고 멋대로 놓아 버린 아픈 체념 대신 이제는 그 어디에서도 찾을 수 없는, 더 이상 세상에 없는 사람이라 확인하게 될까 봐 무서웠다.

계절이 바뀔 때마다 혹시나 하고 기다렸던 마음은 이내 체념으로 얼어붙었다. 온몸이 떨리도록 서늘했던 곳에 혼자 남아 창문으로 시린 하늘이 비치면 차라리 이대로 눈을 뜨지 않았으면, 하고 바랐다.

버려진 건 아닌데, 버릴 사람이 아닌데, 기약 없는 기다림이 원망으로 변질된 탓에 사랑했던 형을 미워하는 자신을 못났다며 자책해야 했다.

어디에서 무얼 하고 있을까. 살아 있기는 한 걸까. 살아 있다면 왜, 왜 날 데리러 오지 않는 것일까. 태철은 매번 겨울의 매서운 바람에 실려 오는 희미한 음성에도 소스라치게 놀라 함께 지내던 방 창문을 열어젖히곤 했다.

'철아. 형 많이 기다렸지? 추운데 왜 나와 있어.'

세상에서 가장 믿음직하고, 가장 든든한. 유일하게 믿을 수 있었던, 의지할 수 있었던 세상에 단 하나뿐인 형. 바람에 웃음소리가 섞이자 어김없이 눈물이 났다.

'철이 너, 역시 날 닮아서 맷집 하나는 타고났네, 타고났어.'

집으로 돌아와 속이 풀릴 때까지 실컷 샌드백을 두들겨 대고 땀으로 젖어 샤워하던 태철은 소리 죽여 울었다. 샤워기에서 쏟아지는 물이 그의 눈물을 감춰 주었다.

'사내새끼가 울면 안 되지.'

장난스럽게 말하던 형의 목소리가 아직도 뇌리에 선명했다. 눈물을 들키고 싶지 않았다. 태철은 샤워기 아래에서 긴 시간 혼자 눈물을 흘렸다.

❀

이상했다. 이렇다 할 만큼 뚜렷하게 변한 건 없는데 분위기가 미묘했다. 퇴근한 강민은 민감하게 그녀의 변화를 눈치챘다. 고개를 숙이고 소파에 앉아 있는 뒤통수가 평소와는 달라 보였다.

"무슨 일 있어?"

"네?"

"초조해 보여."

"……아니에요."

서희는 마주한 눈동자를 피해 도로 고개를 숙였다. 강민은 모른 척 그녀를 찬찬히 살폈다. 입술을 깨물고, 맞잡은 손을 가만히 두지 못하고 손가락으로 문지르고 있었다. 아니라고는 했지만 초조한 기색이 역력했다. 무슨 일이 있는 게 분명한데, 속내를 알 수 없는 저 여자는 여전히 그에게 입을 다물고 설명하기를 거부하고 있었다.

차라리 진짜 부부 사이였다면 지금 그녀에게 무엇을 숨기고 있느냐고 소리칠 수 있었을까. 아니, 어쩌면 대체 무슨 일이냐고 살살 달랬을지도 모른다. 평소의 그라면 도저히 상상할 수 없는 일이지만. 강민은 추궁해 봤자 입을 다물 그녀를 알기에 모른 척 넥타이를 풀며 그녀의 옆에 앉았다.

"그래? 내일 시간 되면 회사로 나와. 점심이나 함께 하지."

"미안해요. 선약이 있어요."

선약? 집에서 꼼짝을 않는 여자에게 선약이라니. 가끔 그에게 말도 없이 외출을 하고 바람 쐬러 나갔다 오기는 했지만, 누굴 만난다든가 약속이 있었던 적은 없었다. 그는 놀란 기색을 감추지 못하고 물었다.

"누구와?"

"……동창이에요."

"대학?"

"네."

그래서 그랬나. 다소 초조하고 예민해 보이는 그녀의 행동이 이제야 좀 이해가 되었다. 여자들에게 동창회는 남자들과는 전혀 다른 의미를 지닌다고 들었다.

강민은 그녀의 마음에 아주 조금 동질감을 느꼈다. 가진 걸 내세우고 싶어 하고 바뀐 남의 모습을 헐뜯고 싶어 하는 건 남자나 여자나 마찬가지일 테니까. 누구보다 가진 게 많은 그 역시도 동창회 자리가 썩 달갑진 않았다. 더군다나 객관적으로 봤을 때, 그녀를 좋아하는 사람보단 시기하고 질시하는 사람들이 많을 게 분명했다. 주변의 수군거림을 싫어하는 그녀에게 그런 동창회 자리는 가시방석이겠지.

"자."

"이게 뭐예요?"

"카드. 한도는 없으니 알아서 사용하면 될 거야."

"이러지 않아도 돼요."

"받아 둬. 작정하고 덤빌 동창들도 있을 텐데, GK의 이강민 아내라는 타이틀 때문에라도 한턱내야 하지 않겠어? 적재적소에 쓸 줄 알아야 대접도 받는 거야. 난 내 아내가 구두쇠처럼 굴었단 말, 듣고 싶지 않아."

"……알았어요, 고마워요."

그의 말에 서희는 더 이상 군말하지 않고 순순히 카드를 받아 들었다. 고맙다고 말하면서도 여전히 내키지 않는 얼굴이었다. 엎드려 절 받는 기분이었다. 강민은 작게 한숨을 쉬었다. 그녀라면 끝까지 받지 않겠다고 할 줄 알았다. 카드를 받아 가는 그녀의 손끝과 잠시 스쳤을 때, 그는 미묘한 감정에 사로잡혔다.

언제부터 그가 그녀의 행동 하나하나에 촉각을 곤두세웠는지는 모르겠지만 그 사실이 기분 나쁘거나 하진 않았다. 오히려 그녀가 제 카드를 쓰고, 동창회에서 '이강민의 아내'로 남들에게 보일 생각을 하니 꽤 유쾌하기도 했다. 소유욕의 일환일지도 모른다. 강민은 그 감정을 애써 부인하지 않았다.

그녀는 고개를 숙인 채 카드 끝을 매만졌다. 하얀 손 안의 블랙 카드는 유독 눈에 띄었다. 장난기가 인 강민은 자리를 조금 더 옆으로 옮겨 그녀와 가까이 앉았다. 다가오는 인기척에 놀란 서희가 고개를 돌렸다. 지나치게 가까운 거리에 그녀의 눈동자가 당혹으로 일렁였다.

"말로만?"

"네? 그럼 뭘……."

"당신 머리 좋잖아. 꼭 말로 해야 아나?"

멍한 얼굴로 강민을 바라보던 서희의 얼굴이 대번에 새빨개졌다. 귀 끝까지 달아오른 그녀는 재빨리 물러나 그에게서 멀어졌다.

"뭐, 뭐예요, 지금……. 그러니까 카드 줬다고 동침이라도 하자는 거예요?"

"뭐?"

그는 서희의 말에 웃음을 참지 못하고 입을 벌려 웃었다. 그답지 않은 환한 웃음이었다. 하여튼 웃기는 여자다. 아무리 계약 결혼이라지만 술집 여자도 아니고, 명색이 아내인 여자에게 카드를 줬으니 잠자리하자 요구할까. 그 상상이 어디서부터 시작되었는지는 몰라도 강민은 이 장난을 멈출 생각이 없었다. 오히려 빨갛게 달아오른 그녀의 얼굴에 더 짓궂게 몸을 붙였다.

"나야 거절하지는 않겠지만, 가능하긴 한 건가?"

"뭐…… 뭐라고요?"

기가 막혀 말문이 다 막혔다. 이 남자가 지금 대체 뭐라고 말하는 거지? 얼굴이 홧홧해 차가운 손으로 뺨을 식혔다. 물론 합방을 한 번도 하지 않았던 건 아니지만 그 일은 어쩔 수 없는 사정 때문이었다. 그저, 안고 잠이 들었을 뿐이고. 아니, 그녀가 모르는 무언가가 있는 건 아닌가? 그녀는 입술을 잘근 물었다가 능청스러운 웃음을 짓고 있는 강민을 쏘아보았다.

시시각각 표정이 버라이어티하게 변화하는 여잘 보며 강민은 웃음을 삼켰다.

"강요는 안 해. 하지만 나도, 당신도 욕구를 가진 성인이니 합의를 본다면 충분히 서로 즐길 수 있는 문제라고 생각하는데."

가벼운 농담에 축약된 사념이 눈동자에 넘실거렸다. 그의 눈빛이 그녀에게 꽂힌 채 떨어지지 않았다. 정신이 번쩍 들었다. 그의 농담 안에 진심이 숨겨져 있음을 모를 수 없었다.

바라보는 눈동자에 마음이 담기기 시작한 건 언제부터였을까. 제 속내를 숨기던 남자의 눈동자 안에 저렇게도 짙은 감정이 일렁였던 건 언제부터지? 그가 그녀를 향한 소유욕을 드러냈을 때부터? 아니면 고열 속을 헤매던 그 밤을 함께 보내고 난 이후? 어느 쪽이든 위험했다. 상대가 이강민이라면 더할 나위 없이.

"합의서 조항 기억하죠? 난 그럴 마음 전혀 없어요. 여자가 필요하다면……."

"거기까지!"

여자가 하고 싶은 말은 짐작하고도 남았다. 사람 기분 나쁘게 하는 데 도가 튼 여자니까. 그녀의 이야기를 끝까지 들었다간 또 날을 세우고 달려들 것이 뻔해 말허리를 잘랐다. 슬쩍 올라가 있던 입 꼬리가 언제 그랬냐는 듯 아래로 처져 있었다.

"먼저 잘게요."

"그래."

얼음처럼 차갑게 굳어 버린 강민의 표정을 애써 무시한 채 뒤돌아서는 서희의 마음도 편치는 않았다. 호의를 호의로 받아들일 수 없는 그녀의 입장을 이해해 달라고 말하기엔 그와 그녀 사이에 놓인 강이 너무나 넓고 깊었다.

*

동대문역은 오가는 사람들로 무척 붐볐다. 늦은 밤인데도 꺼질 줄 모르는 환한 네온사인 덕에 낮처럼 밝았다. 상택은 미간을 찌푸리며 모자를 더 깊게 눌러썼다. 그에게 좋은 환경은 결코 아니었다.

"제길, 날씨는 왜 이렇게 추운 거야?"

추위에 온몸이 얼어붙을 것 같았다. 발걸음을 재촉해 동대문 시장에 들러 필요한 물건을 사고 이리저리 돌아다니던 그는 포장마차로 들어가 소주와 뜨끈한 우동 국물을 시켜 들이켰다.

주머니가 두둑해 빌어먹는 거지처럼 돌아다니지 않아도 될 법한데, 그는 여전히 남루한 차림이었다.

상택은 소주 한 잔을 더 들이켰다. 알싸한 알코올 향에도 정신은 뚜렷하기만 했다. 상택의 머릿속은 온통 정이수와 무리들로 가득 찼다. 정이수, 그 개새끼가 인천에서 서울로 세력을 확장하려 한다는 소문이 파다해 도저히 가만히 있을 수 없었다.

'인천 촌놈이 많이 출세했네. 기다려. 내가 널 곧 손봐 줄 테니까. 죽기 아니면 까무러치기지.'

계획대로 된다 한들 무사히 빠져나올 수 있을 거란 보장은 어디에도 없었다. 아니, 접근조차 할 수 없을지도 모른다. 하지만 언제든, 어디에서든 허점과 틈은 존재하니까. 그는 기다림에 익숙했다. 기회가 보인다면 그때를 놓치지 않을 것이다.

이 바닥은 예전에도 그랬지만 여전히 돈으로는 안 되는 일이 없었다. 배운 거라곤 주먹질뿐인 멍청한 놈들의 입을 열게 하는 건 쉬웠다. 눈앞에 지폐를 흔들자 정이수가 언제, 어디에 나타나는지 술술 불어 댔다. 돈에 시선을 빼앗긴 눈동자에는 손톱만큼의 의리나 죄책감 같은 것을 찾아볼 수 없었다.

토요일 영등포 정영 빌딩 지하의 나이트에서 7시…….

“5시에 최서희를 만나기로 했으니, 시간은 적당하겠지.”

소주를 들이켜다 시간을 다시 확인했다. 만날 장소를 영등포의 백화점 근처로 선택한 이유도 바로 여기 있었다.

손이 잘게 떨려 왔다. 시간이 흐를수록 떨림은 심해졌다. 단단히 마음을 먹고 충분히 각오하고 있다고 생각하는데도 품 안에 깊이 숨겨 둔 날카롭게 벼려진 금속의 차가움이 느껴질 때마다 살이 떨리고 몸도 덩달아 움찔거렸다. 평생을 손에 쥐어도 익숙해지지 않을 감촉이었다. 상택은 품 안의 날붙이 위에 손을 올리고 심호흡을 했다.

‘정신 차리자. 내일 인생이 쫑날지도 모르니. 그래도…… 개죽음은 아니니까.’

언젠가 모든 게 망가지기 전에는, 어느 날은 안개가 끼고 어느 날은 온종일 흐려도 함께할 친구가 있고, 술이 있어 살 만했다.

밤새 쪽잠을 자고 일어나도 피곤해 보인다며 걱정해 주던 손길 하나에 힘이 나 또 하루에 몸을 던지던 때가 있었다. 그 손길을 위해 미친 사람처럼 제 몸을 아끼지 않던 때가 있었다.

아침이 시작될 때마다 희망이 없다는 건 죽을 만큼 괴롭고 힘든 일이었다. 희망이 방구들에 처박혀 빛을 바란 하루. 무의식에서 깨어나도 옆자리가 비어 있는 하루하루. 오늘도, 내일도, 먼 미래에도 내 곁에 아무도 없을 것이라는 이 끔찍함…….

형님도 그랬기 때문일까. 아무도 없다는 적막한 외로움을 이기지 못해 생을 놓아 버린 게 아닐까. 나라도 곁에서 힘이 되었다면, 어떤 일에 닥치든 도망치지 않고 서로를 보듬고 치열하게 살았더라면……. 지금에 와선 아무런 의미도 없는 후회였다. 너무나 늦어 버렸다.

※

토요일 아침이 되자마자 갑작스레 하늘이 어두워지며 빗방울을 뿌려 댔다. 어제만 해도 맑았는데, 서희는 백화점 근처에 자리한 카페 가장 구석 자리에 앉아 우중충한 하늘을 올려다보았다. 맑지 않은 하늘에 가슴이 뒤숭숭했다. 불안정하게 심장이 뛰었다. 태철은 서희의 옆에 앉아 그런 그녀를 걱정스러운 눈길로 쳐다보고 있었다.

상택은 5시 반이 다 되도록 나타나지 않았다. 초조해져 연신 입구만 흘깃대었다. 카페 안으로 들어오는 사람의 모습만 보여도 일어나길 수차례.

그리고 40분을 훌쩍 넘기고서야 나타난 상택은 모자를 푹 눌러쓰고 경계하듯 주변을 두리번거리며 서희의 앞에 앉았다. 허름한 모습이었지만 눈빛만은 날카롭게 살아 있었다. 도저히 겁에 질려 숨어 있던 사람 같아 보이진 않았다.

"시간이 별로 없습니다."

"알겠어요. 아는 대로만 얘기해 주세요."

그간 형사를 통해 몇 번이고 그녀의 존재를 검증하고 알아보았지만 쉽게 믿을 수는 없었다. 그는 서희의 존재를 처음부터 알고 있었다. 강철의 여자. 그녀와 함께 앉아 있는 남자는 태철이 분명했다. 세월이 흘렀지만 형님으로 모시던 강철을 빼닮아 알아보는데 어렵지 않았다.

강철의 여자와 동생. 강철에겐 둘도 없이 가까운 그들일지 몰라도 상택은 쉽게 믿을 수 없었다. 5시 훨씬 전부터 나와 그녀와 태철의 동향을 살피고 주변을 확인한 후에야 모습을 드러냈다. 그녀를 백 퍼센트 믿는 것 또한 아니라 전부를 말해 줄 생각은 없었다. 어쩌면 오늘이 그의 제삿날일지도 모르지 않은가. 실패할 확률이 성공할 확률보다 높았다.

"그날 형님은 누군가를 만난다며 나가시곤 돌아오지 않았습니다. 중요한 약속이라고 하셨죠. 들으신 대로 그날 칼부림이 있었던 것 같습니다. 직접 형님의 죽음을 목격했다는 사람이 아무도 없으니 분명 살아 계실 겁니다."

"중요한 약속이라고 했다고요? 누구랑요? 짐작 가는 상대라도 없나요?"

"거기까진……. 하지만 한 가지 확실한 건, 정이수 그놈이 관련되었을 겁니다."

정이수의 이름을 입에 담는 그의 눈은 살얼음처럼 차갑게 빛나고 있었다. 다급해져 이성을 붙잡지 못하고 그의 대답을 재촉하던 서희의 이성을 차게 식힐 정도로 싸늘한 눈이었다.

변해 버린 정이수의 얼굴이 서희의 머릿속을 스쳐 지나갔다. 무언가 있을 거라고 생각했다. 그가 관련되어 있을지도 모른다는 의심이 들기도 했었다. 하지만, 그건 정말로 의심일 뿐이고…… 강철이 그렇게 믿고 의지했던 그가 배신했다고는 확신할 수 없었다.

"정이수…… 그가, 대체 왜……."

"그건 형사가 알아낼 일이고 난 내 방식대로 그놈을 응징할 겁니다."

"네? 그게 무슨?"

초조한 듯 상택이 손목시계를 흘깃거렸다. 여기서 정영 빌딩까지 가려면 시간이 얼마 남지 않았다. 7시에 만나기로 약속이 되어 있다고 했으니 아마 그것보다는 조금 이른 시간에 도착할 것이다. 나이트에 들어가 버리면 손쓸 방도가 없었다.

"죄송하지만, 가 봐야 할 곳이 있어서 이만."

"잠깐, 잠깐만요!"

상택은 미처 잡을 새도 없이 다급하게 자리를 빠져나갔다. 서희는 가만히 보고만 있지 않았다. 핸드백을 챙겨 내달렸다. 지금 잡지 않으면 언제 또 그를 만날 수 있을지 모르는 일인데 이렇게 놓칠 수는 없었다. 놀란 태철이 그녀의 곁으로 뛰어왔다. 여자의 뜀박질로는 쉽게 따라잡을 수 없는 거리였다.

"어서, 어서 따라가!"

그녀가 태철을 다그치자 깜짝 놀란 그가 잠시 주춤거리다 이내 빗속으로 뛰어갔다. 가만히 기다리고만 있을 수 없었다. 그녀는 미친 여자처럼 혼잡한 퇴근 시간의 통행로를 달렸다. 이리저리 사람들과 부딪히면서도 멈추지 않았다. 숨이 턱에 찰 때까지 상택의 모습을 놓치지 않으려 기를 쓰고 앞을 향해 내달렸다.

이제야 겨우, 이제야 겨우 강철에게 닿을 수 있다고 생각했는데. 그의 흔적을 드디어 찾을 수 있을 거라 생각했는데…….

상택은 숨을 헐떡이며 멈추어 섰다. 미끈한 검정 세단이 빌딩 앞에 멈추어 서고, 정장을 입은 장정들이 우산을 펴 들고 누군가 내리기를 기다렸다. 곧이어 왕이라도 되는 양 거들먹거리는 흰 피부의 남자가 눈에 들어왔다. 얼굴이 번지르르해져 까딱했다간 못 알아볼 뻔했으나 분명히, 정이수 그놈이었다.

"정이수."

억눌린 목소리가 빗소리에 묻혀 들리지 않았다. 바로 지금이다. 정이수가 차에서 내린 지금이 절호의 기회였다. 상택은 품 안에 숨긴 칼을 꺼내 들어 꽉 쥐었다. 단 한 번뿐이다. 이를 악물고 그에게 다가갔다.

비가 와 정신이 없어 어수선한 사이, 은밀한 접근을 정이수가 알아채기 직전에 칼날을 그의 가슴팍에 인정사정없이 깊게 찔러 넣었다. 칼자루를 쥔 손이 부들부들 떨리고 있었다.

"이, 이게 무…… 무슨……."

"너도 형님께서 당한 고통을 느껴 봐라."

상택은 핏기 가신 정이수의 얼굴을 똑똑히 들여다보며 더욱 깊게 칼을 찔러 넣었다.

그리고 여자의 비명 소리가 거리를 울렸다. 사람들이 모일지도 모른다. 정이수의 부하들이 어찌할 바를 모르고 우왕좌왕하는 틈을 놓치지 않고 상택은 부리나케 뛰었다. 검은 양복을 입은 장정들 사이를 빠져나가며 빗속을 달렸다.

"형님! 정신 차리십시오!"

"저 새끼 잡아, 얼른!"

빌딩 입구는 아수라장이 되었다. 몇몇 남자들은 상택의 뒤를 쫓아갔고 몇몇은 자리에 남아 정이수의 상태를 살폈다. 흘러나온 피가 바닥을 적시고 빗물을 따라 흘렀다. 구경꾼들과 윽박지르는 남자들의 목소리가 뒤엉켰다.

"아……."

"누나!"

행인들을 개의치 않는 폭력적인 무리들과 모여드는 인파에 서희는 뒤로 밀려났다. 다리에 힘이 풀렸다. 빨갛게 물든 바닥이 잔상처럼 뇌리에 남았다. 더 이상 서 있을 수 없었다. 서희의 몸이 뒤로 넘어갈 듯 휘청이자 놀란 태철이 얼른 그녀에게로 다가갔다. 저를 붙들려는 태철의 손을 잡지 못한 서희는 그대로 바닥에 쓰러져 버렸다.

"누나, 누나!"

하필 머리를 잘못 부딪쳤는지 정신이 몽롱해졌다. 시야가 점점 흐려진다. 비명 소리, 빗소리. 그리고 아득하게 들려오는 또 다른 목소리가 뒤엉킨다. 낯익은 목소린데, 누구지. 누구였더라. 환청인가?

'서희.'

'최서희.'

'정신 차려, 서희야.'

*

강민은 태철의 전화를 받자마자 GK가 후원해 주고 있는 대형 병원 특실을 준비했다.

머리를 감은 하얀 붕대 아래로 그보다 더 하얗게 질린 얼굴이 있었다. 서희는 좀처럼 깨어날 생각을 하지 않았다. 뇌진탕은 아니고 충격으로 인한 실신이라고 설명하는 의사의 진단에도 강민은 여전히 딱딱하게 굳은 얼굴이었다. 윽박을 지르는 것도 아닌데 표정이 어두워 폭풍전야 같았다. 의사들은 재빨리 필요한 처리를 마치고는 꼬리를 감추었다.

누워 있는 서희를 한참 바라보던 강민은 태철에게로 시선을 돌렸다. 아직 앳된 얼굴에 걱정이 가득했다. 그게 서희에 대한 걱정인지, 경호를 제대로 하지 못한 것에 대한 걱정인지 강민은 알아챌 수 없었다.

그는 태철에게 병실 밖으로 불러냈다. 태철은 강민의 뒤를 따르면서도 여전히 의식이 없는 서희의 얼굴을 들여다보았다.

"대체 경호를 어떻게 한 거야!"

"죄송합니다."

강민의 눈동자에 불길이 일었다. 서희를 바라보고 있을 때는 어둡게 침잠했던 눈이었는데 병실을 벗어나니 뜨겁게 일렁이고 있었다. 태철은 고개를 숙였다.

"오늘…… 친구를 만난 거 아니었나?"

"……."

굳게 다물린 태철의 입술에 강민은 머리를 쓸어 올렸다. 가슴이 답답했다. 서희의 경호원은 동창회에 간다던 그녀가 왜 그곳에 있었는지 아는 눈치였다. 몰랐다면 서희가 했던 변명이라도 제게 늘어놓았을 것이다. 알면서도 모른 척한다 이거지. 경호원으로서 고용주를 위해 말을 아끼는 건 칭찬해 마지않을 일이었지만 지금 당장 강민에겐 아무 소용도 없는 일이었다.

"당장 그만둬. 오늘부턴 내 경호원들을 붙일 테니까."

"전 사모님 지시를 받……."

"사지 멀쩡히 나가고 싶으면 입 다물어. 내가 만만해 보여?"

강민의 목소리에 태철은 입을 다물었다. 다년간 운동을 했다. 하루도 게을리 해 본 적 없었고 여러 격투기 유단자이니만큼 주먹에도 자신이 있었다. 대학에서도 겨루기로 누군가에게 져 본 기억이 손에 꼽았다. 그런 태철에게 남자는 겁박하고 있었다. 다른 사람이 그랬다면 코웃음 쳤을 일이고, 도리어 태철이 더 강하게 나왔을 일인데도 한마디도 할 수 없었다. 그가 가진 재력이나 배경 때문이 아니라 오로지 그의 분위기 하나 때문에.

"다시 부를 때까지 내 눈앞에 나타나지 마. 알았어?"

"……알겠습니다."

차마 발걸음이 떨어지지 않았지만 물러나야 할 때였다. 서희가 많이 다치지 않았다는 사실만으로도 감사해야 했다. 왜 누나를 제대로 지키지 못했을까. 누나 한 몸 정도는 지킬 수 있다고 그렇게 큰소리를 쳐 놓고. 꽉 쥔 주먹이 자책감에 미세하게 떨려 왔다. 눈을 뜰 때까지 곁에 있고 싶지만, 그럴 수 없었다. 가족처럼 생각하지만 진짜 가족은 아니었고 지금 서희의 옆에 있을 수 있는 건 태철이 아닌 이강민이란 남자였다.

태철이 무거운 발걸음을 옮겨 복도 끝으로 사라지자 강민의 분노도 서서히 누그러졌다. 번지르르한 얼굴을 칭찬할 때부터 알아봤어야 했는데. 경호를 대체 어떻게 했기에. 아침에도 멀쩡했던 사람이 쓰러졌다는 연락을 받고 얼마나 황당했는지, 이루 말할 수 없을 정도였다.

강민은 병실로 돌아와 여전히 잠들어 있는 서희를 바라보았다. 차라리 바득바득 대드는 얼굴이 훨씬 낫지, 시체처럼 하얀 얼굴로 눈을 감은 채 누워 있는 꼴은 도저히 봐 주기가 힘들었다.

눈을 가린 머리를 정리해 주자 서희가 눈썹을 꿈틀거렸다.

'동창회에 간다고 하지 않았나. 대체 거기엔 왜 간 걸까. 하필 그때, 그 장소에.'

몸이 좋지 않은 장인이 이 소식을 듣게 되면 상태가 악화될까 우려돼 일단 작은 접촉 사고가 있다고 둘러댔다. 하지만 강민은 도무지 이 찝찝한 기분을 떨칠 수가 없었다. 자세한 장소를 이야기한 건 아니었지만 상류층 자제들이 모이는 동창회 장소라고 해 봐야 뻔했다. 그런데 갑자기 영등포라니. 그것도 나이트와 유흥업소들이 모여 있는 그 후미진 골목에서.

'뭐지? 최서희, 감추고 있는 게 대체 뭐야.'

궁금하지 않아야 했다. 그게 그다운 일이었고 그게 처음 계약 결혼을 결정했을 때 그가 그렸던 결혼 생활이었다. 깔끔하고 뒤끝 없이, 서로 질척거리지 않는 완벽한 계약 결혼. 그걸 바랐던 건 그였음에도 불구하고 당장 그녀를 흔들어 깨워 어떻게 된 일인지 캐묻고 싶었다. 왜 거짓말을 했는지, 그 경호원과는 무슨 관계인지, 왜…… 내 접근은 조금도 허용하지 않는 건지.

인정하고 싶지는 않았지만 아내라는 이름으로 누워 있는 저 여자와 남남처럼 돌아설 수는 없을 거란 불길한 예감이 들었다. 아니, 어쩌면 이미 오래전부터 그런 결말을 예견해 왔는지도 모르겠다.

❀

숨이 턱까지 차올랐다. 당장이라도 폐가 터져 버릴 것 같았다. 한계다. 이수를 찌르고 그 자리에서 저도 죽을 것이란 각오는 어디로 갔는지, 상택은 필사적으로 도망쳤다. 나고 자랐던 인천이 아니라서 이곳이 어디인지, 어디로 가야 하는지도 알 수 없었다. 그저 본능적으로 앞만 보고 달렸다. 막다른 골목에서 걸음을 멈출 수밖에 없었다. 뒤따르는 발걸음 소리가 여러 개였다. 승냥이 무리들이 하나둘 그를 에워쌌다.

"그래, 죽여! 어차피 나도 살 생각 따위는 없었으니까. 그 새끼 뒈지는 걸 못 보고 죽는 게……."

"이 새끼가, 형님을!"

거친 손찌검이 이어졌다. 남자들의 주먹은 배려 없이 매서웠다. 고통을 이기지 못한 신음이 입 밖으로 터져 나왔다. 급소와 복부를 강타당한 상택이 몸을 웅크리자 누군가 딱딱한 걸로 그의 머리를 세게 내리쳤다. 상택은 비명과 함께 쓰러져 길바닥에 드러눕고 말았다. 높은 건물들 사이로 하늘이 보였다. 검푸르고, 낮고, 음침했다. 꼭 저 같아 동질감이 느껴졌다. 빌어먹고 살던 양아치 인생을 마감하기에 이보다 적당한 날이 있을까.

"없애 버려."

한 남자가 주머니에서 나이프를 꺼냈다. 시퍼런 칼날의 빛이 눈에 익었다. 시야 안으로 시커먼 남자들이 가득 찼다. 피로 얼룩진 얼굴로 상택이 웃었다. 이제 곧, 형님을…….

현기증으로 눈을 감아 기절해 버렸지만, 그가 다시 공격받는 일은 없었다. 도리어 갑자기 들이닥친 무리들의 습격에 뒤를 쫓아왔던 커다란 장정들이 하나둘 쓰러졌다. 수세에 몰린 정이수의 부하들이 달아나고, 정적이 찾아온 골목에 비싼 양복을 갖춰 입은 남자가 발걸음 했다.

"옮겨라."

"네, 보스."

"조용히 일 마무리 잘 짓고."

"알겠습니다."

보스의 지시에 남자들은 상택의 몸을 들어 올렸다. 핏물과 빗물에 흠뻑 젖어 젓가락처럼 늘어진 몸뚱어리가 장정 서넛에 의해 어딘가로 운반되었다.

해 넘어가는 시간은 밤과 낮이 바뀌며 색을 입는다. 그리움과 목마름으로 관철한 시간은 추억이라는 이름으로 자리 잡고 미지의 세계에서 새로운 섬을 구축한다. 영원할 것 같던 사랑은 어느새 가난한 이별을 눈앞에 두고 있었다. 서로의 행복을 위해 예정된 이별, 흘러가 버린 시간과 변해 버린 마음 앞에 세 사람의 선택의 순간이 다가오고 있었다.

⁂

서희는 눈을 가늘게 떴다. 회색빛의 천장이 보이며 의식이 가물가물 천천히 돌아왔지만 굳은 남자의 얼굴을 보곤 도로 눈을 감았다. 시간을 벌고 싶었다. 굵직한 목소리가 간호사로 추정되는 여자에게 차근차근 언제쯤 일어날 수 있느냐, 정말 별다른 이상은 없는 거냐, 묻고 있었다. 머리가 깨질 것 같은 두통에 절로 악 소리가 흘러나올 것 같았지만 서희는 가까스로 비명을 목 안으로 삼켰다.

상황을 정리해야만 했다. 쓰러지기 직전 보았던 광경에 대해 차근차근 생각할 시간이 필요했다. 정보원 김상택이 대로변에서 정이수를 찔렀다. 그에게 해코지라도 당할까 몸을 사리고 겁쟁이처럼 숨어 절대 밖으로 나오지 않았던 사람인데, 정이수에게 처음부터 원한이 있었던 걸까?

'왜? 갑자기 심경의 변화가 생긴 이유가 뭘까? 믿는 구석이라도 생긴 건가? 김상택은 어떻게 된 거지? 정이수는?'

묻고 싶은 게 산더미인데 물음에 대답해 줄 유일한 상대인 태철은 병실에 없는 것 같았다. 그렇지 않아도 검증되지 않은 초짜라며 불신을 드러내던 강민이 태철을 징계하지 않았을 리 없다. 동창 모임이 있다는 말도 거짓임을 눈치채고 있을 사람이니 무슨 말로 태철을 두둔해도 믿지 않을 것이다. 열심히 핑곗거리를 만들려 애써 봐도 마땅한 떠오르지 않았다.

전면전 말고는 방법이 없었다. 궁지에 몰렸기 때문이 아니라 이제는 될 대로 되라는 자포자기식 대처이기도 했다. 머리를 굴리고 빠져나갈 구멍을 찾는 건 이제 지쳤다. 완전히. 진이 빠져 꼭 뼈 없는 연체동물이라도 된 것 같았다. 그래, 더 이상 숨기는 것도 무리고 그러고 싶은 마음도 이젠 들지 않았다. 진실을 요구하면 알려 줄 것이고, 설명을 요구하면 전후 상황을 말해 줄 것이다. 그렇게 굳게 다짐하고 눈을 떴다. 그런데…….

"정신이 들어?"

걱정이 담뿍 담긴 눈동자와 다정한 말투에 당혹스러운 건 오히려 그녀였다.

"내가……."

"하필 그곳을 지날 건 뭐야. 조심해야지. 하마터면 큰일 날 뻔했잖아."

평소와는 너무 다른 강민의 태도에 도리어 서희는 말문이 막혔다. 이게 아닌 것 같은데……. 눈을 뜨자마자 날 다그쳐야 하는 거 아닌가? 혹시 내가 생각보다 많이 다쳤나? 그래서 이렇게 친절한 걸까. 서희가 붕대로 둘둘 감긴 머리를 만지려고 팔을 들어 올리자 강민은 재빨리 그녀를 제지했다.

"가만있어. 어깨도 조금 다쳤어. 내가 거울 가져오라고 할게."

괜찮다고 말릴 새도 없이 강민은 간호사를 불렀다. 기다리고 있었던 듯 득달같이 달려온 간호사는 강민의 요청에 부리나케 손거울을 대령했다. 서희는 그가 얼굴 앞에 내민 거울을 힐끔 보고 다시 그의 얼굴을 들여다보았다. 노기라고는 조금도 느껴지지 않는 평온한 얼굴. 의아함은 좀처럼 가시지 않았다.

"왜 그래?"

"아니 그게……."

"얼굴이 이상해서 그래? 걱정 마. 그냥 조금 부은 것뿐이야. 머리카락 한 올도 자르지 않았어. 검사하고 난 후 잠시 압박 붕대로 감아 둔 거야. 어디 불편한 데는?"

"없어요."

"혹시 구역질이 난다거나, 토하고 싶은 건 아닌지 살펴야 한다고 했어. 그런 증상이 있거나 불편한 점 있으면 말해."

불편한 점이라면 분명 있었다. 그의 태도, 그의 다정한 말투와 눈빛. 서희는 초조한 사람처럼 마른침을 삼켰다가 간신히 입술을 떼었다.

"집에 가고 싶어요."

"미안한데 오늘 하루는 병원에 있어야 해. 응급 상황이 생길지도 모르잖아. 오늘은 내가 함께 있을게."

"네?"

"불편하겠지만 참아. 특실 전용 소파에서 한 번쯤 밤새워 보는 것도 신선할 것 같아."

이 사람이 대체 왜 이럴까. 잔뜩 긴장해 가시를 세우고 있을 땐 다정하게 굴다가, 방심했을 때 그녀를 찌르려는 참일까. 혼란스러운 머릿속으로는 도무지 그의 속내를 헤아릴 수 없었다. 남들의 이목 때문이라면 오히려 그녀를 빨리 퇴원시켜 주치의를 집으로 부르는 편이 좋을 텐데.

그녀는 결국 마음속에만 담아 두었던 질문을 입 밖으로 꺼내었다.

"당신답지 않게 왜 이러는 거예요?"

"내가 뭘? 당신 지금 아프잖아. 환자 아냐? 내가 환자에게 무작정 우기고 다그칠 만큼 나쁜 사람이라고 생각해? 왜 거기에 있었는지, 무슨 일이 있었는지 궁금한 건 사실이야. 하지만 지금은 그걸 따질 상황이 아니잖아."

쥐고 있던 거울을 침대 옆 협탁 위에 올려놓은 강민은 작게 한숨을 쉬더니 서희의 눈을 똑바로 바라보았다.

"당신은…… 내 울타리 안에 살고 있는 내 사람이야. 우리 관계가 어떻게 시작되었든 그건 확실해. 안전하게 보호해 주지 못했으니 지켜보기라도 하고 싶어. 그게 잘못된 건가?"

구구절절 옳은 말이었지만, 서희는 어떻게 표정 관리를 해야 할지 갈피를 잡을 수 없었다. 다른 사람도 아닌 이강민의 입에서 이런 말이 나오다니. 결혼 생활을 하면서 생각했던 것보다 가까워진 건 사실이지만 단 한 번도 제가 그의 울타리 안에 있는 사람이라고 생각해 본 적은 없었다. 언제든지 등을 돌려 나갈 사람, 필요 없어지면 손을 뗄 사람. 그에게 저는 고작 그런 존재일 거라 생각했는데……. 이래서 사람은 겪어 봐야 안다는 건가.

그가 다그치면 다그치는 대로, 날카로운 말로 취조하면 취조당하는 대로 휘둘릴 생각이었다. 머리로 재고 따지고 변명하고 숨기는 것도 이젠 지긋지긋하다. 그래서 눈을 뜨기 전 몇 번이고 마음을 다잡았다. 하지만 그의 다정한 말과 걱정스러운 눈빛에 날카롭게 벼려져 마음에 박혀 있던 얼음송곳이 스르륵 녹아내리는 것 같았다.

어딜 가든 그녀는 빛나는 존재였고 누구보다 이성적이며 냉정한 사람이었다. 그러나 강철을 잃은 후, 그녀는 단 한 번도 발을 뻗고 마음 편히 잠에 든 적이 없었다. 아슬아슬 줄타기를 하는 것처럼 숨이 찼고 늘 불안했다. 보호, 안전, 편안한 울타리……. 그간 그녀에게 가장 필요했던 건 그런 것들이었다. 동정이겠지만 그래도 좋았다.

동정이라도 좋다니. 내가, 동정이라도 좋다는 생각을 하게 되다니……. 머리를 무언가로 강타당한 기분이 들어 서희는 입을 열 수 없었다.

강민은 심상찮은 서희의 안색을 보고 몸을 기울여 그녀의 얼굴을 꼼꼼히 살폈다.

"왜? 어디 안 좋아? 어지러워? 안 되겠어, 의사를 부르지."

"아뇨, 괜찮아요. 괜찮으니까……. 그냥 어지러웠을 뿐이에요."

눈물이 흐를 것 같아 눈을 감고 손으로 얼굴을 가렸다. 왜 이렇게 맘이 흔들리는 건지. 입에 발린 말 한 번에 눈물이 날 것 같다. 아프니 예민해진 게 분명했다. 언제부터 이렇게 약한 사람이 되었을까.

입술을 물고 울음을 참고 있는데, 강민이 대뜸 서희를 옆으로 밀어 자리를 만들었다. 머리와 어깨를 다친 게 걱정되었는지 밀어내는 손길도 조심스러웠다. 병원 특실의 침대라 그런지 아주 좁지는 않아 두 사람이 눕기엔 충분했다. 당황한 서희가 뒤로 물러나려 하자 굳건한 팔이 그녀를 끌어당겼다.

"뭐 하……."

"쉬잇, 어지러울 테니까 움직이지 말고 잠시만 이러고 있어."

그가 품 안에 서희를 가뒀다. 이마에 가슴팍이 닿고, 단단한 팔이 그녀의 어깨를 둘렀다. 그의 심장 소리가 미세하게 들리는 것 같았다. 서희는 환자라는 핑계로 연약한 여자처럼 행동하는 자신이 낯설었지만, 그의 든든한 팔 아래에서 쉬고 싶었다. 잠시만, 아주 잠시만.

품에 안은 여자의 거친 숨소리가 조금씩 잦아들었다. 강민은 묘하게 가슴이 간질거렸다. 사실, 그녀가 눈을 뜨기만 하면 다그치리라 생각했다. 사실 관계를 파악하고 왜 제게 거짓말을 했느냐며 목소리를 높일 것이라 생각했다. 하지만 그녀가 검은 눈동자에 숨길 수 없는 두려움을 담은 채 그를 올려다보자 그럴 마음이 싹 사라져 버렸다.

늘 꿋꿋하고 당돌했던 여자다. 그가 이를 드러내고 으르렁거려도 절대 물러서는 법이 없는 여자였다. 그런 여자가 두려워하고 있었다. 분노가 사라지고 그 자리를 차지한 건 안쓰러움이었다. 정말로 괜찮은 건지 걱정되는 마음과 눈을 떠 다행이라는 안도감까지. 그래, 오늘만 날도 아니지 않은가. 그녀에게 묻지 않아도 몰래 알아볼 수도 있는 문제였다. 굳이 그녀를 다그치고 싶지 않았다.

강민은 점점 안정되어 가는 그녀의 숨소리를 들으며 눈을 감았다.

"어머, 실례……."

간호사는 상태를 확인하기 위해 들어서다 부부가 연출하는 다정한 포옹에 황급히 병실을 나갔다.

⁂

터벅터벅. 끈질기게 뒤로 따라붙는 발자국 소리는 분명 하나였다. 태철은 앞을 보고 걸으면서도 뒤에서 들려오는 구둣발 소리에 귀를 기울였다. 골목으로 들어서면서부터 발자국은 쉼 없이 태철을 따라왔다. 예민해서인지는 몰라도 오늘 겪었던 일 때문에 자꾸만 신경이 쓰였다.

후미진 골목을 돌아 집 앞으로 향하려는 순간, 누군가 태철의 입을 틀어막았다. 어쩐지 발걸음 소리가 너무 가까웠다.

서희의 목소리가 뇌리에 맴돌았다. 병원에 누워 있는 누나는 괜찮을까. 안전하겠지. 태철은 침착하게 상대의 손을 뿌리치고 주먹을 휘두르려 했다. 하지만 이내, 자신을 부르는 목소리에 행동을 멈추었다.

"철아."

"……형?"

철이라는 별칭으로 그를 부르는 사람은 세상에 단 한 명, 형뿐이었다. 이제는 그의 곁에 없는 사람. 태철은 너무 놀라 저도 모르게 뒷걸음질 쳤다. 사위가 어두워 남자의 얼굴이 제대로 보이지 않았다. 그 남자가 아주 천천히 태철에게로 다가왔다. 가로등 불빛에 얼굴이 드러나고, 태철은 실망을 감출 수 없었다.

외모도, 목소리도, 분위기도 태철이 그리던 사람과는 전혀 다른 낯선 남자가 그를 바라보고 있었다.

"누구시죠?"

"……."

"이런 장난, 기분 나쁩니다. 용건이 뭡니까."

"……철아"

서희 누나조차 형에게 철이라는 애칭으로 불렸던 사실을 몰랐다. 나이를 먹고도 그렇게 불리는 게 창피해서, 그래서 숨겼다. 강철도 그런 그의 마음을 알아서 다른 사람 앞에서는 부르지 않았던 애칭이다. 둘만의 비밀이었다.

그런데 이 남자가 어떻게 아는 걸까? 혹시 형에게 들은 걸까?

"누, 누구세요. 혹시 우리 형 알아요? 형이 보냈어요? 그런 거예요?"

희망의 싹이 비쳤다. 분명 형과 연관이 있는 게 틀림없었다. 그렇지 않고서는 형과 저만 알고 있는 애칭을 알고 있을 리 없었다. 행여나 놓칠세라 그는 남자의 소매를 붙들고 늘어졌다. 유일하게 정보를 알고 있던 김상택도 사라졌다. 실마리를 쥐고 있을 거라 했던 정이수는 죽었는지, 살았는지도 모른다.

이 사람뿐이었다. 모든 희망이 없어진 끝에, 힘들게 다시 찾아온 유일한 희망이었다. 태철은 울 것 같은 목소리로 그에게 매달렸다.

"알죠? 그렇죠? 형 어디 있어요? 지금 어디 있어요? 네?"

씁쓸한 미소를 짓고 있는 남자는 영문 모를 표정으로 태철을 가만 바라보고 있었다. 꾹 다물린 입에 안달이 나는 건 태철뿐이었다.

"대답 좀 해 봐요. 어디예요? 네? 가르쳐 주기만 하면 제가 찾아갈게요. 제발, 제발 부탁입니다."

"눈앞에 있잖아."

태철은 맥이 풀린 듯 허어, 하고 바람 빠지는 소리를 내곤 그의 소매를 놓았다. 눈이 벌겋게 달아올라 있었다. 쏟아질 것 같은 눈물을 참으려 애썼다. 형형한 눈이 살벌하게 남자를 쏘아보았다.

"이봐요. 지금 장난하는 겁니까? 내가……."

"한태철. 물고기자리에 B형. 장래 희망은 공무원. 아, 지금은 바뀌었을 수도 있겠네. 좋아하는 색깔은 흰색. 생긴 거랑 달리 책 읽는 걸 좋아했지, 넌. 강원도 여행에서 물고기를 잡겠다고 그 한 겨울 밤바다에 빠져서 독감에 걸리기도 했고, 중학교 1학년 때는 편의점 김밥을 잘못 먹고 식중독에 걸려 5일씩이나 결석했었지. 더 얘기할까?"

남자가 줄줄이 늘어놓는 이야기에 태철은 말문이 막혔다. 그 어린 시절 이야기까지 아는 사람은 정말로, 정말 형뿐이었다. 세상에 형 한 사람밖에 없었다. 참아 왔던 눈물이 기어코 흐르고 말았다. 형이 떠난 이후 단 한 번도 다른 사람 앞에서 울지 않았는데, 아무리 애를 써 봐도 도무지 참을 수가 없었다.

"혀, 형? 형이야?"

"그래, 나야. 한강철."

형이 자세하게 알려 줘서 이 남자가 태철에 대해 알고 있을지도 모른다는 생각을 했다. 외모, 체격, 얼굴. 무엇 하나 같은 게 없는 남자인데도 가슴이 벌렁거리고 심장이 이리저리 뜀박질했다. 눈물이 자꾸만 쏟아졌다. 형이다, 이 사람은 내 형이 확실하다.

태철은 주먹으로 그의 가슴팍을 쳤다. 꽤 힘이 실린 주먹이었는데도 남자는 예전처럼, 강철이 그랬던 것처럼 웃으며 태철의 주먹을 받아 주었다.

"어떻게…… 왜, 왜! 왜 이제……."

"사연이 길어. 늦어서 미안하다."

"넌 모르는 걸로 해."

강철의 입술 사이에서 뿜어져 나온 연기가 밤하늘을 채웠다. 태철은 모든 사실을 듣고도 도저히 믿기지 않아 주저앉은 채로 머리를 감쌌다.

말도 안 돼. 이건, 이건 정말 말도 안 돼. 계속 그런 생각뿐이었지만 다른 사람도 아닌 제 형이 거짓말을 한다는 생각 또한 들지 않았다. 그때, 누군가의 얼굴 하나가 태철의 머릿속을 스쳐 지나갔다. 형의 발자취를 찾다 쓰러진 사람. 지금도 병원에 누워 있을 그 사람. 태철은 자리에서 벌떡 일어났다.

"안 돼. 누나한테 알려. 누나가 얼마나 형을 찾았는지 알아? 나보다 더 애타게, 훨씬 애타게 기다리면서 찾았다고!"

"아직 때가 아냐. 그전에 할 일이 있어."

변했다. 외양만 그런 게 아니라 속 알맹이까지 전부 다른 사람이 되어 버렸다. 태철이 알고 있던 단단하고 속 깊었던 한강철은 사라지고 어둠 짙은, 속을 알 수 없는 남자가 눈앞에 있었다. 낯설었다. 아직도 형이라는 게 믿기지 않는다. 그 일련의 사건 속에서 그는 그렇게 변할 수밖에 없었던 거겠지. 차갑고 시린 눈동자와 칙칙하고 어두운 기운에 잠식당한 그가 무섭기는커녕 안쓰러웠다.

할 일이 무어겠는가. 이야기를 전부 들은 태철은 짐작이 갔지만 말릴 수 없었다. 복수를 하려는 거겠지. 그러기 위해서 힘을 키웠을 테니까. 고통당한 만큼 갚아 주고자 하는 심리를 십분 이해하면서도 답답한 체증은 가라앉지 않았다.

갚아 준다고 없었던 일이 될까. 받은 대로 복수한다고 잃어버린 시간이 돌아올까. 달콤했던 추억과 기억에 폭력이라는 이름이 덧칠해지면 더 이상 아름다울 수 없다는 걸 알 만큼 태철은 어른이 되어 버렸다.

재회로 물든 기쁨도 잠시, 손가락 사이로 빠져나갔던 시간 한 덩이가 어느새 눈덩이처럼 커져 둘 사이에 넘을 수 없는 골로 변해 버렸다.

12

한강철, 아니 왕청일은 태철과 헤어진 후 바로 역삼동으로 이동했다. 감격에 겨운 이산가족 상봉까지는 아닐지라도 살아 있어 줘서 고맙다고 울먹이며 달려들어 안길 줄 알았다. 청일의 기억 속 태철은 어린 티를 다 벗지 못한 소년이었으니까.

그러나 어느새 훌쩍 커 버린 동생은 남자가 되어 왜 그랬던 거냐며 쏘아붙여 그를 당황스럽게 했다. 살아 있으면서 연락할 수 없었던 이유를 구구절절 전부 나열하진 않았지만 그래도 조금은 이해해 줄 거라 생각했는데 혼자만의 착각이었나.

혼자 어른이 되어 버린 동생은 떳떳하게 나서지 못하고 기다려 달란 말만 하는 그에게 실망한 눈치였다. 변한 것은 나 혼자만이 아니구나. 너만은 변하지 않고 있어 주길 바랐는데. 내 욕심이었구나. 서글펐다. 세상 어떤 것도 영원할 수 없고, 시간이 지나면 몰라보게 변화한다는 사실에 눈시울이 홧홧해졌다.

다시는 제 사람들이 다치지 않도록 힘을 기르자. 누구도 그를 건드리지 못하는 위치에 오르자. 그럼 그때는 다시…….

그 생각만으로 버텼다. 모든 것을 다시 되찾을 수 있을 줄 알았다. 얻는 게 있는 만큼 잃는 것도 있다는 생각을, 그때는 왜 하지 못했을까. 항상 그 모습 그대로 자신을 반겨 주고 이해해 줄 거라는 오만한 생각은 전부 착각이었다.

'정말 지금 밝히면 안 되는 거야?'

'왜 아직도 기다려야 해?'

'대체 서희 누나한테는 왜 비밀로 하는 건데!'

'왜 누나가 결혼하기 전에 먼저 나타나지 않았어? 왜, 왜!'

사연을 늘어놓자면 너무 길어 전부 다 말할 수는 없었다. 그는 중요한 이야기만 골라 태철에게 그동안의 상황을 이해시키려 했다.

그날, 누군가의 부름을 받고 약속 장소로 나간 나갔는데, 갑작스러운 난투가 벌어졌다. 당했다. 강철은 본능적으로 생각했다. 그 사람이, 그 사람이 꾸민 함정이야. 하지만 알아챘다 해도 때는 너무 늦었다. 강철은 혼자였고 무리들은 그렇게 호락호락하게 당해 주지 않았다. 흠씬 얻어맞고 넝마처럼 널브러졌다. 눈앞이 흐렸다. 사내들은 저들끼리 낄낄거리다 이내, 강철을 들어 올려 어디론가 향했다.

어두운 인천 앞바다에 내던져져 차가운 물 밑으로 가라앉았다.

살려 달라 외쳤지만 들어 주는 이가 없었다. 싸늘하고 깊은 바닷물. 강철은 한참을 발버둥 치다 이내 혼절해 버렸다.

그리고 눈을 떴을 때, 그는 요트 안에 누워 있었다. 가물가물한 눈으로 주변을 둘러보았다. 내부는 그 어느 곳도 대충 꾸민 법 없이 고급스러웠다. 구타당해 다친 몸도 치료가 되어 있었다. 전문가의 솜씨였다. 불현듯 서희가 생각이 나 혼란스러웠던 머릿속이 걱정으로 가득했다. 그녀는 괜찮을까. 아무도 해코지하지 않았겠지. 기다리고 있을 텐데. 말 한마디 못 해 주고 왔는데…….

'정신이 드셨습니까. 몸이 회복되려면 시일이 걸릴 겁니다. 데운 음식을 가져오겠습니다.'

하얀 와이셔츠에 모직 바지를 받쳐 입은 남자가 원래 알던 사람인 듯 강철을 대했다. 영문을 알 수 없었다. 남자는 내내 강철에게 공손했다. 살면서 한 번도 받아 본 적 없는 대접이었다. 마치 대단한 집안의 후계자라도 된 듯했다.

'내일이면 회장님이 도착하실 겁니다. 그동안 몸 추스르시고 불편한 점 있으시면 언제든 불러 주십시오.'

묻고 싶은 말이 태산 같았지만 물어볼 수 없었다. 그래선 안 될 것 같았다. 왜 처음부터 날 알고 있는 사람처럼 구는 것일까. 거기에 있는 건 어떻게 알고 구해 준 거지? 애초에 그 약속에 대해서는 아무에게도 이야기하지 않았는데. 그 장소에서 만나기로 한 사람은……. 거기까지 생각이 미치자 속이 쓰렸다. 정말로 그 사람이 판 함정인 걸까? 강철은 고개를 휘휘 내저었다. 그럴 리 없다 생각하면서도 머릿속 한편에는 의심이 자리했다.

다음 날 아침, 요트에서 내려 한 레스토랑에서 중후한 중국인 남자와 만났다. 남자의 머리는 희끄무레했고 얼굴 곳곳에 세월의 흔적이 엿보였지만 젊은 사람의 기백에도 밀리지 않을 만큼 묵직한 분위기를 풍겼다. 요트에서 그를 돌봐 주었던 남자가 통역을 맡았다.

중국인 남자는 자신을 왕 회장이라 소개했다. 그런 세상 물정에는 어두운 강철이지만 기업체의 이름을 듣곤 놀라지 않을 수 없었다. 강철조차도 익히 들어 알고 있는 이름이었다. 왕 회장은 이윽고 더 놀라운 이야기를 늘어놓았다.

강철은 자신의 안에 또 다른 자신이 존재하고 있다는 걸 알고 있었다. 튀어나오려는 걸 여러 번 누르고 억눌렀던 괴물의 존재. 어두운 욕망, 모든 걸 부수고 싶은 잔인함, 누군가를 밟아서라도 정상에 오르고 싶은 야망. 아닌 척 숨기고 있었던 강철의 내면은 그런 것들이 도사리고 있었다.

모자라도, 가난해도 열심히 살자. 형이 비록 떳떳하지 못한 일을 하고 있지만 우리 마음에 떳떳하지 못한 일은 하지 말자. 태철에게 몇 번이고 일렀던 말과는 전혀 다른 속내를 강철은 매번 억눌렀다. 하지만 기회가 찾아왔다.

변해 버린 자신의 모습에 상처받을 사람들의 얼굴이 떠오르지 않았던 것은 아니다. 그러나 강철은 이미 왕 회장의 손을 잡은 후였다. 강렬한 유혹을 떨치지 못하고 그의 옆에 섰다.

뒤늦게 후회하며 정신을 차렸을 땐, 이미 수렁 깊이 발을 디딘 후였다. '왕청일' 이라는 이름이 익숙해진 또 다른 자신이.

유토피아 캐피털은 중국에서도 손꼽히는 대기업이었다. 한낱 뒷골목의 조직에서 대기업이 되기까지, 왕 회장이 공을 들여 일궈 낸 그의 회사는 부피를 키워 가는 과정에서 많은 적을 만들었다.

강철과 왕 회장이 만나기 2주 전, 왕 회장의 유일한 아들 '왕청일' 이 스키 사고로 죽었다. 미심쩍은 사고라 혹시 사고를 위장해 살해한 것은 아닌지, 지시하라는 명령을 내렸지만 이렇다 할 확실한 증거는 없이 의심만 커져 갔다. 하나뿐인 후계자의 죽음은 왕 회장에게는 치명적인 악수였다. 그는 재빨리 방법을 찾았다. 그때, 강철의 정보가 왕 회장에게 흘러들어 갔다.

왕 회장은 그 과정에 대해서는 자세히 알려 주지 않았다. 그저 강철의 얼굴을 알게 된 후부터 2주 동안 그를 주시했다는 말뿐이었다.

국적도 다르고 만난 적은커녕 접점 하나 없는 왕 회장의 아들, 왕청일은 강철과 꽤 닮아 있었다. 세세한 이목구비는 달랐지만 얼굴에서 풍기는 분위기는 흡사했다. 그것도 아주 많이.

「내 아들이 되어 살게.」

중국의 대기업 중에서도 왕 회장의 회사는 으뜸이라 할 수 있었다. 왕 회장은 그가 가진 많은 것들을 포기할 수 없었다. 더 견

고히 만들고 싶어 했다. 아들의 죽음 앞에서도 쉬쉬하고 숨기며 제 잇속을 챙길 정도로 집착하고 있었다. 강철을 회유하며 선택하라고 부드럽게 이야기하면서도 그를 압박하기도 하고 긍정적인 대답을 내놓으라고 돌려 겁박하기도 했다.

처음엔 집으로 돌아가고 싶다는 마음이 반, 이제 와 돌아간다 해도 무엇을 할 수 있겠냐는 마음이 반이었다. 왕 회장의 제안에 망설이고 있다는 것 자체가 결정을 내린 것이나 진배없었다.

한강철이 아니라, 왕청일이 되기 위해서는 고통스러운 노력이 따랐다. 20kg을 감량하고 같은 이목구비를 만들기 위해 성형까지 했다. 오랜 양아치 생활로 인해 몸을 덮은 상처 자국을 없애기 위해 전신에 용 문신을 새겼다. 왕청일이 했던 것과 똑같은 모양으로. 그리고 가장 중요했던 지문……. 고통스러웠다. 열 손가락을 뜨거운 쇳물에 담가 지문을 지웠다. 얇게 벗겨 낸 왕청일의 생체 표피를 손가락 하나하나에 덮어씌워 이식했다.

외형을 바꾼 것으로는 끝나지 않았다. 수많은 교육과 자세 교정, 낯선 중국어, 입에 담아 본 적도 없는 어려운 경제 용어, 왕청일과 관련되어 있던 수많은 사람들……. 포기하고 싶었던 때도 수도 없이 많았지만 이를 악물었다. 그렇게 시간이 지나면 희석될 줄 알았던 복수심은 날이 갈수록 더 뜨겁게 끓어올랐다.

오랜 시간을 들여 한강철은 왕청일이 되어 사람들 앞에 섰다. 가능하지 않을 거라 생각했던 일이 현실로 일어났다. 모두가 그를 청일이라 불렀다. 영화에서나 보았던 황당한 일들이 절대 권력인 돈의 힘에 의해 고스란히 실현되었다.

아무도 눈치채지 못한 그의 정체를 알아챈 건 청일의 약혼녀, 양야월뿐이었다. 간담이 서늘했으나 그녀는 오히려 적극적으로 개입하며 그가 왕청일처럼 변신할 수 있도록 도와주었다.

「왜 날 도와주는 겁니까?」

조심스러운 물음에 그녀는 해사하게 웃었다. 물론 그 내용은 살벌하기 그지없었지만.

「그 자식 개망나니 짓에 지쳐 있었거든요.」

왕 회장조차 그녀는 믿어도 된다고 확언했을 정도로 신임이 두터운 여자였다. 눈꼬리가 치켜 올라가 고양이 같은 얼굴을 한 여자는 처음 받았던 인상처럼 요사스럽고 화려했지만, 그에게 다정했고 친절했으며 가끔은 엉뚱한 모습도 보였다. 이해하기 쉽지 않은 여자였다.

어느 날은 그녀가 여자를 직접 골라 그의 방에 들이밀기도 했다. 무슨 짓이냐 묻자 저와 잠자리를 하는 것도 아닌데, 여자가 필요할 것 같아 그랬다고 뻔뻔하게 대답했다. 기가 막혀 헛웃음을 짓자 그녀는 예의 그 요염한 웃음을 지어 보이며 같은 여자를 세 번 이상 만나는 건 그녀를 모독하는 짓이니 피해 달라 못 박았다. 그런 일이 생긴다면 상대 여자를 가만두지 않을 거라는 일종의 선전 포고 같은 것이었다.

청일은 눈을 감고 깍지를 낀 채 생각에 골몰했다. 하루에도 수십 번 가슴에 이는 불길과 맞닥뜨려야 했으면서도 지금까지 망설여 왔던 이유가 그를 괴롭혀 댔다. 어떻게 하지, 어떻게 해야 하나.

최서희.

자신을 이렇게 만든 정이수와 그의 무리들.

그리고 또 한 사람…….

그가 고민하는 진짜 이유는 동생에게도 차마 밝힐 수 없었다. 위험한 일이었지만 살아 있음을 알려 주고 싶었다. 동생의 말대로 일찍 나타나 그녀의 결혼을 막을 수도 있었다. 그러나 이런저런 이유를 들어 외면했다. 비겁한 게 맞다. 정상적인 결혼이든, 아니든 그녀가 다른 남자를 사랑해 결혼할 리 없다는 근거 없는 자만심 때문에 그랬다.

그러나 그가 변한 것처럼, 태철이 변한 것처럼 그녀도 변해 있었다. 그가 없이도 잘 살고 있었고 남편의 그늘 아래 안전하게 보호받고 있었다.

GK의 후계자, 이강민. 냉정하고 카리스마 넘치기로 유명한 데다 제 여자 하나쯤은 거뜬히 지켜 낼 단단한 인물이었다. 그녀를 향한 감정이 애정인지 아닌지는 잘 모르겠지만 그녀를 그저 곁에 달고 다니는 액세서리 취급을 하진 않는 것 같았다. 멀리 떨어져 있어도 늘 그녀 쪽을 살폈고 다른 남자와 그녀가 이야기를 나눌 때면 따가운 눈동자로 쏘아보았다. 청일이 서희와 이야기를 나눌 때도 그랬다.

'후우…….'

생각보다 빨리 일을 저질러 버린 상택 때문에 처리할 일이 한 두 가지가 아니었는데도 청일은 도무지 일에 집중할 수 없었다. 생각만큼 재회가 짜릿하지도, 기대만큼 복수가 통쾌하지도 않다는 사실이 무겁게 그를 짓눌렀다. 상념에 빠져 있는 사이 정중한 노크 소리가 들렸다.

「보스.」

「들어와.」

청일의 말에 문이 열리고 정장을 차려입은 남자가 깍듯이 인사를 하며 방 안으로 들어왔다. 아까 전까지만 해도 혼란에 빠져 있던 얼굴은 온데간데없었고 청일은 언제 그랬냐는 듯 딱딱하게 굳은 얼굴로 남자를 바라보고 있었다.

「방금 배에 태워 밀항시켰습니다.」

「순순히 따라갔나?」

「그건 아니지만…….」

그래, 그렇겠지. 그렇게 호락호락한 사람은 아니었으니까. 변하지 않은 것도 있었다. 그게 청일의 답답한 마음을 아주 약간이나마 해소시켰다.

「중국, 마카오, 홍콩 루트로 3개월마다 이동시키고 적당한 때를 봐서 신분 세탁도 해 줘.」

「곁에 두실 겁니까?」

「아니. 그러기엔 위험 요소가 너무 많아. 비밀리에 자금을 제공하고 도와준 존재가 누구인지, 무슨 관계가 있는지는 절대 눈치채지 못하게 해. 도와주는 이가 있단 사실조차 모르면 더 좋겠군.

바보가 아니라면 곧, 김상택이라는 이름을 버려야 살 수 있다는 걸 알게 될 거야.」

「알겠습니다.」

곁에 두고 싶은 마음이야 굴뚝같았다. 곁에서 힘들었던 일들을 함께 나누고, 또 같이 나아가고 싶었다. 하지만 '한강철'의 사람을 곁에 두는 건 너무 위험한 일이었다. 언제 청일을 시기하는 무리에게 끌려가 취조를 당할지 모르는 일이다. 약점이 될 수 있다면 싹을 잘라야 했다. 그는 유약하고 힘없는 한강철이 아니라 사람을 믿지 않고 냉철한 왕청일이니까.

그는 책상 위에 늘어진 서류를 다시 한번 꼼꼼하게 확인했다. 꼭 폭력을 자행해 죽이거나, 반신불수를 만들어 놔야만 빚을 갚는 건 아니었다. 그들이 단번에 무너질 방법은 따로 있었다. 힘의 근간이 되는 일들. 술, 매춘, 도박, 마약. 그런 것들이 유통되는 루트를 막아 버리는 것만으로도 그들은 큰 타격을 입었다. 루트가 끊어질 때마다 헐레벌떡하던 정이수가 떠올라 음산한 웃음이 만면에 떠올랐다. 칼을 맞고 누워 있지 않았더라도 정이수는 제가 가진 것을 하나둘 잃는 광경을 목격했겠지.

✲

새벽녘에 갑자기 걸려 온 전화 한 통에 서희는 깜짝 놀라 집을 나섰다. 변변한 준비도 없이 무작정 차에 올랐다. 병원으로 향하는 와중에도 계속 초조해 손톱 끝을 깨물었다. 최명렬 사장이, 그녀의 아버지가 쓰러졌다.

병원에 도착해서는 엘리베이터를 기다리는 시간도 아까워 병실까지 뛰어 올라갔다.

"아버지!"

하얗게 질린 얼굴로 뛰어 들어온 서희를 최 사장이 말간 얼굴로 바라보며 미소 짓고 있었다. 웃고는 있으나 얼굴이 좋지 않았다. 어디가 아프신 건지는 몰라도 전보다 더 해쓱한 얼굴이었다.

"아버지……."

"서희야."

최 사장은 아직도 숨을 헐떡이면서도 제 손을 꽉 붙드는 딸의 손등을 쓰다듬어 주었다. 머리카락이 삐죽삐죽 엉망으로 헝클어져 있었고 추운 날씨인데도 잠옷을 겨우 면한 얇은 옷차림이었다. 놀라 달려온 기색이 역력해 최 사장은 쓰게 웃음 지었다.

집에서 병원까지, 차로는 얼마 걸리지 않았다. 그녀가 서둘러 달라며 보채는 바람에 더 빨리 도착했다. 그러나 그 짧은 사이에도 서희는 가슴이 막히고 목이 메어 숨을 쉴 수조차 없었다. 두 손을 모아 제발 아무 일도 없게 해 달라고 비는 것 말고는 아무것도 할 수 있는 일이 없었다.

곧 병원에 도착해 부친을 보고서야 안도했다. 침대에 앉아 항상 반겨 주던 그 모습 그대로인 아버지를 보자 삼켰던 숨을 편히 내쉴 수 있었다.

"어떻게 된 거예요?"

"별거 아니다. 열이 좀 있고 소화를 못 할 뿐인데, 권 박사가 굳이 입원하라고 해서.”

거짓말, 거짓말이다. 권 박사는 분명 아버지가 쓰러지셨다고 했다. 갑자기 쓰러지셔서 급하게 병원으로 옮겼다고. 부친에게 참는 건 그저 일상일 뿐이다. 아마 그동안 계속 크고 작은 고통을 말없이 감내해 오셨을 게 분명했다. 암은 재발할 위험성이 높으니 아픈 곳이 있으면 절대 참지 말라고 그렇게 말씀을 드렸는데…….

“오른쪽 옆구리예요? 아니면 상복부가 아프세요?”

“아프지 않대도.”

“제발 사실대로 말씀하세요, 아버지. 저 미치는 거 보고 싶으세요?”

그녀는 이미 울먹이고 있었다. 암 투병 중엔 담관이 폐쇄되거나 황달 증세가 생기고 담관염이 생길 경우엔 발열과 소화관 출혈에 의한 심각한 빈혈을 동반하기도 한다. 그 어느 쪽이든 재수술을 요하는 일이었다. 그래서 그렇게 관심을 두고 지켜봐야 한다고 의사가 신신당부했던 거고, 그녀 역시 아버지께 주의를 기울이고 있었다고 생각했는데……. 강철의 일 때문에 아버지께 소홀했던 자신이 혐오스러웠다.

“정말이다. 걱정하지 않아도 된다니까 그러네.”

“장인어른 피곤하신 것 같아. 눕혀 드리지.”

부친을 다그치려던 서희는 그제야 강민이 병실에 있다는 걸 깨달았다. 사실 당연한 일이다. 헐레벌떡 뛰어 나가려던 그녀를 붙잡아 옷을 갈아입게 하고 차를 대기시켜 병원까지 운전해 준 건 그였으니까.

강민은 덤덤한 손으로 부친이 눕는 걸 돕고 짧은 이야기를 나누었다. 부친은 그에게 궁금한 게 많은 것 같았다. 그녀와 그의 결혼 생활, 밥은 잘 먹는지, 이야기는 많이 하는지.

서희는 늘 부친에게 결혼 생활에 대해 이야기하는 것을 피했다. 깊게 이야기를 했다간 전부 들켜 버릴 것 같아 두려웠기 때문이다. 그러나 강민은 아무렇지도 않은지 조곤조곤 부친의 물음에 대답해 주고 있었다. 옅게 미소 짓고 있는 얼굴에선 평소의 날카롭고 서늘한 분위기는 찾아볼 수 없었다. 몸 상태를 여러 번 묻고 부친의 안색을 살피던 그가 정중하게 말했다.

"이 사람, 지금 경황이 없는 것 같으니 잠시 데리고 나갔다 오겠습니다."

"마셔."

강민은 그녀를 병실 밖 복도에 비치된 의자에 앉혀 두고 자판기 커피를 뽑아 내밀었다. 늘 고풍스러운 커피 잔에 원두커피를 마시던 그만 보다가 이백 원짜리 자판기 커피를 마시고 있는 그를 보니 기분이 이상했다. 늦은 밤이라 그런지 복도는 어두웠고 조용했다.

군말 없이 강민이 건넨 커피를 홀짝이는 그녀를, 그가 잠자코 바라보았다. 전화를 받고 잠옷 바람으로 집을 나서려던 여자는 분명 그가 알고 있는 여자가 아니었다. 정신 나간 사람처럼 횡설수설하기에 심각한 상황일지도 모른다는 생각을 했다. 패닉 상태의 그녀를 진정시키고 서둘러 차를 몰았다.

최 사장은 다행히 큰 문제는 없어 보였지만 강민의 뇌리엔 낯설었던 여자의 모습이 깊게 남아 사라지지 않았다.

"달리기 잘했지?"

"네?"

"그렇잖아. 차에서 내려 뛰어가는 속도가 보통이 아니었어. 100미터에 15초는 너끈하겠던데?"

저도 모르게 웃음이 새었다. 서희는 모른 척 고개를 숙이고 작게 웃었다. 무거운 분위기를 환기시키기 위해 되는대로 뱉은 말이겠지만 이상하게 위안이 되었다. 절박하고 초조할 때 곁에 있는 사람이 다른 사람도 아니고, 이강민이라는 게 아직도 믿어지지 않았다. 부부란 이름으로 묶여 있긴 하지만 가끔은 타인보다 더 멀게 느껴지는 사람이다.

하지만 누가 되었든, 곁에 누군가 있다는 사실과 따뜻한 커피의 온도가 미친 듯이 요동치던 심장 박동을 천천히 진정시켜 주었다.

"장인어른은 걱정하지 마. 일단 괜찮으시다고 하니까. 내일 아침에 검사를 받아 보시면 될 거야."

"네……."

아무래도 미뤄 왔던 내시경적 역행성 담췌관 조영술과 양전자 단층 촬영을 해야겠다는 생각이 들었다. 무거운 한숨이 입술 사이로 빠져나왔다. 식이요법과 재발에만 신경을 쓰다 보니 재검에 소홀했다. 평소의 그녀였다면 절대 하지 않았을 실수였다. 스스로가 끔찍하고 혐오스러워 어찌할 바를 몰랐다. 명색이 의사였는데, 대체 뭘 믿고 안일하게 안심했던 걸까.

우측 늑골 아래 통증이 심하지 않다는 말이 그나마 위안이었다. 통증의 범위가 넓어지지 않았다는 건 호전되고 있다는 의미와 마찬가지니까. 담낭암 권위자 이승헌 교수가 부친의 수술을 집도했고, 주치의로서 최선을 다해 주고 있는 만큼 아버지의 상태는 조금씩 호전될 것이다. 나만, 나만 잘한다면…….

"괜찮아?"

"네?"

멍하니 내일은 아버지와 이런 이야기를 하고 병원 측에 이런 검사를 해 달라고 요청해야지, 계획을 세우는데 강민의 목소리가 그녀의 상념을 깨뜨렸다.

"괜찮으냐고. 장인어른 말고 당신 말이야."

"아…… 괜찮아요."

"……당신, 장인어른과 닮았다는 소리 많이 듣지?"

"전에도 물어봤던 질문이잖아요, 그거. 자주 들어요."

무슨 의미로 저런 말을 하는지 알기에 그녀의 얼굴에 희미한 미소가 떠올랐다. 고집이 세고, 아파도 일절 내색하지 하지 않고, 누군가에게 신세 지기 싫어하고, 빚을 지면 갚아야 하고, 동정을 받는 게 죽기보다 싫은 성격. 부녀는 그런 점이 꼭 닮아 있었다.

서희는 커피를 비우고 의자에서 일어났다. 표정이 처음보다 한결 좋아 보였다.

"전 오늘 이곳에 있을게요. 당신은 내일 출근하니까 이만 들어가 보세요. 당신이 있으면 아버지도 불편해하세요."

어느새 평소의 그녀로 돌아와 선을 긋는 말을 툭 내뱉는다. 기분이 상해야 하는데 이상하게도 나쁘지 않았다. 딱히 틀린 말도 아니었다. 강민은 고개를 끄덕였다.

"필요한 거 있으면 비서실 호출해서 말해. 내가 지시해 둘 테니까."

"알겠어요."

앞서가는 남자의 뒷모습에 고정된 시선이 떨어지지 않았다. 강민은 뒤를 도는 데 망설임이 없었다. 가란다고 그렇게 군말 없이 가 버리다니. 딱히 기대하지 않았으면서도 툴툴 털고 미련 없이 떠나는 그 모습에 실없는 한숨이 흘러나왔다.

평생 무언가를 아쉬워하고 매달려 보지 않았을 저 남자가 사랑할 여자가 과연 나타나긴 할까 궁금했다. 마음 없이 부부라는 이름으로 묶여 그것 때문에 소유욕을 느끼는 일 말고. 아마 이대로 헤어져도 잘 먹고 잘 살 남자다. 강민이 누군가를 사랑하고 아끼는 모습을, 그녀는 볼 수 없겠지.

커피 한 잔이 주는 배려는 작은 것이었지만, 그녀의 마음속에 큰 파동을 일으킨 건 절실함 때문이었다. 그녀가 지금, 누군가가 절실히 필요해서. 그래도 곁에 있어 준다면 좋을 텐데. 팔짱을 끼고 거만하게 내려다보던 오만한 이강민일지라도……. 허전하고 쓸쓸하고 가슴이 시려 눈물이 났다.

집 앞에 차를 세운 강민은 도무지 차에서 내릴 마음이 들지 않았다. 내일 중요한 미팅이 있어 서둘러 씻고 잠을 청해야 하는데 마음

한구석이 계속 찝찝했다. 누가 최명렬 사장 딸 아니랄까 봐, 마음을 추스르고 나니 한없이 냉정하고 이성적인 사람으로 돌아와 버렸다.

집으로 가라고 딱 잘라 말하던 목소리에, 쓸쓸한 기색이 비쳤다고 생각이 든 건 착각이었을까. 문득 얇은 블라우스에 바지만 걸친 그녀의 모습이 눈에 선했다.

결국 참지 못한 강민이 차에서 내려 쏜살같이 집으로 들어가 제 옷장을 뒤졌다. 그녀에겐 한참 크겠지만, 그녀의 옷장을 뒤질 수도 없는 노릇이다.

두툼한 카디건을 꺼내 든 강민은 서둘러 병원으로 향했다. 얼굴만 확인하고 다시 돌아올 것이다. 내일 미팅은 정말 중요하니 최고의 컨디션으로 임해야 한다.

그런데…….

찔러도 피 한 방울 나올 것 같지 않던 여자가, 늘 무감한 얼굴로 고개를 돌리던 여자가, 속을 긁고 조롱을 해도 묵묵했던 독종 최서희가 울고 있었다. 어두운 복도에서 홀로 고개를 푹 숙인 채 울고 있었다. 처음엔 잠에 든 게 아닐까 하는 생각도 했지만, 들썩이는 어깨와 가까이 다가갈수록 확연히 들리는 흐느끼는 소리가 천둥처럼 가슴을 뛰게 했다.

강민은 여자의 눈물이라면 질색을 했다. 그런데, 그녀의 눈물은…… 그를 짜증나게 만들기는커녕 덜컥 가슴을 내려앉게 했다.

"왜…… 왜 울어?"

그녀의 울음소리가 명확해질 만큼 강민은 뛰다시피 해 그녀에게 가까이 다가갔다. 의자에 앉은 서희의 손을 잡고, 바닥에 무릎을 꿇었다. 이강민이 한 행동이라고는 도저히 믿을 수 없는 일이었다. 우는 여자를 어떻게 달래야 하는지 알 수 없어 난처했다. 한 번도 해 본 적이 없었으니까. 한참을 난처해하던 강민은 그녀의 옆에 앉아 작은 머리통을 가슴에 안고 그녀를 진정시켰다.

"그만 울어. 내가 있잖아, 내가. 최서희. 그러니까 울지 마."

"흐으으흑……."

그녀는 도통 울음을 그칠 생각이 없어 보였다. 혼자 있도록 내버려 둔 게 잘못이었나? 가라고 해서 일단 간 거였는데, 진심이 아니었나? 괜찮아진 듯 보였어도 역시 장인어른 걱정 때문에 눈물을 참을 수 없었던 걸까? 혼란으로 정신이 쏙 빠져 버린 강민은 그녀가 흐느낌을 멈출 때까지 머리카락을 쓸어 주었다.

꽃과 나비, 음과 양, 여자와 남자, 그리고 부부. 살기 위해 옷을 철마다 갈아입고 세월을 걷는다. 막을 수 없는 시간이라는 수레바퀴. 세상이 싫어 눈을 감을 때도 있었고 담을 수 없는 그릇에 허상을 채우기도 했다. 사랑했음을 후회하진 않지만 그리움에 장사 없듯 바보가 되어 껍데기만 남아 방황하고 있다. 이젠 잊어야 한다, 모질게 마음먹으면서도 흔적처럼 남아 있는 아쉬운 추억들.

그래도, 그래도……. 아직 살아 뛰는 가슴이, 사랑하고 받고 싶은 욕구가 삶의 애착 속 빛 안에 춤을 추며 사랑을 갈구하고 있었다.

13

최 사장의 주치의 이성헌 교수는 이른 아침 연락을 받고 최 사장의 병실에 방문하자마자 작게 한숨을 내쉬었다. 별일 아닌데 바쁘신 분 불러 죄송하다는 최 사장의 얼굴은 밝았지만 상황이 마냥 좋아 보이지는 않았다. 수술이 성공적으로 끝났다고는 해도 암 환자였다. 몸에 문제가 생기는 일이 별일 아닐 수는 없었다.

부를 어느 정도 축적한 사람들은 대체로 제 목숨이 가장 귀하다고 생각해 때를 가리지 않고 이 교수의 전화기를 울려 댔다. 이른 아침, 점심시간, 한밤중, 새벽. 가끔은 유난스러운 연락도 있었지만 그의 환자들은 암 환자들이 많아 한시가 급한 이들이 대부분이라 기꺼이 연락을 받았다.

그러나 최 사장은 달랐다. 늦은 시간인데 깨우고 싶지 않아 그냥 기다렸단다. 이 교수는 병원에 출근하고 나서야 최 사장이 쓰러져 입원했다는 사실을 알게 됐다. 재계의 기인이라 알려진 인물이긴 했지만 일상에서조차, 제 목숨을 좌지우지하는 일에서조차 기이한 행동을 할 거라고는 생각지도 못했다.

"약 처방을 바꿔 보도록 하죠."

"약이 독해진다는 말입니까?"

"……그렇죠."

"견딜 만하니 되도록이면 바꾸지 않았으면 좋겠는데."

"어제처럼 갑자기 쓰러지실 수도 있습니다."

"허허, 살 만큼 살았다고 생각하는데……. 세상에 미련은 없습니다."

"그럼 말씀 마세요. 따님이 들으면 서운해할 겁니다."

딸 이야기가 나오자 최 사장의 낯빛이 어두워졌다. 이 교수 역시 입을 다물었다. 최 사장은 침대에 누워 햇빛이 쏟아지는 창문을 바라보았다.

"저는 죄가 많은 사람입니다."

"죄 안 짓고 사는 사람이 얼마나 되겠습니까. 이제라도 반성하고 고치시면 되는 거죠."

"그렇죠, 고치면 되는 거겠지만…… 엎질러진 물을 담기가 힘이 드네요."

뜬구름 잡는 대화였지만 두 사람은 서로의 마음을 이해한다는 듯 옅은 미소를 짓고 있었다.

살아온 날보다 앞으로 살아갈 날이 더 많지 않기에 후회는 더 깊었다. 그땐 왜 그랬을까. 정말 그 방법밖엔 없었던 걸까. 그로 인해 인생을 망쳐 버린 사람에게는 뭐라고 속죄를 해야 할까. 아무리 나를 위해서가 아니라 자식을 위해서였다고는 해도 하지 말았어야 할 일을 자행했다. 깊은 병은 그 대가로 받은 천벌이었다. 병을 알게 되고는 차라리 마음이 편했다. 이렇게라도 빚을 갚아야 옳은 것이라 생각했다.

'여보…….'

어린 딸을 놓아두고 시름시름 앓다 죽은 아내를 떠올린 최 사장은 괴로움으로 얼굴을 일그러뜨렸다. 감금하다시피 집에 가둬두고 일절 외출을 못 하게 했었다. 너무 사랑해서라는 같잖은 이유로 그녀의 과거를 질타하고 그녀를 억압하고 핍박하고 무시했었다. 지난날의 과오에 대한 대가를 뼈저리게 받았다. 후회해도 그의 잘못은 사라지지 않고 그녀는 돌아올 수 없었다.

그에게 남은 유일한 혈육, 서희. 아내를 잃은 최 사장은 딸을 애지중지했다. 어미 없는 불쌍한 아이라 손가락질당할까 더 아꼈다. 혹 애정이 지나쳐 누군가 버릇없다 하진 않을까 넘치는 사랑을 자제하고 억누르기도 했다.

서희는 최명렬의 하나뿐인 보물이었다. 목숨보다 아끼는 딸이 '그'와 만나기 전까지만 해도 아무런 문제도 없었다.

죄는 무거웠고 무거운 만큼 괴로움도 깊어 갔다. 그의 병세처럼.

한강철.

살기 위해 얼마나 몸부림쳤을까. 차가운 바다의 거친 위력 앞에 무력함을 느끼고 좌절했을 어떤 이가 또렷이 기억난다. 허름한 차림을 하고 있어도 눈빛만은 살아 있던 남자. 딸에게 떨어지라 부탁 아닌 협박을 하며 돈을 쥐여 주었을 때도 서슬 퍼런 독기를 내뿜던 남자. 돈으로 사람 마음을 사는 게 아니라며 오히려 최 사장을 오금 저리게 했던 남자.

최 사장은 두려웠다. 이놈은 절대로 스스로 물러나지 않겠구나, 내 딸의 앞날을 기어이 막아서겠구나. 그런 기시감이 그를 초조함으로 몰아갔다. 낯선 존재였다. 남자에게선 비릿한 짠내와 함께 혹한의 냉기가 뿜어져 나왔다. 그 독에 서희가 잠식당해 망가져 갈 거라고 확신했다.

새파랗게 어린 남자 앞에서 주눅이 들었다는 작은 패배감과 당황이 최 사장을 타인의 목숨을 잡고 뒤흔드는 살인마로 만들었다.

그때는 그렇게밖에 행동할 수 없었다. 그렇게밖엔……. 시간은 흘렀고 회한만이 남았다. 몹쓸 자존심을 세우던 자리에 세월이 훑고 가 흰머리가 듬성듬성했다. 힘겨운 한숨이 목울대로 치받혔다. 이 교수가 나간 후에도 최 사장은 깊은 숨을 몰아쉬며 후회를 곱씹었다.

"미안하네. 미안해. 내가 잘못했어."

그날. 강철의 인생이 뒤바뀐 날, 그가 만나기로 한 사람은 서희의 부친, 최명렬이었다.

*

봇물 터지듯 한번 흘러나온 마음은 좀처럼 멈춰지지 않았다.

구멍을 메우려 해도 자꾸만 다시 사이를 비집고 빠져나왔다.

그날 밤이 지나고 서희는 다시 제가 언제 그랬냐는 듯 쌀쌀한 여자로 돌아와 있었다. 우는 것보다, 아픈 것보다 훨씬 나은 얼굴이었지만 가슴 한편이 짜르르하게 아팠다. 고마운 줄도 모르는 여자. 그렇게 핀잔을 주면서도 자꾸만 시선이 갔다. 쌀쌀맞은 태도도 전처럼 밉지 않고 오히려…… 좋았다. 귀엽게 느껴졌다. 내가 원래 이런 취향을 갖고 있었나?

저 멀리서 강민과 눈이 마주친 서희는 끈적한 시선 때문에 불편한지 금방 고개를 돌렸다. 저런 새침한 얼굴까지도 좋았다. 미친 게 분명했다.

"야, 인마. 그만 좀 쳐다봐라. 닳겠다."

"이놈 봐라, 늦바람이 무섭다더니 딱 그 짝이네."

"놔둬라, 신혼 아니냐."

친구들은 신기한 동물 보듯 강민을 바라보며 농을 건넸다. 강민의 시선 끝엔 언제나 서희가 있었다. 그게 못내 신기한 모양이었다. 다른 사람도 아닌 천하의 이강민이 자신의 아내에게서 시선을 떼지 못한다니. 강민을 조금이라도 아는 사람이라면 기함을 할 일이었다.

친구들이 번잡스레 떠들어 대도 강민의 시선은 여전히 한곳을 향해 있었다. 홀짝이고 있는 와인이 어떤 맛인지도 가늠이 안 될 정도로 그녀의 행동 하나하나에 시선을 빼앗겼다. 서희는 친구의 부인들 틈에 섞여 고개만 까닥이고 있었다. 나름대로 그가 엄선해 서희와 이야기가 잘 통하는 여자들만 초대했기 때문인지 평소와 달리 표정이 편해 보였다.

장인이 퇴원을 하고도 한동안 서희의 얼굴은 핼쑥했다. 예전엔 종종 바람을 쐬러 나가더니 그마저도 없어졌다. 걱정이 된 강민은 결국 그녀에게 바람도 쐬게 할 겸, 집들이를 하라고 성화인 친구들에게도 답할 겸 모임 자리를 주선했다.

“결혼은 미친 짓이 맞나 보다. 천하의 이강민을 이렇게 흐물흐물하게 만든 거 보면. 집들이 좀 하라고 했더니 마누라 힘들다고 호텔을 빌리는 미친놈이 어디 있냐?”

“야야, 그 말 듣고 우리 와이프가 얼마나 부러워하는지 내내 시달렸다.”

“그나저나 호텔에서 이렇게 펑펑 돈 써도 되냐? 와이프한테 허락받았어? 아, 너는 그런 허락 안 받아도 되나?”

“어? 참…….”

“야!”

정말 그녀에게 물어보려는지 와인 잔을 내려놓고 자리에서 일어나려는 강민을 말리는 그들의 표정이 황당하다 못해 기가 막히다는 얼굴이었다. 낯을 너무 가려 얘기 한번 변변찮게 해 본 적이 없었지만 강민의 아내 최서희는 보통 여자가 아닐 게 분명했다. 이강민을, 남의 말은 귓등으로도 안 듣고 제가 하는 일이 전부 옳은 줄 아는 그 이강민이 남에게 신경을 쓰다니.

“앉아. 이놈 이거, 팔불출이 따로 없네, 따로 없어.”

팔불출. 예전 같았으면 듣기 싫었을 말이고 그와는 평생 전혀 관계가 없을 것 같은 말이었지만, 그다지 기분이 나쁘지 않다는 게 신기했다.

서희는 여전히 찬바람이 쌩 불었고 제 할 말만 했지만 둘 사이에는 분명 변화가 생겼다. 종종 밥을 함께 먹었고 시답지 않은 일상 이야기를 나누기도 했다. 공감과 이해라는 강을 건너니 다음은 이렇게나 쉬웠다. 강민 혼자만의 생각일지도 모르지만.

서희는 맛 좋은 와인을 들이켜며 부인들과 이야기를 나누었다. 남의 험담도 아니고 부의 자랑도 아닌 우아하고 값진 대화였다. 평소라면 부인들의 대화에 귀 기울였을 서희지만 오늘은 도통 집중을 할 수가 없었다.

저 남자가 이상하다.

졸졸 쫓아다니는 것으로도 모자라서 이런 자리까지 마련하다니, 대체 무슨 생각인 거지. 물론 모두 그의 인맥과 관련된 사람들이었지만 자세히 들여다보면 그녀가 불편해하지 않는 몇 안 되는 사람들만 초대했다. 이 모임 자체가 그녀를 향한 배려가 분명했다.

문득 시선을 돌리면 그녀를 바라보는 그를 발견하곤 몸을 움츠렸다. 먹이를 눈앞에 둔 사자 같았다. 냉정하다 생각했던 눈동자엔 수많은 감정이 휘몰아치고 있었다. 버거운 관심이었다. 부친이 입원해 있는 내내 그는 정성을 쏟았다. 다정하고 세심한 그의 모습을 볼 때마다 형언할 수 없는 감정이 들었다. 머릿속이 복잡했다.

그러나 가장 근본적인 문제는…… 그게 싫지 않다는 데에 있었다.

혼란이 찾아왔다.

*

뒤죽박죽, 정리되지 않은 혼돈이 그녀를 이 장소로 오게끔 만들었다. 포장마차가 즐비한 신림동 뒷골목은 늘 한적하니 손님이 적었다. 알음알음 아는 사람만 찾아오는 보물 같은 맛집이 즐비한 곳이었다.

서희가 찾은 가게는 예나 지금이나 여전히 허름하고 한산했다. 덕지덕지 신문지가 붙은 벽면도 그대로고 인사하는 사람도 여전했다. 세월이 지나 얼굴에 주름살이 늘었지만 말간 미소는 변하지 않았다.

"소주 한 병이랑 닭발이요."

여자 혼자 이곳까지 찾아와 음식과 술을 시키는 게 사연 있는 모양이라 짐작했는지 주인은 아무런 말 없이 조심스레 주문을 받아 갔다.

강철과 자주 찾았던 곳이다. 곱게 자라 닭발을 처음 먹어 보는 그녀를 놀려 대던 장난기 어린 웃음. 주고받던 술잔과 함께 주고받았던 마음.

그가 사라지고 나서는 발길을 끊은 지 오래였지만 오늘은 어쩐지 이곳을 찾고 싶었다. 그렇지 않으면 흔들리는 자신을 어쩌지 못할 것 같았다. 외로움에 지쳐 결심했던 기한을 다 채우지도 못하고 주저앉아 버릴 것 같았다. 결혼을 감행했을 때도 이런 심정은 아니었는데…….

그때, 가게의 문이 열리며 한 남자가 모습을 드러냈다.

"아주머니, 여기……."

찬 바람이 갑자기 들어와 인상을 찌푸린 그녀는 제 눈을 의심했다. 낯익은 남자였다. 단단해 보이는 얼굴과 단단한 몸. 저번 파티에서 처음 봤던 왕청일이었다. 그가 왜 여길, 이 장소를 어떻게 알고…….

청일은 서희의 얼굴을 보자마자 몸을 돌려 가게 밖으로 나가버렸다. 더 이상했다. 얼굴을 아는 사이니 간단히 인사를 하면 끝날 일인데, 인사 한마디 없이 돌아섰다. 따라가야 한다는 마음만 급해 오히려 몸이 따라 주지 않았다. 절박함이 그녀를 내몰았다. 되는대로 지폐를 꺼내 탁자 위에 놓고 멀어지는 인영을 뒤쫓았다.

"이봐요!"

높은 구두 때문에 그녀가 휘청거리며 달렸다. 남자는 뒤돌아보지 않았다. 저기요, 이봐요. 기다려요. 애타는 그녀의 목소리에도 들리지 않는 듯 단단한 등은 미동이 없었다. 좀처럼 가까워지지가 않아 조바심이 났다. 숨이 턱까지 차오를 만큼 열심히 뛰었다. 발밑엔 감각이 없었다.

"왕청일!"

골목 끄트머리에 다다라서야 이름을 불린 그가 멈추어 섰다. 뒤를 쫓을 땐 너무나 멀게 느껴졌는데 막상 제자리에 서니 멀지 않았다. 그녀가 부르는 소리도 전부 들었을 텐데, 뒤돌아선 남자는 갑작스럽게 왜 이러냐는 듯 의문으로 가득한 얼굴이었다. 무감한 얼굴이 문득 강민을 떠오르게 했다. 서희는 벅찬 숨을 몰아쉬며 그의 얼굴과 몸을 찬찬히 뜯어보았다.

"무슨 일입니까."

달랐다. 모임에서 봤던 것처럼 비슷하긴 해도 같은 사람은 아니었다. 인상도, 손도, 발도, 몸집도, 목소리도, 분위기도. 모든 것이 다른데 왜 가슴이 뛰는 걸까. 이 사람이 바로 그 사람이라고 외치는 것처럼 왜 심장이 뜀박질하는 걸까.

"당신, 정체가 뭐예요. 그곳은 어떻게 알고 온 거예요?"

비명 같은 외침이 그녀의 목소리 같지 않았다. 차라리 절규에 가까웠다.

"주변 사람에게 맛집이라 소문 듣고 찾아갔는데, 뭐 잘못된 겁니까?"

"소, 소문이라고요?"

소문이라니. 아니, 왕청일처럼 대기업의 자제가 소문을 듣고 포장마차를 찾는다고? 그것도 이런 후미진 곳에, 다 쓰러져 가는 포장마차에? 납득이 되지 않았다. 변명이라 하기엔 너무 허술하지 않은가. 물론 그녀의 행동 또한 상식선에서는 이해할 수 없는 것이었지만.

그녀는 이를 악물었다. 지푸라기라도 잡는 심정이었다.

"당신…… 정말 한강철 몰라요? 만난 적 없어요?"

"후, 대체 몇 번을 말해야 합니까? 제가 그 사람과 그렇게 닮았습니까? 애인이었나 본데…… 비슷한 남자 꽁무니를 쫓아 매달릴 만큼 절륜했나 보죠?"

"뭐라고요?"

"이강민 씨는 부인이 이러고 다니는 거 알고 계시는지 모르겠습니다. 아무 남자나 붙들고."

남자의 목소리에는 조롱의 의미가 다분히 묻어 있었다. 사람의 마음을 배려하지 않고 빈정거리는 이 남자는 그녀가 알던 사람이 아닐 것이다. 맞을 리 없다. 분명 아닌데, 아닐 텐데…….

"뭐, 일에 쫓겨 아내에게 소홀한 남자는 수두룩하죠. 남편이 있는 여자, 위험하긴 하지만 당신만 입 다물면 문제없을 테고, 마침 내가 시간도 있거든요. 합의하에 우리 즐거운 시간을 가질 수도 있다고 생각하는데, 자리 옮길까요?"

뭐라고 하는지 처음엔 알아듣지 못했다. 이죽거리며 뱉는 문장을 이해하는 데는 긴 시간이 필요했다. 이 사람이 지금, 대체 무슨 소릴 하고 있는 거지? 하지만 느물거리는 미소를 띤 남자는 곧 서희에게 가까이 다가와 그녀의 허리를 감고 제 가슴 쪽으로 당겨 안았다. 반사적으로 남자를 밀어 냈지만 그는 허리를 안은 손에 힘을 주어 서희를 더 단단히 가두었다.

"이거 놓으세요! 이게 대체 무슨……."

"바로 이런 걸 원하는 거 아닙니까? 내숭 떨지 말고 본론으로 직행하죠. 당신 정도면 나쁘지 않으니까."

청일은 그녀의 턱을 틀어쥐고 입술을 맞붙였다. 몰아치듯 입술을 밀어붙이고 혀를 감아 당겼다. 꼭 짐승에게 잡아먹히는 것 같았다. 이 사람만큼은 아니야. 이 사람이 강철일 리 없다. 그의 입맞춤은 늘 정중했고 서희를 배려했다. 키스는 달콤했고 부끄러운 듯 웃는 강철의 얼굴은 다정했다. 다른 이에게는 난폭한 남자일지언정 서희에겐 한없이 상냥한 사람이었다. 대체 무슨 기대를 하고 이 남자를 쫓아온 것일까. 눈물이 절로 흘렀다.

"이거 놓……."

"거부하는 건 컨셉입니까? 나름 괜찮은 것 같은데."

허리를 감은 팔에 힘이 어찌나 들어갔는지 질식해 버릴 것 같았다. 거칠게 빨아들이고 씹은 입술은 얼얼해 감각을 잃을 지경이었다. 발버둥을 치고 남자의 가슴팍을 밀어 내고 힘껏 때렸지만 청일은 미동도 하지 않았다.

한참 동안의 키스가 끝이 나고 청일이 그녀를 놓아주자 서희는 휘청이는 몸을 가누지 못하고 비틀거렸다. 가느다란 몸이 흔들렸다. 비린 미소를 띤 남자는 그녀를 위아래로 품평하듯 시선으로 훑어 내렸다.

"나쁘지 않은데 가까운 호텔로 갈까요?"

"이…… 나쁜……!"

철썩. 살과 살이 맞붙는 소리가 조용한 골목을 뒤흔들었다. 뺨을 내려치는 손의 힘이 제법 강했만 남자는 안색 하나 변하지 않았다. 단 1분이라도 그 얼굴을 더 보고 싶지 않았다.

서희는 몸을 돌려 자리를 피했다. 비틀비틀 위태롭게 뛰어가는 그녀의 뒷모습을 진득한 시선이 따라붙었다.

「……따라가. 집으로 잘 들어가는지 확인하고.」

「알겠습니다, 보스.」

청일은 무거운 한숨을 내쉬었다. 담배, 독한 담배가 필요했다.

주머니에서 중독성 강한 대만산 담배를 꺼내 입에 물자 눈치 빠른 누군가가 성냥으로 불을 붙여 주었다. 어둡고 짙은 밤하늘에 담배 연기가 피어올랐다. 폐부를 돌고 온몸으로 퍼져 나가는 담배 연기가 답답한 가슴을 아주 약간이나마 숨통 트이게 해 주었다.

'제길…….'

추억에 흔들려 거길 찾아 가는 게 아니었다. 그녀와의 추억에 도저히 잠이 오지 않을 것 같아도 그곳을 찾아선 안 됐다. 하필이면…….

절박한 얼굴로 그에게 매달려 혹시 당신이 한강철이 아니냐 따져 물을 때만 해도 이렇게까지 할 심산은 아니었다. 그냥 약간의 상처를 주고 다신 그에게 접근하지 않도록 할 생각이었는데, 울먹이는 얼굴을 보니 도무지 참을 수가 없었다. 품 안의 열기와 달아오른 얼굴이 여전히 사랑스러워 보였다. 입술을 맞붙인 건 충동 때문이었다. 달큰한 숨을 삼키고 입 안을 헤집자 호승심과 더불어 배신감이 순식간에 그를 잠식했다.

왜 나를 기다리지 않았어. 왜 다른 남자의 여자가 된 거야?

실망과 분노만큼 여자에게 상처를 되돌리고 싶었다. 그녀 잘못이 아닌데……. 아니라는 걸 아는데도 솟구치는 분노를 그녀에게 풀고 말았다. 못났다. 그리고 참 못됐다.

집으로 돌아온 서희는 도저히 참을 수 없어 도착하자마자 욕실로 들어가 몸을 닦았다. 그가 만진 곳 전부를 도려내고 싶을 만큼 끔찍했다. 강하게 빨고 부딪쳤던 입술은 터져 딱지가 앉아 있었다.

나쁜 새끼. 입술을 벅벅 문질러 닦아도 자국은 사라지지 않았다. 이제 지쳤다. 이 상처에 대해서 변명할 거리를 찾는 것도 싫었다. 이젠 한계다. 더 이상 숨길 자신도 없었다.

강민은 일찍 와 달라는 서희의 전화를 받고 평소보다 일찍 귀가했다. 예전 같았으면 어림도 없었을 일일 텐데, 남자는 어느새 서희의 말에 귀 기울여 주고 되도록이면 따라 주었다.

강민은 현관을 열고 쥐 죽은 듯 조용한 거실을 지나 침실 문을 열었다. 여자는 얇은 슬립 차림이었다. 재빨리 시선을 돌린 강민은 그녀의 입술에서 흘러나온 한마디 말에 놀라 다시 그녀의 얼굴을 바라보았다.

방금 이 여자가 뭐라고 한 거지?

"뭐?"

"안아 달라고요."

"……지금 제정신이야?"

강민은 얼이 빠진 사람처럼 서희를 바라보았다. 술에 취한 걸까? 술 냄새는 나지 않는데. 오늘은 일찍 들어오세요. 그런 전화를 받은 건 처음이었다. 다른 용건이 있지 않고서는 그녀는 대체로 그가 늦게, 되도록이면 늦게 들어오길 바랐다. 그래서 그 짧은 한마디에 가슴이 설레어 이른 퇴근을 했다. 그런 그를 기다리고 있는 게, 위태로워 보이는 그녀라니. 상상도 하지 못했다.

"남편과 자고 싶다는 게 이상한 일이에요? 당신이 필요해요. 다른 사람이 아니라, 바로 이강민 당신이. 싫어요?"

"……무슨 일 있었어?"

강민은 일단 대답을 회피하고 물었다. 그의 상식으로는 이해할 수 없는 전개였다. 죽어도 그런 일은 없을 거라고 못 박았던 게 누군가. 그의 물음에 이윽고 서희가 천천히 위아래로 고개를 끄덕였다. 무슨 일이 있는 건 확실하구나. 강민은 그녀의 손을 끌어 침대에 앉혔다. 서희는 어울리지 않게 고분고분히 그의 리드에 따랐다.

"장인어른, 나빠지신 거야?"

다정한 목소리가 이어졌다. 그녀는 이번엔 고개를 좌우로 저었다. 인형처럼 아무런 말도 없이 고개를 끄덕이거나 좌우로 흔들어 의사를 내비치는 여자는 분명 정상이 아니었다. 별일 아니에요. 평소라면 딱 잘라 그렇게 이야기했을 텐데. 강민은 입술이 말랐다.

"나한테 얘기해 줄 수는 없는 일인가?"

"나중에요. 오늘은 그냥 아무것도 묻지 말고 안아 주면 안 돼요?"

위로가 필요해 보였다. 여자는 많이 지쳐 보였다. 바람 불면 훅 날아가 버릴 허상처럼 위태로웠다. 강민은 잠시 망설이다 팔을 벌렸다. 오늘이 아니라면 이 여자의 상처를 보듬어 줄 수 있는 날이 오지 않을지도 모른다. 그녀가 보낸 구조 신호를 모른 척할 수는 없었다.

"이리 와."

작은 몸이 쏙 품 안에 안겨 들자 한숨이 절로 흘러나왔다. 무엇 때문에 왜 이러는지 캐묻는 건 나중이어야 했다. 이유를 알 수 없는 괴로움에 소리 없는 비명을 지르는 이 여자를 편안하게 만드는 게 급선무였다.

⁂

정이수, 그 작자의 말을 듣는 게 아니었다. 그 배알도 뭣도 없는 양아치 새끼가 일을 이렇게 만들었다.

한강철의 가장 가까이에 있던 정이수의 눈에 탐욕과 야망이 가득하다는 걸 눈치챈 최 사장은 그에게 접근해 일을 맡겼다. 곤경에 빠트리기만 하면 된다고 생각했다. 그저 혼을 내 주고 꽁무니를 빼도록 할 생각이었다. 주변의 견제에 못 이겨 딸을 떠나도록 하게 할 생각이었다. 믿어 주진 않겠지만, 그렇게까지 할 생각은 아니었다. 죽일 생각은 없었다.

남자의 실종. 딸의 기나긴 방황. 죄 지은 사람은 발을 뻗고 잘 수 없다고 했던가. 불면은 계속되고 잦은 두통과 소화 불량에 시달리면서 건강을 등한시했던 건 일종의 자책이었다. 그 끝에 당남암을 선고받았다. 이게 천벌이라는 거겠지. 그는 내심 안도했다. 끝이 없을 것 같던 불면의 밤에서 드디어 헤어날 수 있을 것 같았다.

'강철 씨, 강철 씨…….'

밤이 되면 딸이 잠들어 있을 방에서는 울음소리가 터져 나왔다. 문을 열고 들어가 딸을 다독여 줄 수가 없었다. 그녀를 이렇게 만든 것은 다름 아닌 자신이었다.

바싹바싹 생기를 잃고 말라 가는 딸의 모습에 괴로웠다. 행복하게 해 주고 싶었는데 그녀는 자신 때문에 불행했다. 서희가 자신을 닮아 하나만 보고 하나만 쫓는다는 걸 간과했다. 돌이킬 수 없는 큰 실수였다. 스스로에게 벌을 주고 싶었으나, 죽은 자는 말이 없고 죄를 지은 자는 입을 열 수 없었다. 비겁하게도 시간에 흐려지길 바랐다.

퇴원을 하고 집으로 돌아온 최 사장은 거실에 오도카니 서서 창밖을 내다보고 있었다. 일선에서 물러났어도 그는 아직도 날카로운 눈매와 앞을 내다보는 혜안을 가진 사업가였지만 딸과 관계된 일에서만은 이성적이지 못했다.

최 사장이 입원한 동안 사위는 거의 매일같이 병문안을 왔다. 퇴원하기까지 늘 옆을 지켰던 딸과 사위는 별다른 이야기를 나누거나 다정스러운 모습을 보여 주지는 않았지만 두 사람 사이에는 큰 변화가 생긴 게 분명했다.

서희를 바라보는 강민의 눈에는 숨기지 못한 애정이 넘실거렸다. 서희 역시 그를 마냥 밀어 내는 것 같진 않았다. 이제야 겨우 잊혀 가는 건가, 세월 앞에 무뎌지는 건가 싶어 만세라도 부르고 싶었건만……. 비보나 다름없는 이야기가 최 사장의 귀에 들어오고 말았다.

왕청일. 사진을 받은 최 사장의 손은 미세하게 떨리고 있었다. 왕청일이 한국에 나타난 그 순간부터 멈췄던 시간이 다시 흐르기 시작했다.

세상엔 정말 우연이라는 게 있을까. 이름과 출생은 물론 얼굴과 목소리까지 바꾸어 살아가고 있는 남자와 제 딸이 다시 만나는 일이 정말로 가능이나 할까.

최 사장의 인생은 강철이 사라진 날을 기준으로 나뉘었다. 슬픈 예감은 좀처럼 빗겨 가는 법이 없는 것처럼, 뜨거운 원통이 다독거림 없이 제 삶을 안고 피를 토하려 하고 있었다.

이제 그가 휘두를 응징만 남았다. 그것으로 죄를 갚을 수 있을지 모르겠다. 기억은 시간이 흐르면 흐를수록 뇌를 파먹고 영혼까지 잠식했다. 그해, 그다음 해…… 시간에 시간을 더해도 사라지지 않아 괴로웠던 날도 이제 곧 끝이 날 것이다.

그가 나타났으니까. 그가 자신을 만나기 위해 돌아왔으니까. 한강철, 그가.

14

고백은 담백했다. 강철과의 만남, 그에게 연심을 품었던 일, 가까워지고 둘도 없는 사이가 되었던 일, 아무런 말도 없이 그가 사라졌던 일, 오랜 시간 동안 그의 자취를 찾아 헤맸던 그 괴로웠던 날들, 그리고 강민과의 계약 결혼을 결심했던 이유……. 군더더기 없이 있는 사실 그대로 이야기했다.

부부가 사랑을 나눈 후에 이야기할 주제는 아니었지만 더 이상 감출 이유도 없었고 감추고 싶지도 않았다. 그녀의 고뇌를, 괴로움을 이제는 누군가에게 털어놓고 싶었다. 두려움이 없었다면 거짓말이겠지만 이제는 강민을 속이고 싶지 않아 용기를 그러모았다.

누워 있는 제게서 등을 돌린 서희의 벗은 몸을 쓰다듬던 남자의 손길이 느릿해졌다.

"이런 내가 싫다면 여기서 끝내도 괜찮아요. 내가 속인 거 맞으니까. 내 쪽이 문제인 거니까."

"……."

"난……."

그녀가 말을 채 끝내기도 전에 강민의 팔이 그녀의 허리를 감았다. 나체를 끌어안은 손길은 밤새 나누었던 사랑만큼이나 다정했다. 작게 서희의 몸이 떨렸다.

"지금은 어떤 말도 해 줄 수가 없어. 자고 나서 나중에…… 나중에 다시 이야기하자."

잠시 그녀를 토닥여 준 강민은 다시 침대에 누워 잠을 청했다. 길었던 행위로 인해 지쳤는지 금세 잠에 빠져 버렸다. 타박도, 그 어떤 질책도 없었다. 마음이 홀가분해야 맞을 텐데, 그녀는 좀처럼 잠을 이룰 수 없었다. 미안하다는 말도, 그래도 이해해 주면 안 되겠느냐는 애원도 할 수 없었다. 결정은 오로지 그의 몫이니까. 그가 어떤 결정을 내리든 그녀는 그것에 따르겠다고 각오했다.

규칙적인 숨소리가 이어지고, 강민이 깊은 잠에 빠졌다는 걸 확인한 서희는 남자의 윤기 나는 머리칼을 쓰다듬었다. 그리고 아주 작은 목소리로 숨겨 둔 진심을 이야기했다.

"미안해요, 당신이 처음이 아니라서. 지금도 전부가 아니라서……. 그래서 매달릴 수 없어요. 당신한테 끌리는 건 사실이지만, 한번 데이고 나니까 다시는 사랑을 하고 싶지 않아요. 내가 또 몽땅 흔들릴까 봐 두렵고, 잃을까 봐 초조해하는 못난 사람이 되기 싫거든요. 이기적이죠? 이게 나예요. 이젠 돌아가고 싶어요.

세상의 주인이 나였던 그때로, 그때로 돌아가고 싶어요. 늦기 전에 바로잡아야겠단 생각이 들어서 얘기한 거예요. 당신에겐 짐이 될 수도 있는 이야기였겠지만, 더 늦기 전에 당신에게도 선택할 기회를 줘야 한다고 생각했어요. 당신이 상상하고 생각하는 나는 사실, 진짜 내가 아니라는 것도 알려 주고 싶었어요. 이런 나, 참 못됐죠?"

남자는 대답 대신 고른 숨소리를 내뱉었다. 아이처럼 잠들어 있는 얼굴이 평소의 그 같지 않아 조금 귀여웠다. 어깨를 간질이는 숨소리를 자장가 삼아 그녀는 억지로 잠을 청했다. 내일 하루는 지옥이 될 수도 있었지만, 지금 이 순간 느끼는 충족감은 남달랐다. 고된 행위에 지친 심신이 점점 이완되며 늘어졌다.

서희는 잠에 든 것 같았다. 한참을 뒤척이더니 지금은 미동이 없었다. 강민은 조용히 상체를 일으켜 앉고 그녀의 드러난 어깨를 이불로 잘 덮어 주었다. 무어라 대꾸할 말이 없어, 복잡한 머리가 정리될 기미가 보이지 않아 애써 잠든 척을 했는데, 그녀는 눈치채지 못한 모양이었다. 다행이라 생각은 했지만 여전히 머릿속은 복잡했다.

이상한 일이지만 머릿속이 복잡한 건 그녀의 과거 때문이 아니었다. 감추고 요악하게 숨겼다면 강민은 평생 몰랐을 일이었다. 그녀의 뒷조사에 그렇게 공을 들였는데도 몰랐으니, 그녀의 입으로 듣지 않았다면 알 방법이 없는 일이었다. 평범한 이였다면 숨겼을 것이다. 그러나 서희는 늘 그랬듯이 그의 상식에서 벗어나 행동했다. 가벼운 연애사는 아니었지만 그렇다고 그가 등을 돌릴 만큼 파격적인 이야기도 아니었다.

다만…… 이강민이 최서희의 전부가 아니란다. 한강철과의 이야기는 아직 다 끝난 게 아니란다. 그게 강민의 속을 복잡하게 만들고 혼란스럽게 했다. 우습지만 그녀가 뱉은 모든 말 중, 그것만이 강민의 속을 뒤틀게 했다. 왜 내가 아니라는 거지? 그 한강철이라는 남자가 그렇게 대단한 남자였나? 내가 그에 비해 대체 어디가 모자라기에.

그는 실소했다. 이런 생각을 하고 있는 자체가 웃겼다. 그보다 그를 잠 못 들게 하는 이유는 따로 있었다. 서희답지 않은 이상한 행동. 계속 숨겨 왔던 이야기를 꺼내게 된 원인. 분명 '한강철' 과 관련된 일이 있었던 게 분명하다. 말하라고 해도 하지 않을 것이 뻔하니 차선책을 사용할 수밖에 없었다.

그는 비서에게 그녀의 오늘 행적에 대해 알아보라 지시했다.

*

보고는 아침에 출근하자마자 들을 수 있었다. 그녀가 어제저녁 신림동에 간 것까진 알아냈는데 거기서 구체적으로 무슨 일이 있었는지는 알 수 없었다. 후미진 곳이라 변변한 CCTV조차 없었다. 그러던 와중, 보고 내용에 눈에 띄는 것이 있었다. 의외의 인물이 그곳에, 그 시간에 있었다.

왕청일. 처음부터 마음에 들었던 적 없는 사람이었다. 사업 확장을 위해 GK에서도 유토피아 캐피털에 접촉을 시도했다가 금세 손을 떼었다. 유토피아 캐피털이 음지에서 사업을 일궈 낸 기업이기 때문이었다. 소문이 좋지 않았다. 괜한 일에 연루되어 기업 이미지가 훼손될 것을 우려해 중지하기로 결정을 내린 것도 강민이였다. 그 사업으로 보는 이득에 대해 미련이 없는 건 아니었지만 굳이 위험을 감수하고 싶진 않았다.

왕청일은 그런 기업의 하나뿐인 후계자였다. 한국에 연고도 없는 그가 일부러 찾아가기도 쉽지 않은 장소에 굳이 나타난 이유는 무엇일까. 느낌이 좋지 않았다. 말도 안 되는 이야기지만, 괜한 의심이 강민의 머릿속 한편에 싹트기 시작했다.

'설마…….'

강민은 조사의 방향을 바꾸었다. 이상하게도 조사를 하면 할수록 의심에 힘이 실렸다. 한강철이 사라진 시점과 왕청일이 스키 사고로 두문불출하며 재활에 힘썼던 시기가 딱 맞아떨어졌다.

책상 위에 놓인 세 장의 사진을 비교하며 강민은 눈살을 찌푸렸다. 한강철과 왕청일. 분명 다른 사람인데 묘하게 닮아 있었다. 더 놀라운 쪽은 사고 전의 청일과 사고 후의 청일이다.

사고 난 이후의 왕청일과 사고 전의 왕청일은 같은 얼굴이었지만 미묘하게 다른 얼굴이었다. 강민은 더 많은 사진을 대조했다. 인터뷰를 확인하고 공식 행사 자리에 나타난 영상을 모았다.

사고 이전의 왕청일은 얍삽하고 오만한 남자였다. 망나니짓을 일삼아 그의 언행을 모르는 이가 없었다. 그러나 사고 이후의 왕청일은 여전히 평은 좋지 않았으나 예전보단 덜했다. 사고 이후

몸조심을 하는 거란 말이 대부분이었지만 강민은 의아했다. 깊고 어두운 속내를 숨긴 하이에나 같았다. 어둡게 일렁이는 눈동자를 떠올리자 등골이 오싹해졌다.

사랑은 먼저 반한 사람이 지는 게임이다. 강민은 자신의 패배를 인정했다. 그러나 서희를 놓아줄 마음은 전혀 없었다. 그녀가 제 곁에 존재하는 것만으로도 만족했다. 완연한 겨울에 불어오는 찬 바람에도 그녀가 눈에 보이면 마음이 따뜻해졌다. 사랑스러웠다. 출근길이 멀게만 느껴지니 그것도 병이었다. 서희의 말대로 자신이 그녀의 전부는 아니었지만, 여전히 행복했다.

마음이 닿는 만큼 그냥 사랑하자. 짐을 내려놓고 재고 따지던 손익을 내려놓으니 무거웠던 마음이 한결 가벼워졌다. 지금도 점점 가까워지고 있으니 언젠가는 서로 통할 날도 오겠지. 천천히, 아주 천천히 그녀를 자신의 색으로 입히면 되는 일이다. 장기전도 이미 각오하고 있었다. 하지만 그건 서희와의 관계였다.

강민은, 왕청일과의 맞대면을 선택했다.

❊

청일은 소파에 기대어 앉아 눈을 감고 있었다. 손가락 하나 까딱하고 싶지 않았다. 정이수를 따르던 무리들은 쉽게 죄를 인정하고 받아들였다. 상택의 기습에도 끈질기게 살아난 정이수는 마지막의 마지막까지 발악하며 버텼지만 가진 것을 전부 잃자 삶의 의욕이 사라진 사람처럼 지내고 있단다. 돈을 좇아 살아왔고 그

돈을 잃었으니 그럴 만도 했다. 아마 곧 친구도, 동료도 그에게서 등을 돌릴 것이다.

「보스, 사영에서 연락이 왔는데 정이수가 사채와 불법 도박에 손을 댔다고 합니다.」

「놔둬.」

「알겠습니다.」

사채, 불법 도박. 아무리 음지에서 꿈틀대는 인생이라 할지라도 가장 끄트머리에 자리한 검은 돈에 손을 댔다면 무너지는 건 금방이었다. 일부러 손쓰지 않아도 얼마 못 가 자폭하고 말 것이다. 복수는 끝났으나 허무했다. 무엇을 위해 이렇게 달려왔나 싶을 정도였다.

청일은 미루고 미뤄 왔던 그 누군가를 찾기로 결정했다. 서희의 부친 최명렬. 이제는 모든 것을 끝낼 때였다.

"……어서 오게."

"인사는 생략하겠습니다."

최 사장은 작게 고개를 끄덕였다. 누구라 밝히지 않았는데도 전화 한 통에 최 사장은 청일을 찾았다. 보통내기는 아니니 모든 것을 알고 있을 것이다. 병을 앓았다는 소문이 진짜인지 과거에 봤던 얼굴과는 확연히 달라져 있었다. 마르고 늙어 볼품없어진 얼굴 위로 희끗희끗한 머리가 세월을 짐작케 했다. 하지만 강단 있어 보이는 품새는 여전했다.

서희를 만나지 말라고, 그녀의 앞날을 망치지 말라고 윽박을 질렀던 최 사장의 모습이 아직도 선명했다. 그가 앞으로 내민 돈다발에 버려졌던 자존심은 그 누구도 주워 줄 수 없었다. 왜 이렇게밖에 살지 못했나, 자괴감이 들었었다. 사랑하는 여자의 아버지 앞에서 떳떳하지 못한 제 자신이 싫기도 했다.

"날 찾으리라 예상했네. 전부 알아냈겠지."

"왜 그러셨습니까."

"변명 같겠지만, 자네도 아이를 갖게 되면 내 심정을 조금은 이해할 수 있을지도 몰라. 그 전에……."

최 사장은 청일의 발치에 무릎을 꿇고 엎드렸다. 하지만 청일은 당혹스럽기는커녕 도리어 화가 났다. 낮게 가라앉은 목소리가 으르렁거리듯 튀어나왔다.

"일어나십시오."

"용서해 달라는 몰염치한 부탁을 하는 게 아니네. 진심으로 사죄하고 싶어서 이러는 거야."

"당신 때문에 내가 얼마나 고통받았는지, 뭘 잃었는지 당신은 모를 겁니다."

"미안하네, 미안해. 정말 미안하네. 돈이라면 얼마든 내줄 것이고 목숨을 내놓으라면 내놓겠네. 하지만……."

무거운 침묵이 흘렀다. 바닥에 이마를 대고 있던 최 사장이 천천히 고개를 들었다. 얼굴은 비통함으로 가득했다.

"제발 서희에게만은 비밀로 해 주게. 그 아인 아무것도 몰라. 부디 그 아일 봐서라도……."

결국 최서희인가. 제 가족만 중요하다는 건가? 그럼 나는? 내 동료들은? 동생은? 그들의 인생은?

미치도록 화가 났다. 진심으로 사죄하고 싶다는 허울 좋은 명목을 내세우긴 했으나, 이 사람 역시 결국 자기 자신이 편하기 위해 속죄할 뿐이고, 가족을 지키기 위해 무릎을 꿇은 것뿐이다. 소름 끼칠 만큼 이기적인 사람이었다.

"죽으라면 죽을 수 있습니까?"

"그건……."

"말뿐인 겁니까?"

"아냐, 아닐세! 내가 죽어 끝날 일이라면 그렇게 하겠네."

잠시 고민하는 듯 청일은 눈을 감고 있다가 그에게서 등을 돌렸다. 더 이상 최 사장의 얼굴을 보고 싶지 않았다.

"기다리십시오. 때를 맞춰 연락하죠."

"서, 서희에겐 아무 말도 하지 않을 건가?"

"……당신이 약속을 지킨다면."

그가 고맙다며 연거푸 고개를 숙여 이마를 바닥에 대었다. 힐끔 돌아본 그의 모습이 너무 초라해 속이 답답했다.

최 사장을 그대로 내버려 두고 사무실을 나와 차에 오른 청일의 입에서 한숨이 흘러나왔다. 때려 죽여도 시원치 않을 인간, 뭐가 두려워 손끝 하나 대지 않고 나와 버렸을까. 아마도, 슬퍼할 그녀가 생각이 났기 때문이리라.

서희는 그가 떠나고도, 그녀에게 그렇게 큰 상처를 주었음에도 동생 태철이 엇나가지 않도록 곁에서 보호해 주고 지켜 주었다. 다른 남자와 결혼을 하고서도 태철을 곁에 두고 돌봐 주었다. 게다가 끝까지 포기하지 않고 그를 찾아 주었다. 이제는 마지막 강철의 모습을 기억할 유일한 여자였다.

신림동에서 보았을 때, 유약해 보이고 조심스러워 보이던 행동들이 떠올라 청일의 가슴을 찔렀다. 자신감으로 똘똘 뭉쳐 있던, 세상에서 가장 빛나던 여자. 존재 자체만으로도 주위를 밝히던 여자. 그런 그녀가 움푹 꺼진 아픈 눈동자로 그를 붙잡았다. 다른 누구도 아닌 자신이 그렇게 만들었다. 그녀는 절박하고 절실해 보였다. 당장이라도 무너질 것처럼 위태로워 보였다. 자신이 한강철이라고, 내가 드디어 당신의 곁으로 돌아왔다고 밝히고 싶은 걸 겨우 참아 내었다.

참을 수밖에 없었다. 그녀의 부친이 배후에 있음을 알게 된 후부터 그는, 그녀와의 이별을 예감했다. 최악의 경우, 그가 직접 서희의 부친을 단죄해야 했으니까. 그때가 오면 서희는, 자신이 강철임을 알아도 용서해 주지 않을 것이다.

*

「누구라고?」

「GK의 이강민 씨요. 이강민 씨가 찾아오셨습니다.」

최명렬과의 만남 후, 마음이 복잡해진 청일은 한동안 다른 누군가를 만나는 일이 없었다. 그가 한국에 있는 동안 머무르고 있는 호텔과 사무실만 오고 가며 두문불출했다. 그런 그를, 이강민이 찾아왔다.

강민이 찾아온 사무실은 비밀리에 청일이 장만한 곳이었다. 유토피아 캐피털의 일을 처리하기 위한 사무실이 아니었다. 오로지 정이수와 최명렬에 대한 복수, 그것 하나를 위해 마련한 사무실이니만큼 알고 있는 사람이 있을 리 없었다. 이 사무실까지 알고 있다면 다른 정보도 새어 나갔을 확률이 높았다. 무슨 일로 찾아왔을까. 혹시 신림동에서의 일 때문에? 어디까지 알고 있는 거지?

「……들어오라고 해.」

어차피 한 번은 마주해야 할 사람이다. 머리를 굴려 수를 쓸 필요도 없이 제 발로 찾아와 줬으니 도리어 감사해야 했다. 피해야 할 이유가 없었다.

비서의 안내에 따라 사무실 안으로 들어온 남자는 정갈한 정장 차림이었다. 날카롭고 서늘한 남자의 얼굴에선 서희를 바라보고 있던 다정한 분위기를 느낄 수 없었다.

"앉으시죠."

인사도 없이 강민은 청일이 안내한 소파에 앉았다. 조용한 침묵이 흐르는 동안 두 사람은 상대를 파악하기 바빴다. 청일의 기에 눌리지 않고 강민은 꼿꼿이 앉아 그의 눈빛을 마주했다.

갑작스레 찾아왔는데도 청일은 놀란 기색 없이 덤덤한 얼굴이었다. 그 누구도 모르는 사무실을 찾아온 것에 대해서도 캐묻지 않았다. 의심이 확신으로 뒤바뀌었다. 말도 안 되는 상상이라 생각했는데, 그게 현실이었나 보다. 아귀가 착착 들어맞았다. 그날 인천에서 있었던 일, 청일이 나타난 시기, 그날과 관련된 사람들에 대한 응징…….

"오늘로 두 번째 뵙는 건가요? 왕청일 씨, 아니지. 한강철 씨라고 불러야 할까요?"

청일의 눈동자가 미세하게 떨렸다. 그는 속내를 숨기지 않고 거침없이 드러내며 공격하는 강민을 어처구니없다는 얼굴로 바라보았다. 전부 알고 온 게 틀림없었다.

"피차 시간 낭비는 하지 않기로 하죠. 당신도, 나도 바쁜 사람이니까."

"무례하군요."

"젊은 놈이 지나치게 영리하고 눈치가 빨라 재수 없다는 말, 자주 듣습니다."

공격적인 청일의 말투에도 강민은 너스레를 떨며 어깨를 으쓱여 보였다. 말이 길어질 필요를 느끼지 못했다. 청일은 비서가 내온 커피를 한 모금 마시며 물었다. 청일의 눈은 형형하게 빛나고 있었다.

"좋습니다. 본론으로 넘어가죠. 여기에 온 목적이 뭡니까?"

"짐작하실 것 같은데, 제 아내에게서 떨어지시죠."

"무슨 오해가 있나 본데……."

"오해가 아닐 텐데요. 우연을 가장해 그녀를 만난 것, 알고 있습니다. 그녀를 흔들지 마십시오. 더 이상 용납하지 않을 테니까."

신림동에서 서희를 만난 일을 언급하는 게 확실했다. 강민의 말과는 달리 그 만남은 우연이었다. 그녀의 기억에 몸부림치다 찾아간 것은 사실이나 그녀의 뒤를 쫓은 것은 결단코 아니었다. 하지만 청일은 강민의 말을 정정해 주고 싶은 마음이 없었다. 그저 그의 오만한 태도에 화가 치밀었다. 제 아내. 소유욕을 유감없이 드러내는 강민의 말에는 청일을 향한 적대감이 깊이 배어 있었다.

"당신이 뭔데 용납을 운운하는 거지?"

"최서희의 남편으로서, 자격은 충분하다고 생각하는데요."

"웃기는군. 그깟 결혼, 엎어 버리면 그만이야."

"그럴 작정입니까? 아닐 텐데요. 그럴 마음이 있었다면 처음부터 정체를 밝히고 그녀를 만났겠죠."

말문이 막혔다. 구구절절 세 치 혀를 나불대며 속을 뒤집는 강민을 주먹으로 마구 내리치고 싶었다. 청일은 치미는 화를 주체할 수 없었다. 제가 떠나 버린 여자다. 돌아갈 수 있었음에도 야망에 눈이 멀어 괴로워하는 걸 알면서도 모른 척했던 여자다. 화를 낼 처지가 아니라는 걸 알면서도 청일은, 아니 강철은 제 마음을 다 잡지 못했다.

"그녀가 아픕니다. 신경 쇠약 직전이에요. 무슨 뜻인지 알 겁니다."

신경 쇠약, 충분히 그럴 만했다. 예민한 여자였으니 그로 인해 받는 스트레스로 병을 앓는다 해도 이상할 것 없었다.

"……그래도 내 마음대로 하겠다면?"

"차선책을 준비하겠죠."

"차선책?"

"당신 동생 한태철, 그리고 유토피아 캐피털 본사. 잃을 게 많으시더군요, 한강철 씨."

강민은 강철의 약점에 대해 정확하게 알고 있었다. 제가 사실은 왕청일임을 연기하는 타인이라는 걸 들켜서도 안 되었지만, 하나뿐인 태철의 존재 역시 알려져서는 안 됐다. 그의 동생이라는 것만으로도 여러 가지 위험에 노출될 테니까. 유토피아 캐피털은 안정기에 들어섰지만 왕청일의 입지는 그러지 못했다. 아직 완전히 세력 규합이 되지 않아 그의 정체가 밝혀진다면 걷잡을 수 없는 상황이 벌어질 것이다.

인정하고 싶지는 않았지만 서희의 남편은 대단한 사람이었다. 마음만 먹는다면 강철의 약점을 쥐고 그가 원하는 대로 휘두를 수 있는 능력을 가진 사람이었다. 강철은 강민 같은 사람이 되고 싶었다. 가진 것이 많아 단단하고, 누군가에게 고개 숙이지 않아도 되는 사람. 그래서 그 고통을 감내했고 소중한 것들을 등지며 여기까지 올라왔다.

"그녀에게 정체를 밝히고 함께 한국을 떠나는 방법도 있는데, 너무 자만하는 거 아닌가."

"해 보시죠."

"뭐라고?"

"그렇게 해 보시라고요. 지구 끝까지 쫓아가 데려올 거니까."

덤덤히 이야기하는 강민의 눈은 진심을 얘기하고 있었다. 강철은 헛웃음이 나왔다. 제정신이 아니야.

"미쳤군."

"네, 적어도 난 아내에게 미쳐 있고 가진 것 모두를 내던질 준비가 되어 있습니다. 그럼 당신은?"

거짓말이라도 그럴 수 있다고 말할 수 없었다. 그로 인해 먹고 사는 사람들, 수족 같은 수하들, 저를 여기까지 끌어올려 준 왕 회장, 그리고 도움을 준 많은 이들을 외면할 수 없었다. 여자 하나 때문에 모든 걸 포기할 만큼 치기 어렸던 젊은 시절은 이미 지나가 버렸다.

강철이 침묵하자 강민은 미련 없이 자리에서 일어섰다.

"대답은 들은 거나 마찬가지군요."

짙은 패배감이 강철을 씁쓸하게 만들었지만 다른 한편으로 속 시원하기도 했다. 줄곧 가슴을 누르고 있던 무거운 납덩이가 조금은 가벼워진 것 같기도 했다. 이 남자라면 그녀를 행복하게 해 줄 것이다. 이미 변해 버린 자신을 따라나서는 것보다 안전하게, 행복하게 보호해 줄 것이다.

믿음을 배신하고 약속을 저버린 변절자가 바로 자신이었다. 한강철, 이제는 왕청일이 되어 버린 사람. 그녀의 앞에 떳떳하게 나설 수도 없는 사람.

서서히 모든 것이 정리되고 있었다. 이제 남은 건 동생 태철의 선택뿐이다.

❊

"진심이야, 형?"

"강요는 하지 않을게. 네 의사를 존중할 거야. 어떤 선택을 해도 괜찮아."

자신을 따라오든지, 이곳에 남든지 선택하라니. 중국으로 형을 따라간다는 건 앞으로 다른 이름으로, 다른 사람으로 살아가야 한다는 의미였다. '왕청일'의 약점이 될 수 없기에 완전히 새로운 신분으로 태어나야 했다. 성형이나 문신을 해야 하는 건 당연하고 평범한 삶조차 포기해야 했다.

그러나…… 하나뿐인 형과, 그 오랜 시간 기다려 온 형과 함께 살 수 있었다. 태철은 혼란스러운 얼굴로 조심스럽게 물었다.

"누나는? 누나도 그러겠다고 해? 따라간다고?"

"……그녀는 가지 않아."

"왜!"

태철의 물음에 강철은 지그시 눈을 감았다. 해야 할 말이 많았지만 동생에게까지 제 복잡한 마음을 전해 주고 싶지 않았다. 그 혼자 감당해야 할 일이었다.

"변했잖아. 나도, 그녀도. 인정하고 싶진 않지만 우리 모두 감정이 변해 버렸어."

"거짓말! 누나가 얼마나 애타게 형을 찾았는데! 형이 변한 거겠지!"

"태철아……."

억지를 쓰듯 언성이 높아진 태철이 흥분해 소리쳤지만 사실은 알고 있었다. 강철이 변해 제 앞에 나타난 것처럼 서희도 아주 조금씩, 천천히 변해 가고 있다는 걸. 알면서도 인정하고 싶지 않았다. 세 사람은 가족이나 다름없었다. 두 사람의 사랑이 변하면 그 아름다웠던 추억마저도 변하고 바래 버릴까 두려워 애써 부정하고 있었다.

소설처럼, 영화처럼 사랑이 영원할 수 없다는 걸 알고 싶지 않았다. 만나기만 하면 전부 해결될 것 같았던 그 긴 기다림의 끝이 이토록 허망할 거라고는 생각하지 못했다. 그리움도 나중에 만나게 되면 달콤한 고통이 될 거라며 서희와 서로를 다독이며 뜨거운 가슴을 희망으로 채웠던 애끓던 마음이 이런 식으로 끝나 버리다니. 목이 메어 말을 할 수 없었다.

'철아, 어서 와. 추웠지?'

학교에서 돌아온 저를 기다리던 형이 떠올랐다. 반가움의 빛을 띠던 해맑은 미소를 이제 더 이상 그에게 보여 주지 못한다는 사실이 애처롭고 한탄스러웠다. 강철이 무슨 일을 하든, 얼마나 손을 더럽히고 모른 척 자신을 안아 주든 그를 사랑하고 아꼈던 자신은 이제 없었다. 그렇게 순수하게 살 수는 없는 자신을 발견해야 했다. 두려운 존재로, 그의 형이 아닌 다른 사람으로 나타난 강철이 반갑지만은 않다는 사실 또한 인정해야 했다.

"미안해, 형……. 난 한국에 남을 거야"

"그래. 그래……."

둘이어서 행복했다. 가난했고 추웠던 삶이었지만 하나가 아닌 둘이라서 따뜻했고 서로의 존재만으로 위안이 되었다. 하지만 주위가 온통 일그러진 청일의 세계는 태철이 살고자 하는 세계와는 달랐다. 태철은 그것을 알고 있었다. 형을 사랑했으나 형처럼 살고 싶지는 않았다. 맑은 세상에서 똑바로, 떳떳하게 하늘을 올려다보고 싶었다.

강철은 두 사람 사이의 간극을 이해했다. 손에 닿지 않는 지독한 거리감. 세상에서 가장 가까웠던 형제는 이젠 너무나 멀리 있었다. 둘은 애써 미소 지었다.

대미를 장식하는 일만 남았다. 이왕이면 멋지고 완벽해야 했다.

❈

모든 것은 제자리를 찾고, 남은 것은 최명렬 하나였다. 이 모든 일의 원흉, 그의 인생을 망가뜨린 장본인. 그에게 처절하게 복수해야 옳았다. 그게 옳은데, 그것 하나만을 위해 달려왔는데. 그는 왜 망설이고 있는 걸까.

「칭이, 언제 돌아갈 거예요?」

약혼녀 양야월의 목소리에는 약간의 짜증이 묻어 있었다. 한국에 머물러 있는 시간이 길어지니 불만이 쌓인 것 같았다. 여자의 얼굴은 밉지 않게 뾰로통했다. 청일은 작게 웃었다.

「거의 끝나 가.」

「정말이에요?」

「그래. 이제 곧 중국으로 돌아갈 거야.」

「칭이.」

여자는 의자에 앉아 있는 그의 가까이 다가와 뒤에서 그를 끌어안았다. 달콤한 향수 냄새가 코끝을 잠식했다. 괴로웠던 날, 그녀가 보고 싶어 눈물로 지새우던 밤, 그를 달래 주었던 유일한 냄새였다. 여자는 우는 그를 도닥이고 곁에 있어 주었다. 야월이 없었더라면 그 고통스러웠던 시간을 견딜 수 없었을 거다.

「과거는 과거일 뿐이에요. 내가 사랑하는 사람은 왕청일, 당신이고, 당신에게 필요한 사람은 나예요. 맞죠? 그걸 잊지 말아요.」

소유욕을 드러내는 여자가 밉지 않았다. 그에게 어울리는 여자다. 위험한 세계에 발을 들이고 있는 저와 함께 있어도 괜찮을 여자. 자기 몸은 거뜬히 지킬 수 있었고 어디 내놓아도 불안하지 않았다.

「잊지 않았어. 앞으로도 안 잊을 거고.」

「그래요, 믿어요. 당신은 내 남자니까.」

쐐기를 박듯 단호한 어조로 그녀의 남자라고 발언하는 솔직함과 대범함이 그를 미소 짓게 했다.

태철이 한국에 남겠다 했으니, 안개처럼 불투명했던 미래가 확실하게 정리되었다. 이제 더 이상 동생과 떨어져 살고 싶지 않은 건 사실이었지만 궂은일과 더러운 일로 범벅이 될 그의 인생에 동생을 끌어들이고 싶지 않은 마음도 있었다. 밝은 길을 걸어갈 동생을 생각하니 잘됐다 싶으면서도 단 하나 위안이었던 안식처마저도 잃어버린 것 같아 슬펐다. 홀로 두고 가자니 발걸음이 떨어지질 않고 옆에 머물자니 해를 입을 게 뻔했다.

모든 것을 잃지 않고 지킬 수 있는 영원한 비밀은 없으니까.

그는 망설임 끝에 태철에게 전화를 걸었다. 모르는 번호였음에도 그임을 짐작했는지 금세 연결이 되었다.

"태철아, 네가 해 줄 일이 있다."

*

서희는 헐레벌떡 병원으로 향했다. 송 형사의 전화였다. 송 형사는 평소답지 않은 무거운 목소리로 서희에게 이야기했다. 인천 앞바다에서 어부들이 시체를 발견했는데 아무래도 그게 한강철 같다고 한다. 사지가 벌벌 떨렸다. 무슨 정신으로 운전을 했는지 도통 기억도 나지 않았다. 신호도 무시한 채 무작정 달렸다. 도착한 병원에는 태철이 먼저 와 있었다.

"누나……."

"태, 태철아. 아니지? 아니잖아. 그렇지?"

"흑, 흐윽. 누나아……."

"확인한 거야? 본 거냐고! 그 사람이 맞아? 말을 해, 말 좀 해 봐!"

태철은 서희를 마주하자마자 손바닥에 얼굴을 묻고 서럽게 울었다. 심장이 덜컥 내려앉았다. 어지간한 일에는 남 앞에서 결코 눈물을 보이는 법 없는 단단한 동생이다. 그런 태철이 무슨 이유로 이렇게 흐느껴 우는 걸까. 설마, 아니야. 절대 아닐 거야. 그녀는 파리하게 질려 시체 안치실 입구를 막고 선 태철을 옆으로 밀쳐 냈다.

"비켜, 내가 볼 거야. 내 눈으로 직접 봐야 해."

"누나, 내가 확인했어. 형이 맞아. 그러니까…… 누나!"

태철이 붙잡는 손도 뿌리친 채 그녀는 안치실 안으로 들어갔다. 의사들이 엄숙한 얼굴로 시체의 앞에 서 있었다. 서희가 가까이 다가가자 한 의사가 하얀 시트를 뒤집어 얼굴을 확인시켜 주었다. 물에 불어 형체를 알 수 없는 시신이 역한 냄새까지 풍기며 누워 있었다. 퉁퉁 불어 누군지도 알 수 없는데, 어떻게 그 사람이라고 확신한단 말인가. 말도 안 되는 이야기였다.

"아니잖아, 난 또……. 태철아, 그 사람 아냐."

"누나, 치아 기록 확인했어. 예전에 형, 오른쪽 정강이뼈가 부러진 적이 있었는데, 그것도 일치한대……."

"그럴 리 없어. 우연일 뿐이야. 우연이라고!"

치아와 치료받았던 기록이 일치한다. 두 개의 우연이 겹치는 일은 사실상 불가능하다는 걸 알면서도 서희는 엉엉 울며 억지를 썼다. 아니라는 증거를 찾아내야 했다. 서희가 시신을 만지려 하자 의사들이 서희를 붙잡아 말렸다. 그녀는 악을 쓰며 오열했다.

"아냐, 아니야! 그 사람일 리 없어, 그 사람이 이렇게 돌아올 리 없다고! 돌아온다고 했단 말이야, 태철아. 약속했어, 그 사람이 약속했어. 살아서, 꼭 살아서 돌아오겠다고……."

"누나!"

암전이었다. 순식간에 시야가 흑색으로 변해 버렸다. 아득히 먼 곳에 내동댕이쳐져 영혼만 쑥 빠져나가는 느낌이었다. 그렇게 서희는 정신을 놓아 버렸다.

매섭지만 애정 가득했던 눈빛도, 투박했지만 다정하게 쓰다듬던 손길도 이제 더는 볼 수 없단다. 어딘가에서 살아 있을 거라는 막연한 희망이 사라지자 겨우겨우 지탱해 온 신경줄이 툭, 끊어졌다.

얼마나 물속에 오래 있었는지, 퉁퉁 불어 버린 흉한 몰골의 시체가 그일 리 없다. 다른 사람은 몰라도 그 사람일 리 없다. 이미 오래전부터 이 세상 사람이 아니었다니. 내 곁을 떠난 그 직후부터 계속, 멀리 떠나 버린 사람이었다니. 그동안 난 대체 무엇을 했던 걸까. 인연이란 게 이리도 짧았던가. 때로는 힘들고 지쳐도 어딘가에 존재할지도 모른다는 생각만으로 그 긴 계절들을 버텨 왔는데, 결과는 이렇게나 참담했다.

양심도 없지. 한강철, 정말 양심도 없어. 당신, 어떻게 그렇게 쉽게 눈을 감고 죽을 수 있었지? 나와 동생을 두고 눈이 감겼어? 조금만 더 버텨 보지, 살려고 버둥대 보지. 그것도 안 되면 자존심 좀 버리고 살려 달라 애원해 보지. 죽는 것보단 낫잖아. 살아 있으면 좋잖아.

하지만 사실 그녀는 두렵고 고통스러웠을 그의 마지막에 함께 해 주지 못해 미안하고 또 미안했다.

'서희야.'

그의 다정했던 목소리가 머릿속을 떠나지 않았다. 해맑은 웃음소리가 오래도록 그녀를 울게 했다.

'나한테 혹시라도 무슨 일이 생기면 동생을 부탁해.'

'무슨 말이 그래요. 그런 말 하지 마요.'

'혹시나 해서 하는 말이야.'

'그래도 하지 말라고요! 불안해요. 나, 당신이 그럴 때마다

미치도록 불안해.'

'태철이를 돌봐 주겠다고 약속해.'

'……약속할게요. 대신에 당신도 약속해요.'

'뭘?'

'다쳐서 오더라도, 무슨 일이 생기더라도…… 반드시 우리 곁으로 돌아오겠다고.'

'약속할게. 꼭 지킬게.'

거짓말, 거짓말쟁이! 당신은 무책임한 거짓말쟁이야!

*

청일은 그가 단죄하지 못한 최명렬을 다시 만났다. 청평 호숫가였다. 가끔 강철이 머리가 복잡하고 쉬고 싶을 때 태철을 데리고 종종 놀러왔던 곳이기도 했다. 두 사람은 일렁이는 호수를 바라보며 서로 말을 아끼고 있었다.

"한강철은 죽은 걸로 처리될 겁니다. 그날에요. 이제 더는 존재하지 않는 사람이 되는 거죠."

"미안하네. 내 목숨은……."

"동생을 부탁드리겠습니다."

"뭐?"

죽으라고 요구할 줄 알았다. 용서받기엔 너무 큰 죄를 지었으니까. 청평 호숫가에서 만나자는 그의 말에 최 사장은 마음을 단단히 먹었다. 서희에게 아무런 말도 해 줄 수 없어 미안했지만 죄를 갚는 길이 그것뿐이라면, 딸을 지킬 수 있는 일이 그것뿐이라면 죗값을 치러야만 했다. 그런데 강철은 용서한단 말 대신 동생을 부탁한다고 했다.

"앞으로 다시 한국에 올 일은 없을 겁니다. 혹 오더라도 만나지 못할 겁니다. 그게 서로에게 좋으니까요. 하루에도 열두 번 칼을 품고 달려가 당신을 죽이고 싶었지만…… 동생이 그러더군요. 과거는 과거로 묻어 두고 복수는 그만하라고. 서희도 동생도 당신에 대한 진실은 모릅니다. 밝힐 생각도 했었지만 제게 득 될 일이 없더군요. 괴로워하는 사람만 늘어나겠죠."

지난번 만났을 때와는 사뭇 다른 분위기였다. 그를 감싸고 있던 흉흉하고 어두웠던 분위기가 물러나고 그의 얼굴은 한결 후련해 보였다. 모든 것을 떨쳐 낸 얼굴이었다. 최 사장은 눈시울을 붉히며 강철의 얼굴을 바라보았다.

"자네……."

"하지만 용서는 못 하겠더군요. 전 평범한 인간이니까요. 동생을 잘 부탁드립니다."

"믿어 주게. 내가 잘 지켜보고 돕도록 하겠네. 약속하지. 그리고…… 고맙네."

강철의 고개가 파란 하늘을 향해 젖혀졌다. 지독히도 맑고 푸른 하늘은 죽기에 적합한 날 같았다. 세상에서 한강철이 영원히 지워지는 날, 그날이 오늘이었다.

*

서희는 납골당에 유해를 안치하고 싶었지만 태철의 간곡한 부탁으로 흙에서 나서 흙으로 돌아간다는 수목장으로 장례를 치렀다. 화장한 유골을 유골함 없이 수목의 뿌리 주위에 뿌려 주었다. 나무는 단단하고 커다래서 강철과 꼭 닮아 있었다.

태철은 그가 떠나고 없는 것이 아니라 나무와 함께 상생하는 거라고 말했다. 수목원 산책을 즐겨 하던 그 사람에게 어쩌면 딱 어울리는 방식인지도 모른다며 설득하는 바람에 결국 서희가 지고 말았다. 왜 모를까, 서희가 모두 잊고 살길 바라는 마음으로 태철이 이런 결정을 내렸다는 걸…….

"삼우제 끝나고 여행 좀 다녀오려고요."

"어디로?"

"아무 데나요."

오래 울어 코끝이 발갛게 변한 태철이 애써 서희를 향해 웃어 보였다. 방금 강철을 보내고 마음속에 묻었는데, 태철 역시 어디론가 떠나 버린다니. 붙잡고 싶었지만 차마 붙잡을 수 없었다.

"언제 돌아올 거니?"

"한 달 예정인데 잘 모르겠어요. 길어질지, 짧아질지."

"태철아."

"네?"

"형은 떠났어도 내가 있다는 거 잊으면 안 돼. 넌 내 동생이나 마찬가지야."

고마운 말이었다. 이제 정말 혈혈단신, 혼자가 되어 버린 지금 서희마저 그를 외면하면 어디에서 죽어도 그를 찾는 사람 하나 없으리라. 남이나 마찬가지인 그녀가 저를 친동생처럼 아껴 준다는 것을 알고 있어 더욱 고마웠다.

"고마워요, 누나."

언제 이렇게 커 버렸을까. 서희는 애써 눈물을 참으며 앳된 얼굴이 사라져 단단한 남자가 된 태철을 바라보았다. 장난기와 호기심 가득한 눈동자는 사라지고 어느새 깊고 짙은 눈매를 지닌 사내가 되어 있었다. 어린 동생은 서희와 함께 그 고된 시간을 버티며 또래보다 일찍 남자가 되었다. 채우려면 비워야 함을 알기에 불안하지만 놓아 주어야 할 시간이다. 기다리는 데는 이골이 났으니 어렵지 않겠지. 적어도 태철은 꼭 돌아올 테니까.

"파랗다, 하늘."

"응. 그렇네요."

"강철 씨가 좋아하던 푸른 하늘이야. 날씨가 맑아서 좋다. 비가 오면 유해가 비에 젖잖아. 그럼 뿌린 곳에서 흘러 버릴 텐데……. 다행이다. 그렇지?"

기어이 서희의 뺨에 눈물이 흘러내렸다. 태철이 그녀의 어깨에 손을 얹어 살며시 안아 주었다. 가녀린 어깨가 떨리고 있었다. 태철은 마지막으로 만났던 형과의 대화를 떠올리며 눈물을 삼켰다. 비밀이랄 게 없는 서희에게 처음이자 마지막으로 비밀이 생겼다. 아마 평생, 죽을 때까지 말하지 못할 비밀일 것이다.

'앞으로 다시는 못 만날 거야. 무슨 일 생기면 최명렬 사장을 찾아가. 내 말, 알겠지?'

'이제 정말 다신 못 만나는 거야?'

'……그래.'

'정말 단 한 번도?'

'그래.'

떨리는 태철의 목소리를 들으며 강철이 먼저 등을 돌렸다. 애써 태연한 척 참는다고 참았는데, 강철의 눈에는 그게 다 보였던 모양이다. 태철은 한달음에 달려가 등 뒤에서 강철을 꽉 끌어안았다. 이제는 앞으로 한강철로 살 수 없는 사람. 내 형으로는 살 수 없는 사람. 어딘가에서, 얼굴을 마주하지 못한 채 왕청일로 살아야만 하는 사람. 태철은 강철의 등 뒤에서 소리 죽여 울었다.

'형, 잘 살아. 나도 잘 살 거야. 그러니까 난 걱정하지 마. 여긴 다 잊고 잘 살아야 해. 나랑 서희 누나 버리고 간 만큼, 꼭……. 보고 싶을 거야. 사랑해, 형.'

'널 믿는다……. 건강해라.'

그렇게 강철을 태운 검은 자동차가 저 멀리 사라질 때까지 태철은 자리에서 꼼짝하지 않고 서 있었다. 살아 있는 동안 다시 만나지 못할 거라는 슬픈 예감 때문에 오래도록 그 자리에 서서 사라져 가는 뒷모습을 보았다.

"흐윽, 흑……. 강철 씨, 강철 씨……."

소리 죽여 울던 흐느낌이 이윽고 형의 이름으로, 통곡의 소리로 바뀌자 태철은 서희의 어깨를 토닥이며 위로했다. 서희의 마음이 태철에게까지 느껴져 참았던 눈물이 흘렀다. 누가 더 슬픈지, 누가 더 사랑했는지 따질 수 있는 문제가 아니었다. 두 사람은 후회 없이 사랑했고 위했으며 그리워했다. 한강철, 다른 누구도 아닌 바로 그 사람을. 단단한 나무 아래 두 사람은 오래도록 흐느껴 울었다.

에필로그

한가했던 이른 새벽, 갑자기 응급실 문이 열리며 아비규환이 되었다. 졸음을 버티고 눈을 비비던 간호사들도 다급한 상황에 잠이 달아나 다급하게 움직였다.

"고속도로에서 추돌 사고로 다리를 다친 환자입니다. 응급조치는 했으나 출혈이 심각합니다. 대략 30대 후반의 남성이고……."

구조대원의 간략한 설명을 듣자마자 서희는 환자에게 달려들어 상황을 살폈다. 규모가 큰 교통사고이니만큼 응급실로 환자가 물밀듯 밀려들어 오고 있었다. 한시라도 지체할 틈이 없었다. 밤새 당직을 서고 이제 겨우 숨 좀 돌리나 했더니, 아마 자욱한 안개 때문에 일이 커진 모양이다. 서희는 피로 얼룩진 옷을 가위로 잘라 내고 상처를 살피기 바빴다.

"아악, 내 다리!"

"환자분. 진정하세요. 움직이시면 상처가 벌어집니다. 제 말 들리세요? 환자분!"

"최 선생님! 이쪽 환자분 바이탈이 계속 떨어지고 있습니다!"

간호사의 다급한 외침에 서희가 고개를 돌렸다. 멀리서 보기에도 의식이 없는 환자는 상황이 심각해 보였다. 처치가 시급했다. 그녀가 몸을 돌리려 하자 다리가 아프다며 발버둥을 치던 남자가 그녀의 의사 가운을 붙잡았다.

"이거 놓으세요!"

"아파, 아프다고! 당장 나부터 치료해! 무슨 일 생기면 여기 의료 사고로 고발할 거야!"

눈앞이 띵했다. 응급 상황엔 간혹 꼭 이런 사람들이 있었다. 자신밖에 모르는 이기적인 사람. 무엇이든 자기가 먼저인 사람. 남자의 다리는 피가 흐르긴 했지만 감각이 살아 있어 신경을 다친 것 같진 않았다. 자세한 건 검사를 더 해 봐야 알 수 있겠지만 의식이 있고 상처가 그렇게 깊지는 않아 위급한 상황은 아니었다.

"조용히 하세요! 고발하든지, 말든지! 지금 저쪽 상황 위급한 거 안 보여요?"

언성이 절로 높아졌다. 남자가 눈을 커다랗게 뜨더니 그녀를 노려보았다.

"이, 이 여자가! 내가 누군지 알고……."

"환자죠. 응급실로 들어온 이상, 밖에서 무슨 일을 하는 사람이건 제겐 모두 환자예요. 눈이 있다면 좀 보세요. 환자분보다 심한 상처로 오신 분들도 다들 의연하게 계신 거 안 보여요?"

남자의 옆 침대에 앉은 나이 지긋한 환자는 머리에 외상이 심했지만 비명 한번 지르지 않고 의료진의 처치를 받고 있었다.

사실 교통사고 환자는 외상보단 내상이 더 문제였다. 겉으로 보이는 상처는 금세 처치가 가능한 것에 비해 내상은 알아차리기 쉽지 않고 더 심각한 상황을 초래하기도 했다. 특히나 머리 쪽은 더 위험해서 동공도 정상, 신경도 반응이 양호하고 소리까지 꽥꽥 지를 힘이 남아 있는 남자보단 저렇게 묵묵히 고통을 참는 환자가 더 위험했다.

"이 환자, 일단 진통제 놔 주고 응급 처치 좀 부탁할게요."

"네, 알겠습니다."

간호사에게 짧게 지시를 내린 서희는 의식이 없는 환자에게로 달려갔다.

병원에 휘몰아쳤던 폭풍은 오후가 되고 나서야 물러났다. 탈진한 상태로 의자에 앉아 있는 서희를 보다 못한 간호사가 떠밀다시피 휴식을 종용했다.

"선생님, 그러다 쓰러지시겠어요. 의사가 자기 몸 돌보지 않는 것도 직무 유기예요. 아시죠?"

"……고마워요. 그럼 잠시 쉬고 올게요."

"네, 여긴 걱정 마세요."

서린 병원 레지던트 6개월 차, 그리고 그를 묻은 지 1년.

그녀는 누구보다 치열하게 살고 있었다. 마치 그동안 하지 못했던 일을 모두 하려는 사람처럼. 일에 몰두할 때면 잡념이 싹 달아났다. 물 만난 고기처럼 활보하고 다니는 걸 보면 의사가 천직이 맞나 보다.

서희의 부친은 사업에서 거의 손을 떼고 명예 회장직만 유지하며 강원도에 있는 별장에 내려가 건강을 돌보고 있었다. 태철은 여행에서 돌아와 다시 학교로 돌아갔다. 평범한 일상으로 돌아가 열심히 사는 모습을 지켜보다 돌아오길 여러 차례. 시간은 그렇게 각자의 아픔을 집어삼키고 흘러갔다. 그리고 강민을 떠올리자 절로 한숨이 나왔다.

강철을 보내고 얼마 지나지 않아 강민의 입에서 나온 말에 서희는 기함하고 말았다. 합의서대로는 못 하겠단다. 이대로 쭉 결혼을 유지하고 싶단다. 어이가 없어 이유가 뭐냐고 쏘아붙이는 그녀에게 그는 아무렇지도 않은 얼굴로 대꾸했다.

'당신을 사랑하게 됐어.'

'이봐요, 지금 이게 말이 되는 소리예요?'

'말이 안 되지. 내가 지금 여자에게 사랑한다는 낯간지러운 소리를 했는데.'

'지금 농담이……. 합의서대로 해요.'

'싫어.'

'어쩌자는 거예요?'

'함께 살자. 내가 많이 사랑해 줄게.'

뭐 이런 개 같은 경우가 다 있나. 서희는 말문이 막혀 그의 말에 곧바로 대꾸하지 못했다. 늘 예상대로 행동하는 법이 없는 남자였지만, 적어도 이렇게까지 황당한 남자는 아니었다. 아무리 수천 가지의 변수가 있다지만 이런 어처구니없는 전개는 예상하지 못했다.

하지만 강민의 능글맞은 태도에도 서희는 단단했다. 여전히 차가운 표정이었다.

'합의서 마지막 조항, 기억하죠? 만약 계약을 어길 시 상대가 원하는 조건대로 배상한다.'

'응, 기억해.'

'이 조항을 내가 이용하면 어쩌려고 그래요? GK 주식, 내가 요구하면 줄 거예요?'

그가 회사 지분을 줄 리 없었다. 그게 그에게 얼마나 중요한 것인데. 아무리 사랑 어쩌고저쩌고하더라도 절대로 내줄 수 없을 것이다. 그래서 그렇게 쏘아붙인 것인데……. 강민의 입에서 나온 말은 서희의 예상을 넘어서도 한참 넘어선 것이었다.

'줄게.'

'……방금 뭐라고 했어요?'

'준다고. 그러니까 나랑 살아. 나랑 잠자고 나랑 숨 쉬고 내 아이를 낳아.'

이건 또 무슨 황당한 요구란 말인가. 누가 누구 아일 낳는다고? 얼굴이 벌겋게 달아오른 서희는 '절대 그럴 일 없어요!' 하고 소리쳤지만 강민은 그저 웃을 뿐이었다. 그 웃음이 너무나도 근사해 그녀는 다시 말문이 막혀 버렸다.

'난 다른 남자한테 너 못 보내. 내 곁에서 나랑 같이 있어. 내가 그렇게 하고 싶고, 내가 그러겠다고 결정했으니까. 당신이 다른 놈 품에 안긴다는 걸 생각만 해도 화가 나. 죽어도 내 옆에서 죽어.'

'지금 협박하는 거예요?'

'맞아.'

'뭐 이런 미친놈이…….'

말이 너무 막 나와 얼른 입을 가렸지만 들었나 보다. 강민의 눈이 어둡게 가라앉았다. 사랑하니 어쩌니 하더라도 이강민은 이강민이었다. 자기만 알고, 자기의 뜻대로 해야 하고, 마음에 들지 않는 일이 있으면 날카롭게 날을 세우는 남자.

하지만 이내 강민은 부드럽게 풀어지며 어깨를 으쓱했다. 미소가 좀처럼 얼굴에서 사라지지 않았다. 늘어놓는 말을 들어 보면 이강민이 맞는 것 같은데, 저런 미소를 보면 다른 사람이 아닐까 자꾸 의심하게 된다.

'나한테 그런 말을 하는 유일한 사람이 당신이야. 다른 누구

도 나한테 그런 말 한 적 없었고, 아마 앞으로도 없겠지. 하지만 당신에겐 특별히 허용할게.'

사차원인가? 아님 이해력이 모자란 사람인가? 사람 말을 흘려듣질 않나 제 맘대로 해석하는 데 도사였다. 당최 대화가 되질 않았다.

'당신이 지쳐 나가떨어질 거예요.'

'난 이래 봬도 기다리는 거 잘해. 충분히 단련되어 있거든. 걱정 마.'

얼씨구, 뭔들 못 하시겠어요. 서희는 기다림이 얼마나 사람의 진을 빠지게 하는지 알고 있었다. 별거 아니라 생각한다면 큰 오산임을 저 사람도 곧 알게 되겠지.

더 이상 서희는 말도 안 되는 소리 집어치우라며 그를 몰아치지 않았다. 아직 계약 기간도 더 남아 있었고 이런 일로 기운을 빼고 싶지 않았으니까. 내버려 두면 스스로 지쳐 나가떨어지는 날이 머지않을 거라 생각했다.

그런데…….

서희는 의국의 문을 열었다가 얼굴이 새파랗게 질리고 말았다. 서희의 책상에 지나칠 만큼 화려한 꽃다발이 놓여 있었다. 누가 보낸 것인지는 안 봐도 뻔했다. 그렇게 하지 말라고 했는데, 또!

서린 병원에 처음 부임했던 날, 강민은 병원에 엄청난 화환을 보냈다. 이게 뭐 하는 짓이냐 따지니 화환은 곧바로 사라졌지만, 다음 날 서린 병원의 후원자 리스트에 그의 이름을 떡하니 올라왔다. 그뿐이랴, 당직이 잦아지자 말쑥한 차림으로 나타나 서희가 GK의 사모님임을 만방에 알렸다. 우리 아내 잘 부탁한다며 회식비를 쏘지 않나, 꿀 떨어지는 목소리로 수시로 전화를 걸어오지 않나. 정말 미치고 팔짝 뛰게 만드는 인간이었다.

그녀는 참지 못하고 결국 강민에게 전화를 걸었다. 신호음이 몇 번 가지도 않았는데 금세 전화를 받는다. 언제는 업무 시간에 전화하지 말라고 그렇게 날을 세우더니. 이젠 왜 먼저 전화하지 않느냐며 투정 부리는 일도 많아졌다.

"그만 좀 해요!"

— 반응 보니 꽃다발을 받았나 보군. 싫어? 이상하다, 여자들이 좋아한다고 했는데.

"대체 누가요?"

— 내 비서가.

"됐고, 그만하라고 했어요! 돈이 하늘에서 떨어져요? 무슨 돈을 그렇게 마구 써 대는 거예요?"

— 하하하, 지금 내 걱정 해 주는 거 맞지?

"말도 안 되는……."

— 맞잖아. 내 돈을 걱정해 주는 걸 보니 기분 좋은데? 내 돈이 당신 돈이나 마찬가지니까 걱정하는 거잖아.

꿈보다 해몽이라더니. 어떻게 그 말이 그렇게 해석되지? 서희는 기가 찼다. 예전에는 강민과 오래 얘기를 하다 보면 모든 게 탄로 날까 두려워 피했는데, 요즘은 다른 의미로 그와 대화하는 게 힘들고 지쳤다. 서희는 말을 고르는 것도 지쳐 한숨을 내뱉었다.

"시답잖은 말 하려면 끊어요. 바빠요. 그리고 당분간 집에 못 들어가요 그렇게 알아요."

— 또?

"네."

— 얼굴 잊어버리겠어, 마누라.

"시끄러워요! 그…… 닭살 돋는 멘트 좀 하지 마요!"

"그럼…… 여보?"

기별도 없이 끊긴 전화를 두고 강민은 한참을 키득거렸다. 귀여운 여자였다. 당황해 벌겋게 상기된 얼굴이 떠오르자 보고 싶었다. 사랑을 하면 유치해지고 별거 아닌 일로도 행복해진다더니, 그 말을 딱 실감하는 중이었다. 스스로에게 이런 닭살스러운 면이 있는 줄은 몰랐다. 그녀와 함께하는 시간이 길어지면 길어질수록 강민은 제게 숨겨져 있던 새로운 면모들을 하나하나 발견해 냈다. 그게 싫지 않았다.

그나저나 집에 들어오지 않는다니. 이런 상황들을 염두에 두었기 때문에 다시 의사의 꿈을 이루겠다는 그녀를 말리고 싶었던 것이다. 하지만 제 꿈을 얘기하며 들떠 있는 그녀의 얼굴이 사랑스러워 차마 말릴 순 없었다. 집에 오지 못한다면 어쩔 수 없이 보러 가야 하는데, 더 이상 찾아오면 가만있지 않겠다 엄포 놓던

호랑이 마누라의 독 오른 얼굴이 함께 떠올랐다. 으음……. 그렇다면…….

✻

"네? 특실 환자요?"

특실 환자의 담당의로 배정되었다는 갑작스러운 소식에 서희는 눈을 동그랗게 떴다. 응급실에서 먹고 자는 6개월 차 레지던트에게 맡겨질 일은 결코 아니었다. 그녀를 유독 신경 써 주던 원장은 약간 당혹스러운 눈치였다.

"뭐, 큰 이상은 없어 보이니까 걱정하지 마세요. 대신 병원 VIP니까 특별히 신경은 좀 써 주고……."

"알겠습니다, 원장님."

고개를 갸웃거리며 특실로 걸어가는 서희는 어리둥절하기만 했다. 원장의 반응도 평소와는 조금 다른 것 같았고, 그녀에게 주어질 일도 아닌 것 같아 머릿속은 온통 혼란으로 가득했다.

집으로 돌아가 쉬어야 하는데 애정 공세를 퍼붓는 강민 때문에 일부러 당직을 신청해 병원에 머물렀다. 볼멘소리가 커져 가는 걸 알면서도 애써 모른 척하고 버티는 중이었다.

"어서 와."

하지만 설마…… 이런 일을 벌였을 줄이야.

"다, 당신이 왜 여기에……."

"나 아파."

"어디가요? 어디요?"

"염증이 있는지 자꾸 배가 아프고 콕콕 찌르는 것 같아."

강민에게 위염 증세가 있다는 것은 알고 있었다. 바쁜 업무에 몸을 돌볼 틈이 없어 사실 거의 매일을 앓는 병이었다. 하지만 근래에는 많이 좋아졌었다. 몸이 좋아진 것도 서희를 보겠다고 매번 일찍 집으로 들어와 끼니를 챙겨 먹은 탓이었다. 혹시 꾀병인가 싶어 그를 흘기던 서희는 그에게 다가가 복부를 진찰했다.

"여기요? 여기가 아파요?"

"더 아래. 응, 거기."

복근에 미끄러지듯 그녀의 손길이 닿자 눈치 없는 몸뚱이가 장소를 가리지 못하고 후끈 달아올랐다. 강민은 기분 좋은 설렘에 미소를 지었다. 후끈 달아오른 눈치 없는 몸뚱이다. 이제야 이 여잘 보니 살 것 같았다.

"여기…… 이봐요!"

"으, 으응?"

"지금 뭐 하는 거예요. 당신 또……."

"아냐! 아파, 아파. 여기도 아프고 저기도 아프고. 정말이야. 오죽하면 회사 일이 밀렸는데 이러고 있겠어."

진짜인 것 같기도 하고, 아닌 것 같기도 하고. 아리송했다. 가느스름하게 눈을 찌푸리자 남자는 슬쩍 눈길을 피했다. 의심으로 가득한 눈이 그의 얼굴을 훑었다.

"알았어요. 그럼 온 김에 건강 검진도 한번 받아 봐요. 하지만."

"하지만?"

"이상 없으면 바로 퇴원해요. 병실이 남아도는 줄 알아요? 사람들이 알면 뭐라고 하겠어요?"

그녀는 이미 그의 지나친 애정 공세에 얼굴을 들고 다닐 수 없을 지경이었다. 병원에서 근무하는 모든 사람들이 그녀와 그의 얼굴을 알았다. 뒤에서 두 사람의 부부 관계에 대해 쑥덕거리는 것도 알고 있었다. 빨리 이 남자를 내보내야 했다. 아, 골치야.

"빨리 나갈 수도 있는데. 협조만 제대로 해 준다면."

"협조라고요?"

"응."

이 능글맞은 남자가 또 무슨 간계를 부리려고 그러나 싶어 뚫어지게 바라보자 폭탄이 떨어졌다.

"진한 키스 한 번만."

"이보세요, 이강민 씨!"

"나는 남자고 성인인데 너무 굶었어. 몸에서 막 사리 나오려고 해. 그렇다고 해서 다른 사람한테 풀라고 얘기하지 마. 당신 말고 다른 여자랑은 싫어."

그녀는 그의 말에 어처구니가 없어 헛웃음이 터졌다. 이 남자가 지금 무슨 소릴 하고 있는 거야?

"약속할게. 키스 한 번 해 주면 내일 내 발로 나갈 거야."

"말도 안 되는 소리 마요!"

"그럼 맘대로 하든지. 나 일주일은 입원할 거야. 그러면 어머니, 아버지도 오실 테고 장인어른도 소식 듣고 얼굴 한 번은 보러 오시겠지. 그럼 당신만 곤란해질 텐데?"

그녀의 약점인 시부모와 부친을 들먹이는 저 못된 남자를 마구 패 주고 싶었다. 능글맞은 웃음을 만면에 띠고 있어 더욱 그랬다.

두 사람의 사정을 모르시는 분들은 만나기만 하면 넌지시 아이 문제를 들먹였다. 그녀가 병원에 복직하는 것도 반대하신 분들이었다. 골치가 아파 왔다. 심지어 강민이 다른 것도 아닌, 몸을 제대로 관리하지 못해 위염으로 병원에 입원했다고 하면 시부모님은 물론이거니와 부친도 병원을 그만두라 하실지 모르는 일이었다.

"한 번이면 되죠?"

서희가 묻자 강민이 고개를 끄덕였다. 그녀는 길게 한숨을 내쉬었다. 그래, 키스 한 번 한다고 닳는 것도 아닌데. 이득을 따지자면 이쪽이 낫겠다 싶었다. 빨리 해치워 버려야지. 키스가 아니라 다른 걸 더 하자 하기 전에.

침상에 다가간 서희가 미동 없이 눈을 감고 조신하게 기다리는 그에게 입술을 대자마자 확 당겨 안은 힘의 반동 때문에 그의 가슴으로 쓰러졌다. 깜짝 놀라 허둥거리는 그녀를 힘으로 꽉 끌어안아 움직이지 못하게 한 강민이 양껏 욕심을 채웠다. 질척이는 소음으로 병실이 후끈 달아올랐다.

"뭐 필요하신, 어머!"

망했다. 화들짝 놀란 고음의 소프라노가 들리자 칡넝쿨처럼 얽혀 있던 두 남녀의 눈동자가 당황으로 물들었다. 몽롱하게 취한 여자와 번들거리는 타액으로 젖은 남자가 뭘 하고 있었는지는 너무나 뻔했다.

서희가 재빨리 고개를 돌리자 병실 입구에 서 있던 간호사가 입을 가리고 후다닥 병실을 빠져 나갔다. 손 뒤에 숨겨진 입술은 웃음을 짓고 있었다.

서희가 머리를 감싸 쥐었다. 낯익은 얼굴이라 모를 수도 없었다. 하필이면 다른 사람도 아니고 서린 병원의 정보통이자 입이 싸기로는 둘째가라면 서러운 간호사에게 이 상황을 들켰다는 게 서희를 절망하게 만들었다.

'병원을 옮겨야 하나.'

강민은 심각한 얼굴로 이직을 고려하며 넋을 놓은 서희를 다시 부둥켜안고 기회는 이때다 싶어 마구 들이대며 입을 맞추었다.

❀

2년 뒤, 최서희와 이강민의 아들 이주민 출생. 그리고 1년 뒤, 딸 이성희 출생.

4년 뒤, 한태철 한성 체육고 체육교사 부임. 그리고 1년 뒤, 결혼 후 딸 한미강 출생.

— The end

내 아내라는 여자는

초판 1쇄 찍음 2017년 1월 23일
초판 1쇄 펴냄 2017년 1월 31일

지은이 | 박은하
펴낸이 | 정 필
펴낸곳 | **(주)뿔미디어**

편집장 | 박경희
기획 · 편집 | 이영은, 이유나

출판등록 | 2002년 9월 11일 (제1081-1-132호)
주소 | 경기도 부천시 원미구 소향로 17, 303(두성프라자)
전화 | 032)651-6513 / 팩스 | 032)651-6094
E-mail | dahyangs@naver.com
블로그 | http://blog.naver.com/dahyangs
비북스 | http://b-books.co.kr

값 9,000원

ISBN 979-11-315-7668-7 03810

※파본은 구입하신 서점에서 교환하여 드립니다.

www.bbulmedia.com